KB044662

이 세상의 모든 시인과 화가

이 세상의 모든 시인과 화가

2009년 8월 31일 초판 1쇄 발행

펴낸곳 (주)도서출판 **삼인**

지은이 김정환
펴낸이 신길순
부사장 홍승권
책임편집 강주한
편집 김종진 오주훈 양경화
마케팅 이춘호 한광영
관리 심석택
총무 서장현

등록 1996.9.16. 제 10-1338호
주소 121-837 서울시 마포구 서교동 339-4 가나빌딩 4층
전화 (02) 322-1845
팩스 (02) 322-1846
E-MAIL saminbooks@naver.com

표지디자인 (주)끄레어소시에이츠
제판 문형사
인쇄 대정인쇄
제본 성문제책

ISBN 978-89-91097-98-8 03810

값 13,000원

이 세상의 모든

시인과

김정환 예술 산문집

화가

삼인

2부

『이 세상의 모든 시인과 화가』는 계간지 『문학 판』(발행인 정중모 /
편집인 이인성)의 고마운 배려로 창간호부터 6회에 걸쳐 연재했던 산
문 제목이다. 이 책에 실린 다른 글 대부분의 내용이 흡사 그 연재를
이어간 듯한 형국이므로, 전체 제목으로 삼았다.

2009년 8월

1부

이 세상의
모든 詩人과
畫家

프롤로그 | **직유(直喩)의 시대**

문득 의식의 빈자리에 웅성대는 감각의, 총체의 광채가 더욱 눈부시다. 내가 어찌 세상에 태어났는가, 어머니 배 속은 따스했던가, 첫 울음은 무슨 뜻이었던가…. 맨 처음 눈에 보이는 것이, 두려웠는가? 첫 울음은 물의 '체온인 기억'을 물의 '경악인 소리'로 떨쳐낸다. 그렇게 두려움은 본능이 아니라 본질이고 육체다. 그때 우리는 산 채로 도마에 오른 물고기의 몸짓과 같다. 의식의 빈자리는 비늘처럼 반짝인다. 그렇게 인간의 삶은 당분간 물고기의 죽음과 같다. 두려운 채로 안온한, 아니 두려움이 안온한…. 그때의 한순간, 머리가 토막 난 꽁치 한 마리가 내 시야에 잡혔다. 그리고 나는 인간으로 태어났음을 느꼈다. 태어난 지 사흘이 채 되지 않았을 것이다. 훗날의 그 숱한 꽁치 굽는 냄새의 기억에도 불구하고 그것은 어떤 종류의 군침과도 상관없는 시야의 이물질(異物質)이었으니까. 나는 그 이물감의, '최단(最短) 혹은 단초(端初)의 거리'가 될 수록 완강하기를 바라면서, 인생이라는 '말'의 뜻을 감 잡았는지 모른다. 왜냐면, 의식의 빈자리에서, 말은 지칭(指稱)에 지나지 않고 지칭은 내용 없는 명령에 지나지 않는다. 그리고 지칭의 거리가 사라질 때 명령은 다시, 본능이 아니라 육체다.

그리고 추억이 시작된다. 섹스를 오래 하면 몸은 어떤 질기디 질긴 운명 같고 사랑은 X-레이 사진 같다. 생식기만 뚜렷해진다. 땀을 뻘뻘 흘리며 우리는 '사랑의 증오'를 혹은 '사랑=죽음'을 생각하기도 한다. 나이를 먹을수록 가시적(可視的)인, 가시적인 추억의 독재도 그러하다. 추억은 질기디 질긴 '다이하드(die hard)'의 기억과 그 기억의 손아귀를 벗어나지 못한 감각을 아우른다. 그런 채로 감각은 의식의 통로를 열고 의식은 감각에 방향감각을 부여한다. 그러니, 추억이라는 덩어리는 총체가 아니다. 추억은 아련하다, 이 말은 추억의, 가시성의 독재를 호도하려는 '정치적 약자'의 본능을 담고 있다. 추억은 따스하다, 이 말에는 보이지 않는 죽음의 기억으로 추억에 총체성을 부여하려는 '예술적 약자'의 본능이 담겨 있다. 왜냐면, 추억이 입고 있는, 죽음의 의상이 정말 따스하다. 추억이 지향하는 추억의 배후. 우리가 모태를 알고 있는 만큼 추억이 알고 있는, 탄생 이전의 죽음. 추억은 잔인하다, 이 말은, 운명 앞에 오만하다. 그렇게 우리는 추억에 대해, 그리고 사랑에 대해 기묘한 '존재의 어긋남'을 알 뿐이다. 그런데 왜 우리는 과거를 향해 추억하고 미래를 향해 사랑하는가.

빈자리 속에서는 장례식이 이어지고 검은 장례식이 이어지고 검은 장례식만 이어진다. 그것은 사람이 가득 찬 빈자리를 체감하는 유일하게 사회적인 통로지만, 빈자리 속에서 검음이 너무 검고 그래서 이어짐이 시간이라기보다는 구멍처럼 보인다. 시간이라… 추억이 생생한 것은 흔들리기 때문이고 흔들리는 것은 추억을 감싸는 빈자리의 요람 때문이다. 생각해보면 내가 아버지 말고 다른 남자에게 어머니 말고 다른 여자에게 어째서, 그리고 어떻게 이끌렸을까? 생각해보면 내가 어째서, 어떻게 말을 깨쳤을까, 그리고 의식주 이상의 '의미의 뜻'을 감지하게 되었을까? 아니다. 그건 '보이지 않고' '태초의 말'에서 너무 멀어진 그 거리만 보인다. 태초의 향기에서 육체까지의 거리, 태초의 의미에서 왜소한 목적까지의 거리만 보인다. 그리고, 그게 인생이라고 생각하는 나이가 되었다. 그 빈자리들을 시간은 나 대신 무엇으로 채워온 것인지. 이야기의 배경일 뿐 아니라, 더 큰 이야기인 시간이 있다. 음악은 그것을 모방한다. 그렇지 않다면 수풀처럼 빽빽이 서 있는 음표와 음표를 단지 선으로 이으려 할 뿐인 그것이, 단지 이어진다는 환상을 넘어, 소리의 빈자리의 총체에 가닿을 수가 없다. 소설도 그것을 모방한다. 그렇지 않다면 뱀처럼 기어가는 문장과 문장을 단지 이야기로 이으려 할 뿐인 그것이, 단지 펼쳐진다는 욕망을 넘어, 세계관의 빈자리의 총체에 가닿을 수 없다. 춤도 그렇다. 그렇지 않다면 육체가, 단지 생애를 넘어, 장례식의 빈자리의 총체에 가닿을 수 없다. 그렇게 장례식이 이어지고 걷지 않고 구멍으로 닫히지 않는다. 그때 비로소, 두려움은 육체가 아니라 장례식이다. 그리고 장례식이 이어짐으로써 스스로를 극복하고, 그때 비로소 우리는 다만 그것이 중단될까봐 두려워하면 된다.

미소가 있다. 여인의 음전한 미소. 육체보다는 엷지만 언어보다 살가운. 언어는 육체를 단단하게 하지만 미소는 육체를 아련하게 한다. 펄(pearl)을 뿌려 더욱 진한, 원색 빨강의 의상이 여인의 온 몸을 감싸고, 출렁이는 것은 놀라운 광경이다. 그때는 육체 없이 육감적이다. 아니 광경도 때도 없이 육감적이다. 아파, 아파요, 늘 처음 하는 것처럼, 그 소리가, 분명 훗날의 환청일 그 소리가 빈자리의, 경지 속으로 사라진다. 나도 빛으로 방사(放射)되고 싶다. 사라짐이 빈자리 속으로 사라지듯이. 그러나 늘 여인도 남고 나도 남았다. 사랑도 남고 추억도 남았다. 그리고 나는 그때마다 무거워진 내 몸무게가 부끄러워 하냥 여인의 발을 어루만졌다. 그것 또한 놀라운 광경이리라. 그렇게 나는 여인을 통해 세상으로 나아갔고, 세상이 상처로 보였다. 어른이 되기까지는. 남자는 늘 나의 보호자였다. 어른이 되기까지는. 중학교 때 나는 키가 제일 작고 몸무게 18킬로그램의 약골이었지만, 단짝은 우람한 씨름선수였다. 학교를 대표해서 타 학교 깡패들과 맞짱을 뜨는 활극, 거칠 것 없는 음담도 그랬지만, 무엇보다 씨름복 광목감에 밴 땀내에서 모종의, 성인남자의 체취를 느꼈다. 왜냐면 아버지는, 남자라기보다는 아버지였다.

고등학교에 올라가면서 쉬는 시간마다 주전자 뚜껑으로 서너 번
씩 벌컥 물을 들이켜고 밤이면 포장마차에서 우동그릇에 소주 두 병
을 붓고 다시 벌컥 마셔대던 그는 과연 '천하장사'로 소문이 났지만
뇌암에 걸려 졸업을 하지 못하고 죽었다. 뇌암은 물론 죽음에 이르
는 병이지만, 당사자보다 주변의 친한 사람들이 더 무섭다. 치료약
이 뇌세포를 파괴하면서 환자는 나이를 거꾸로 먹게 된다. 주변 사
람들은 우선 그 광경에 경악하고 그 광경이 자신의 죽음 예감을 응
축시키는 데 경악하고 그 응축보다도 그 광경이 더 경악스러운 것에
경악한다. 마치 생애보다 중요한 것이 단순한 순서라는 듯이. 삶의
죽음보다 더 근본적인 죽음이, 우스꽝스럽지만, 우스꽝스러워서 더
소름끼치는 공포가, 아등바등하는 삶의 자궁을 찢는 존재조건이라
는 듯이. 특히 어머니가 그랬다. 아버지 우라노스(Uranos, 하늘)가 꼴
보기 싫은 자식들을 어머니 가이아(Gaia, 대지)의 자궁 속으로 다시
집어넣었다던가. 그 다음 세대 아버지, 그러니까 크로노스(Chronos)
가 자기 자식들을 마구 잡아먹었다던가. 그래서 크로노스를 '시간'
이라 했다던가…. 그 끔찍한 신화의 시간을 얼마나 겪어야 우리는
어른이 되는가. 무척이나 어른이 되고 싶었지만 나의 '어른 이전'은
그의 '어른 이후'에 의해 갈가리 찢겨졌다.
　고등학교 때 단짝도, 거물은 아니었지만, 성인의 체취는 마찬가
지였다. 눈 꼭 감고, 숨 쉬지 마라, 응?…. 자전거 뒤에 나를 태우고
혜화동 1번지 보성고등학교에서 종로 5가까지 가면서 동숭동 문리

대 근방에 이르면 그는 꼭 그렇게 말했다. 툭하면 데모가 터져 최루탄 천지가 되었던 것. 최루탄 연기가 고마울 정도로 나는 그의 등에 파묻혀 맡는 땀내가 좋았다. 눈을 감은 것이 그토록 편안했고 등을 껴안은 것이 그토록 든든했고 코를 처박은 것이 그토록 재미있었다. 그로 인해 내가 호모의 사랑을 이해하게 되었다고 해도 과언은 아니다. 어쨌거나, 그도 나를 떠나갔다. 주먹은 아니지만 성적 나쁜 거 말고도 다른 불량기가 다분했던 그는 시험 전날 답안지를 집단적으로 훔쳐냈다가 발각되어 퇴학 맞았고 그 후로는 연락이 없다. 그래도 그는 내 추억에 삶의 길을 낸 셈이다. 단지 살아 있어서가 아니라 (사실 연락이 없는 걸 보면 죽었는지도 모르겠다), 나이 들수록(?) 더욱 사소한 게 소중하고, 어른스럽다는 것을 가르쳐준 까닭이다. 그렇다. 그가, 아버지와 자식 사이에 낀 크로노스의 경악을 어느 정도 무마시켰다. 그래서 경악이, 시간으로 전화될 수 있었다. 그로 인해 나는 청진동의 빈대떡과 해장국, 100년 동안의 음식에 가닿을 수 있었다. 그리고 그곳 분위기에서 중년의 체취를 미리 만끽할 수 있었다.

그렇구나. 나도 그때 벌써 퇴학쯤은 사소하게 여길 나이였구나. 하긴, 그때 벌써, 아니 물경 국민학교 2학년 때, 나도 학교를 퇴학 맞은 적이 있다. 집에서 나와 과수원 길을 한참 가다보면 너무 먼 곳에 세계최대 과밀(過密) 학생 수로 악명 높았던 전농국민학교가 있었다. '사서 고생'이라는 적절한, 사소하고 어른스러운 표현은 아주 훗날 떠오른 것이지만, 등굣길은 정말 그래 보였다. 그리고 그게 이해

될 리가 없었다. 동화 속이 아니지 않은가. 그곳에 들어가면 희한하게도, 공부를 할 만하면 쉬는 시간이라며 놀게 했고, 놀 만하면 다시 수업종을 치는 게, 도무지 종잡을 수가 없었다. 그것도 이해가 되지 않았다. 그러고 보니 이해할 수 없는 게 한두 가지가 아니었다. 왜 지각을 하면 안 되는지, 왜 결석을 하면 안 되는지, 왜 밥 세 끼를 제때 먹지 않으면 안 되는 건지, 아니 도대체 왜 그런 잡다한 고민을 해야 되는 건지…. 학교를 부모 몰래 땡땡이치면서 '코코아 아저씨' 배달통을 거의 부여잡다시피 하며 내가 싸돌아다니던 전농동 일대에 '청량리 588 창녀촌'이 언제 들어섰는지 나는 모른다. '청량리 588'을 실전 삼아서건 구경 삼아서건 혹은 '도바리 시절' 도피처 삼아서건(아, 유신 초기에는 정말 숨을 데가 없었다) 안 가봤을 리 없겠으나 그게 그 일대라는 걸 알게 된 게 아주 최근이고 그, 세월만큼의 빈자리에 나는 정말 아연실색했었다. 아, 그래. 내가 전농동을 떠나 다시 고향 마포로 가서 전학했던 그 용강국민학교 여선생도…. 일찌감치 퇴학 전과를 쌓은 '적응불량자'를 전학하던 바로 그해에 일약 모범생으로 만든 그 여선생은 도대체 어떤 마법을 풀었던 것일까? 키가 컸던 것 말고는 아무 생각도 나지 않는데, 사실 어린 나에 비해 컸을 뿐인지도 모르는데, 그때 어떤 '신화적 여성'의 기적이 벌어졌던 것일까?

기억의 잔해를 찾을 수 없다. 지금도 키 큰 여성을 보면 그냥 주눅부터 든다는 것 뿐. 그 큰 키의 빈자리가 너무 크다. 추억이 위태롭게 흔들린다. 무엇으로, 무엇을, 어째서, 어떻게 막을 것인가, 아니 넘칠 것인가, 벌써 이렇게 압도되는데?

시는 아무리 장고(長考) 끝에 나온다 하더라도 결국은 찰나의 소산이다. 그림의 영감은 속속 떠오르지만 결국 지난한 색칠 과정을 거쳐야 한다. 시는 가장 일상적인 글로 가장 응축된 '찰나 속 영원'을 포착한다. 그림은 가장 보편적인 시지각(視知覺)으로 가장 특수한 '공간 속 영원'을 구현한다. 그렇게 두 장르는 시간성과 공간성이, 일상-보편성과 응축-특수성이 동전의 양면을 이룬다. 그 동전 양면성이 시와 그림을 가장 가깝게 하지만 동시에 가장 멀게 하기도 한다. 예술 장르는 이 세상 모든 삶의 액정화고, 그 액정화 속에 둘은 중심적 위치를 차지하지만 양극단, 혹시 그 너머에까지 달하는지 모른다. 그 둘 사이를 춤이 춤답게 음악이 음악답게 소설이 소설답게 결국 흐른다. 그것을 안다면 우리는 모두 예술가다. 그 속에 자리 잡힌다면 우리는 모두 예술가다. 내가 만난 사람들, 글을 쓰면서 다시 만날 사람들, 만났으나 빈자리로 남은 사람들, 빈자리의 감각의 광채로 재창조해야 할 사람들, 이들을 포괄하는 내용의 그물망을 나는 '이 세상의 모든 詩人과 畵家'라 이름 지었다.

1. 내게 글쓰기와, 여자-음악에 대하여

 내가 내 몸의 일부인 것처럼 느껴지는 소설을 읽기 시작하자 그녀는 내 몸을 더듬기 시작했어요. 그러자 그녀가 더듬는 내 몸이 내 소설의 일부인 것 같다는 생각이 들었어요. 내가 한 문장을 읽으면 그 문장이 책에서 뜯겨져나가는 것 같았어요. 그녀가 내 몸의 어느 부분을 만지면 내 소설의 일부가 허물어져가는 것 같았어요. 눈물이 나오려고 했지요. 여자가 내 몸 아래서 소리쳤어요. 계속해. 계속해. 여자는 흥분해서 소리쳤어요. 계속해. 계속해. ….

—『문학 판』 2001년 겨울 창간호 182쪽,

이승우 단편소설 「육화(肉化)의 과정」 중

사물이 있다. 사물을 그린 그림은 당연히 그 다음에 있다. 그림의 추상화(化＝畵)가 상형문자고 상형문자의 추상화가 표음문자 알파벳이다. 무덤은 언제, 어떻게 생겨났을까? '언제'는 늘 부정확하지만 '어떻게'는 사물→그림→상형문자→알파벳 과정과 겹친다. 이 때 사물은 물론 시신(屍身)이다. 그림은 '구체적으로 누구'의 무덤이라는 기억이다. 생애의 기억이 어느 정도 공간-추상화한다, 즉 그림으로 된다. 상형문자는 '전설에 의하면 누구'의 무덤. 그림이 추상 자체의 차원을 알게 된다, 즉 문자화한다. 알파벳 문자는 상형문자에서 출발, 표음문자의 기호로 되었다. 형상화 자체의 기호화라고 하겠다. 무덤의 알파벳 단계는? 생애 자체가 기호화하면서 일반명사로서 죽음(의 의미)을 형상화한다. 이 무덤의 과정은 개인사에서 지인(知人)의 '무덤이 무덤으로 되는 과정'이지만 먼 옛날 무덤이 생겨난 그것이기도 하다. 그때 문자의 과정과 무덤의 과정은 상호영향을 끼쳤을 것이다. 옛날로 갈수록 문자는 무덤이다. 이것은 인류가 죽음의 '철학적' 의미와 '의학적' 원인을 알려고 채 염을 내기도 전에 있었던 '자연의 예술' 과정이다.

그런데, 완성된 문자의 무덤은 형상화 자체의 '기호화'이므로, 죽음의 '형상화'인 무덤과 달리, 세월 밖에 있다. 즉 영원과 불멸을 '형상화'한다. 죽음을 모르는 상태로 무덤을 만들었던(왜냐면 무엇보다 시신이 썩는 악취 때문에 산과 강에 내다 버리거나[풍장, 수장], 땅에 묻어야〔매장〕했을 것이다. 화장은 당연히 불의 발견 이후다) 시절 인류가 불멸을 원했을 리는 없다. 도살장으로 끌려가는 개는 두려움 때문에 털이 곤두선 채 컹컹 울부짖는다. 소는 더 뜨거운 눈물을 흘린다. 그러나 개와 소가 '불멸을 소망한다'고 할 수는 없다. 영원은 지난한 사고 과정의 산물이고 불멸은 지난한 소망 과정의 산물이다. 그 과정과 '문자의 무덤'은 다시 상호작용했을 것이다.

문자는 무덤이자 영원이다. 글은 문자들의 존재 의미다. '유한한' 삶의 육체를 '영원한' 기호의 문자로 치환하려는 욕망은 문자 성립기부터 있었고 문자의 발전에 박차를 가했다. 거의 동시에, 인간의

문자 혹은 문자의 인간은 '기호화로서 영원' 상태의 극복을 열망한
다. 문자는 '스스로 영원한' 생애의 육체를 갖고 싶어 한다. 무덤보
다 질 높은 차원의 형상화. 이것이 영원에 달한 문자의 희망이고 그
희망의 실현이 글의 예술인 문학이다. 숫자는, 조형＝영원＝내용이
므로, 형상화를 염원하지 않는다. 하지만, 그래서, '디지털 시대'가
열렸던 것일까?

어쨌거나 그렇게, 위에 인용된 소설 화자에게 소설은 몸의 일부
고 몸은 소설의 일부다. 그렇다면 글쓰기와, 여자는?

'여자'는 늘 나와 조금씩, 환장할 정도로 조금씩만 어긋났다. 어
머니는 여자라기보다는 어머니였다. 여동생은 여자라기보다 (여)동
생이었다. 유치원을 다녔지만 놀이터의 (당시로는 꽤 드물었던) 아장
그네 타기가 신기했을 뿐 여자애의 냄새는 일부러 지운 듯 기억에
묻어나지 않는다. 국민학교 때 '여자애'라는 말의 어감은 알았으나
'여자애' 자체는 별보다 멀었다. 중고등학교 시절은, 장안의 미녀 배
출학교로 소문났던 혜화여고가 등굣길에 있었는데도 '분 냄새' 삭제
되고 나와 무관한 영화의 한 장면이지, 무슨 주눅 같은 걸 든 경험조
차 없다. 나는 사실 이 나라 숱한 시인-소설가들의 사춘기 (여)성 경
험이 전율과 당혹에서 저지름의 위악(僞惡)까지 그토록 총천연색-
파란만장이라는 것도, 감동 없이 난해한 영화 같으다. 믿지 못하겠
다는 게 아니다. 동년배의 경험을 공유할 거리(距離) 조차 내게는 없
었다는 얘기다.

내게 여성은 숱한 이모들(외할아버지는 마포에서 떵떵거리는 대단한 자산가로 부인이 둘이셨다), 둘째할머니(나는 둘째할머니 쪽이다) 소생보다 첫째할머니 소생들, 그보다 그분들의 나와 동년배 딸들, 그보다 외삼촌의 첩실한테서 더 생생했다. 그 첩실은 사실 본 적도 없는데, 쉬쉬 수군대는 소리와 외삼촌 부부간 대판싸움 사이에서 어언 육체보다 더 생생한 '여성'의 어감을 주었다. 어쨌거나 모두 나와 인척관계 혹은 부적절한 관계라 그 흔한 죄의식이 있었을 법 하지만 그 정도는 아니고 그냥 '둔감한 신기함'의 차원쯤 됐을까. 몽정은 물론, 자연적인 현상이라, 안 했을 리 없다. 당시 최고 인기를 구가하던 표지 없는 도색소설 『꿀단지』를 읽으며 자위가 심한 편이기도 했다. 그러나 그것은 오히려 '여성'과 상관이 없었다. 포르노가 여성과 무슨 상관인가. 그리고 꿈속 몽정의 대상이 꼭 평소 흠모하던 '첫눈에 반한 여자'라는 법은 없다는 게 성(性)의학 혹은 성(性)심리학 혹은 정신분석학의 중론이지만 내 첫 몽정의 대상이 가수 이미자였다면 알조 아니겠는가(이미자가 '여자'가 아니라는 뜻이 아니고 청소년의 '대상'으로 이상한 것 아니냐는 뜻). 대학 들어와 첫사랑도, 많지만('첫' 사랑이 '많다'는 게 벌써 문제다) 여자가 아니라 '누나'였다. '동생'을 사귀기에는, 다시 강조하거니와, 나의 성(性) 정신연령이 턱없이 낮았다. 어린 여자를 만났더라도 누나였을 것이다. 대학교 때 사귄 지금의 아내도(아내라는 게 그렇지만), 여자라기보다는 연상이다. 몇 번 끌려간 사창가는 여자이기 전에 그냥 진흙창이었고, 대부분의 사람들이 자기학대를 위해 그곳엘 드나든다는 면이 있다는 점을 단박에 알았고, 술집에서 취해 잘난 척하는 게 훨씬 편했고, 그러다 보니 심신이 늘 피곤하여 따로 자학할 일이 없으므로 나는 얼마 후, 강제로도 그곳에 끌려가지 않았다. 정히, 정말 '공무상' 할 수 없어 따라가서 '여자를 받아' 놓고도 그냥 밤을 새우는 일도 끊은 지 10년이 넘는다. 자, 하다 보니 이게 무슨 얘기냐. 내가 도덕군자란 얘기냐. 문학예술 한다는 놈이 도덕군자를 자처하는 건 요즘 세상에 거의 자살에 필적하는 행위 아닌가. 그렇지 않다 하더라도, 도덕군자로 얘길 끝마칠 거면 도대체 여자 얘기를 왜 꺼냈냐. 그럴 리도, 그럴 수도 없다. 나는 여자 혹은 여성을 좋아한다. 하지만 그 얘기는, 정말 여자처럼, 뜸을 들이고, '글쓰기' 얘기를 먼저 하자.

지금은 다방면에 글을 많이 쓰는 '팔방미인'으로 악명이 높고(사실 글쟁이한테 '팔방미인'이라 칭하는 건 욕이다. 내가 참는 이유는 그런 경우가 숱하고 숱하기 때문이다. 가령 '산문을 닮은 시', 혹은 '시를 닮은 산문' … 이거 욕이다. 시는 시 정신 속으로 심화 확산해야 하고 산문은 산문 정신 속으로 심화 확산해야 하는 것은 상식 아닌가. 그걸 칭찬이랍시고 하는 평자도 그걸 칭찬으로 듣는 작자도 상식 밖이다. 산문은 또 다른 산문으로의 도약을 위해 시를 받아들이고 시도 마찬가지다) 그 악명에 굴하지 않고 계속 남들이 이러쿵저러쿵 자체를 포기할 때까지 '써 갈겨' 대(겠다)는 처지지만, 나는 사실 1977년 군대 끌려갔을 때까지는 글에 대한 취미도 욕심도 없었다. 형님 같던 김도연(문학평론가, 작고)의 꾐에 빠져 문리대 문학반에 들어 대학시절 이미 이성복(시인) 황지우(시인) 김석희(소설가) 이인성(소설가)의 화려한 문명을 접했고(확실히는 몰라도 『대학신문』 '문학상'을 이들이 장르 구분 없이 4년 동안, 2년 이상 겹치기 출연이 불가능할 경우 애인 이름까지 도용하며 '도리' 했을 게다), 동인지 『언어의 새벽』을 통해 김연신(시인)이라는 웬 고대생이 '신화적'이라는 것도 알았지만 나는 복잡한 글쓰기보다는 '공부만 하면 되는' 영문학이 좋았고 그것보다는 '지리멸렬해도 되는' 술판이 더 좋았고 다른 데는 별 관심이 없었다. 김석희가 여자이름인 줄 알았다가 김석희와 첫 대면 때 크게 낭패를 당했을 정도니까. 김도연도 나를 '글솜씨' 때문에 꼬신 게 아니고, 글 솜씨의 가능성 때문에 꼬신 것도 아니고, 내가 베개 삼아 들고 다니던 영문판 셰익스피어 전집으로 문학반의 권위를 높여 보려는 심산이었다.

이들 '문인들'에 대해서는 훗날 얘기하자. 그때 내가 친했던 것은 김석희와, 철학과 이병창(동아대 교수), 그리고 다시 철학과 이영철(부산대 교수)이었다.

이병창은 『대학신문』 지령 천 호 1면 전체를 얼굴만으로 장식할 정도로 준수한 미남이었지만 대학시절 내게 정결한 낭만주의를, 도피 시절에는 마르크스주의를 가르쳐준 자다. 문제는 내게 마르크스주의를 가르칠 겸 공부를 한 번 더 한 결과 내가 마르크스주의를 받아들일 즈음 정작 자기는 다시 '전략적' 낭만주의로서 주체사상 속으로 급상승했다는 것. 그는 한때 주체사상이 대중성은 있지만 내용

자체가 너무 단순한 것 아니냐는 의구심이 일 때마다 고급 주체사상을 제공했던, PD 이론가 윤소영이 인정한 실력파다. 야, 김정환이. 니가 무슨 마르크스주의냐. 그거 비정하고 야비한 거야. 시니컬하고. 그런 건 너한테 안 어울려. 너는 정열파 아니냐. 너한텐 주사가 어울려…. 그는 기분 좋게 술에 취하면 내게 그렇게 '충고'하는데 그 어투가 노래 부르는 듯하다. 이영철은 외모와 인품이 모두 점잖은데다 멋쟁이. 더 중요한 것은 그가 세상 사는 도리의 멋까지 내게 차분차분 체감시켜주었다는 점이다.

내가 '의미의 아름다움'이라는 말을 쓰게 된 것은 이영철 덕이다. 이영철은 비트겐슈타인 연구의 권위자다. 이 둘과는 정말 하루 거르면 허무하고, 등교 안 하는 일요일이면 화가 날 정도로 연일 술을 퍼마셨는데, 지금 생각하면 나는 없었던 듯 허망하고 둘은 양훈-양석천에 버금갈 정도로 어울리는 단짝 같다. 두 사람의 태도와 철학'사상'이 그렇게 달랐는데도. 어쨌거나 이병창은 한참 동안 나보다 시를 더 잘 썼고, 이영철은 철학의 한계를 시로 돌파하려고 한참 뒤에 노력한 적이 있다. 아마 지금도 노력할 것이다.

이운형은 최고참, 김주언은 최말단(나보다 몇 달 어린)이었다. 이 둘과도 친했다. 이운형은 나이답게 시가 튼실하고 대학생 시답지 않게 실험의 살기보다는 고뇌의 온기가 진했다. 무엇보다 사람 자체가 어딘가 '눈물 글썽'할 뿐 아니라, '눈물겨워서 고마운' 데가 있었다. 그 후의 삶도 그랬다. 그가 대표로 있는 (주)마펠코리아는 피복공장인데 그가 사업-전략상 오류를 범했거나 인간적으로 실수를 범한 일이 없건만, 언제나 근근하고 종업원 먹여 살리는 데 빠듯하다. 한때 종교에 빠져 술과 담배를 끊고 다른 친구들에게도 열심히 종교를 권하더니 어느 날 찾아와 술 한잔하자길래 웬일이냐 그랬더니 대답이 또 눈물겨워서 고맙다. 술을 안 먹으니까, 친구 한 놈을 만날 수가 없어…. 그때 나는 그에게 다시 시를 쓰라고 간절히 권했다. 학창시절 읽었던 그의 시를 생각하면 지금 내가 쓰는 시가 부끄럽다. 김주언은 모처럼 만만한 동년배에 골치 아픈 문학 이야기, 더 골치 아픈 창작의 아픔 운운 얘기를 일체 하지 않고 주정도 하지 않고 이따금씩 실없는 소리로 좌중을 활기차게 해서 편하고 좋았다. 그는 언론개혁운동에 종사하다가 최근(2002년) 언론재단 이사에 취임했는데 연봉이 물경 7천이란다. 마누라 좋아하겠구나. 월급 변변히 못 갖다 준 게 1, 2년이 아닐 텐데….

황지우와 이인성을 실제로 혹은 제대로(난 안 만난 것 같은데 둘은 나를 그전에도 만났단다) 만난 것은 1980년 초다. 이인성은 잡지 일로 새벽 3시에 날 찾아와 '어린 나'를 감동시켰고, 황지우는 '광주사태'의 소문이 흉흉할 무렵 '같이 데모를 하'자고 꼬시려 내 집에 찾아왔다가 말도 꺼내지 못하고(그때 난 징역 2년, 군대 3년, 합이 5년 동안의 유배 끝에 서부이촌동 서민아파트 맨 꼭대기 층에서 신혼살림을 차린 직후였다) 제 혼자 지하도 계단에 삐라를 뿌리다가 잡혀 모진 뭇매를 맞는 식으로 나를 당혹시켰다. 그렇게 문학이 감동과 당혹으로 왔다. 그러나, 그전에 나의 글 혐오증의 역사를 훑어야겠다.

　중고등학교 때 '육군 장병에게 보내는 편지'를 쓰던 악몽이야 우리 세대에 공통된 것이지만 나는 '일기 쓰는' 방학숙제가 참 싫었고 (지금도 그렇다. 피아노 실기라면 몰라도, 글쓰기야말로 어릴 때 강요하면 안된다), 대학교 들어가서는 리포트 문장 맞추는 일이 고역이었다. 더군다나 영작도 해야 했으니…. 대학교 때 『대학신문』에 시를 딱 한 편 발표했지만 순전히 농간에 의한 거였다. 당시 문학반 멤버이자 『대학신문』 기자였던 정세용(전 한겨레 편집위원, 현재 내일신문 근무)이 어영부영 내 쪽지를 가져다 발표를 해버렸던 것. 김지하를 참으로 어설프게 흉내 낸 그 글은 사실 이제라도 혹시 누가 들춰볼까 겁난다. (아마도) 오생근이 연간 시작품 평을 썼는데 김석희의 시가 최고로, 내 작품(이랄 것도 없지만)이 최악으로 선정되었다. 물론 쪽팔리기는 했다. 하지만 오기가 솟았단들, 그 오기가 글에 대한 욕심으로 이어지지 않았다.

　1975년 5월 22일 김상진의 할복자살 사건 때 급작스레, (아마도) 누군가의 대타로 '김상진 추도시'를 썼다. 내 글이 유인물이나마 활자화된 게 신기했고 여러 사람 앞에서 읽는 것도 '괜찮네' 싶었지만 역시 문학은 별로였다. 도망가는 일이 급했다. 며칠 동안 김도연을 따라 수배자 행각을 벌이다가 붙잡혀 유치장에 처박혔고 무지막지하게 두들겨 맞느라 문학은 생각할 겨를이 없었다. 아니 무슨 겨를이 있었다면 글 쓴 것 자체가 후회막급이었으리라. 아니 글을 쓰는 것은 물론 글을 안 쓰는 것에 대해서도 별 관심이 없었다. 감옥에 들어가서야 두 부분에 대한 관심이 비로소 생긴다.

내가 정말 글하곤 담을 쌓았군…. 나를 그렇게나마 들여다보게 만든 것은 봉함엽서를 펼친 광활한 백지 면적이었다. 옥중에 갇힌 민주화운동가들이 보낸 봉함엽서, 깨알보다 작아지려 기를 쓰면서 전면을 빽빽이 채운 글씨를 보고 발신인의 애국심에 감동한 대학생들이 당시 부지기수겠으나 감옥 경험을 한 후 나는 그 빽빽함이 애국심보다는 심심함 탓이 더 크다고 확신하게 되었다. 그분들의 애국심을 폄하하자는 게 아니다. 심심함이야말로 올바른(?) 징역살이 최대의 적이라는 얘기다. 장기수의 경우 5년 징역이면 너끈히 나는 파리를 젓가락으로 잡는다. 하지만 10년이 지날 즈음이면 그런 묘기는 그야말로 부질없다. 그럼 어떻게? 가다 밥을 받아 밥통에 물을 가득 채운다. 밥이 불을 때까지 기다린다. 불은 밥 알갱이를 햇볕에 말린다. 그리고 바싹 마른 밥 알갱이를 한 알씩 젓가락으로 집어먹는다. 그렇게 다 먹으면 다음 식사가 오고, 같은 일이 반복된다…. 교도소에서는 한 달에 딱 한 번 편지 쓰라고 '집필실'로 들여보낸 후 집필도구와 봉함엽서 한 장을 준다. 물론 매일 조금씩이나마 운동시간이 있지만 지식인한테 한 달에 한 번 편지를 핑계로 집필과 자유, 그리고 집필의 자유를 누리는 시간은 더 신기하고 더 소중하다. 그 시간을 될 수 있는 대로 늘이려면 글씨가 기를 쓰며 작아지고 여백이 있을 수 없다.

그런데, 그런데도 나는 봉함엽서를 받아들고 정말 가능한 가장 큼지막한 글씨로 '부모님, 안녕하세요' 그렇게 쓰고는 더 이상 쓸 내용도 마음도 사라지고 마는 거였다. 아버지는 노골적으로 화를 내고 (장차) 아내도 서운한 내색이었지만 쓸 마음도 내용도 없는데 어쩌겠는가. 아내가 그나마 문장이 여러 줄인 편지를 받게 되는 것은 내가 군대에 가고 나서다.

내 아버지는 육군본부 헌병감실 주임상사까지 올라간 경력의 직업군인 출신이다. 그리고 제대 후 미군부대에서 나오는 외제 깡통 (통조림) 장사로 꽤 재산을 모으다가 이승만의 '국산품 애용' 정책에 된서리를 맞았다. 5·16은 가족이 다시 먹고살게 된 계기로 작용했다. 아버지는 청와대 경호실에 들어가 경호실장 바로 아래 자리까지 올라갔다가 '아 새끼들 노는 거 눈꼴시어서' 때려치우고 사업에 나섰지만 옛날만 못했다. 아니 '주임상사' 시절이 제일 화려했을 게다. 6·25 후 어영부영 '적산가옥'을 챙기셨던 모양이다. 어머니는 늘 자랑삼아 말씀하신다. 니가 태어날 즈음 살던 집은 말야, 단성사 뒤쪽이었는데, 대문을 몇 개나 거쳐야 하고, 집이 너무 넓어 무서워서 친척들을 오라 해서 같이 지내고 그랬단다…. 아버지의 말은, 역시 자랑이지만, 방향이 딴판이다. 그땐 구로동 일대 땅이 다 내 거였는데, 어느 날 그걸 몽땅 팔아서 법대 친구와 요정에서 술로 다 날렸다. 스무 날 밤낮을 퍼마셨을 걸….

그 '법대 친구'는 훗날 내 2심 재판의 재판장으로 된다. 그것도 따지고 보면 불행한 일이다. 왜냐. '급작스레' '대타'로 추도시를 썼다고 했지만 더 정확히 말하면 '술에 취한 상태로' 이틀 전 포섭을 당하고 집에도 못 들어가고 애인한테도 사정 설명을 못하고 행사에 동원되었으니 '납치'되었다고 봐도 무방해서 시위 주동은 고사하고 주동자가 누군지를 잡혀가서 알았을 정도였다. 내가 보다보다 너같이 한심한 놈은 처음이다… 공안검사는 평소 이골이 났을 '조직표 그리기'가 갑자기 난해해지자 그렇게 짜증을 부렸을 정도다. 1심이야 이놈들이 워낙 난데없이 뒤통수 맞고 높은 놈들 짤리고 그랬으니 엉겁결에 형을 때렸겠지만 2심은, 충분히 이성을 되찾을 시간이 있었으므로, 나가게 해줘야 할 것 아닌가…. 그런 생각을 은근히 나는 하고 있었겠다. 그런데, 2심 최후진술 직전에 아버지가 '재판장 빽'으로 특별면회를 신청하더니 그러는 거라. 넌 죄가 별로 크지 않으니 조용히만 있으면 내보내 준다더라… 지금 같으면야 '은근한 생각'이 설령 없었다 해도 일단 '나가고 보자'는 생각이 약아서건 약해서건 아니면 명분보다 실천을 중히 여겨서건 당연지사. 하지만 나는 웬일로 갑자기 눈앞이 깜깜해졌다. 큰일났다, 는 생각이 뇌리를 때리고 가슴을 철렁하게 했다. 어떻게 나 혼자…. 미안하다는 게 아니라, 담 밖의 사회 속으로 나 혼자 내팽개쳐질지 모른다는 불안감이 엄습했다. 나는 최후발언 대신 약간의 난동을 부리고 '간신히' 집행유예 석방을 면하게 된다. 저, 저, 새끼. 저, 저, 쌍놈의 새끼…. 어머니와 여동생들이 안절부절하는 통에 아버지는 그렇게 '독한 욕'만 내뿜고 재판정을 떠났다. 아버지의 '옛 친구 꿋발'은 그렇게 엉뚱한 결과를 초래했다. 하지만 훗날 군대에서는 아버지의 끗발이 통하게 된다. 그것도 아주 통쾌하게.

　강제징집이란 말 그대로 강제로 군대에 입대시키는 행위다. 1970년대 초 '강제징집'은 '반정부 행위'를 일삼는 자들을 곧장 군대로 입영시킨다는 뜻이었다. 1975년부터 의미가 크게 달라진다. 긴급조치 9호 위반자는 징역형을 살더라도 형기 2년까지는 군복무를 시킨다…. 이 내용은 대통령 '훈령' 형식으로 병무청에 시달되었지만 지금은 그 기록을 찾기 힘들다. 위헌에 해당되기 때문이다. 헌법상 군대는 일정한 자격 소지자만이 갈 수 있고, 범법자는 탈락 1순위다. '징역 2년'과 '군대 3년'은 군대가 최대의 정권 유지수단인 군사독재 체제에서는 정말 '물과 기름' 사이다. 어째서 이런 일이 벌어졌을까? 물론 반체제운동을 '고롭'히기 위해서다. 긴급조치 4호는 시위 주동자를 '사형'시킬 수 있게 했고, 실제로 (조작된 지하-)인혁당 관계자들을 형 확정일 다음 날 새벽 사형시켰지만, 사형선고 후 10개월 만에 석방된 학생-지식인 운동의 낭만적 정열을 꺾지 못했다. 긴급조치 9호는 전략을 (죽음의) 낭만주의에서 (징역과 군복무의) 현실주의 차원으로 바꾸었다는 뜻이다. 그리고 덕분에, 학생-지식인 운동도 그것에 맞서 현실주의 차원을 강화하게 된다.

　어쨌거나, 그건 다행이지만, 나는 긴급조치 9호 선포 후 첫 사건에 연루되어 징역 2년을 형기 만료하고 나와, 몇몇 빵잽이 동기들과 함께 1975년 형 '강제징집'의 첫 케이스가 되고 말았다. 출옥 후 입영일까지는 딱 7일 여유가 있었는데, 병무청 '항의 방문' 하느라 국회 '호소 방문' 하느라 며칠(그때 내 몸무게는 48킬로그램 미만. 군대에 갈 수 없는 수치였다. 그 점은 당시 국회속기록에 적시되어 있을 것이다), 그리고 호적이 두 개라서(그때 처음 알았다) 영장이 두 개가 나왔으므로 호적 하나는 '사망신고'를 하는 사태를 겪느라 또 며칠을 쓰고 나니 바로 코앞이었다. 징역 살 때 책만 파느라 운동을 전혀 안 했기 때문에 몸이 앞으로 오그라들어 허리가 펴지지 않았다. 한마디로, 남은 호적 하나도 '사망신고' 하고 싶었다. 그렇게 죽기를 각오하니 신병훈련소에서는 나를 건드리지 않았다. 소대장이 배낭, 철모, 탄띠, 소총 순서대로 내 '짐'들을 챙겼으니까. 강원도 양구로 배속되어 깊은 산중을 들어갈 때는 정말 '고요히, 얌전하게' 죽으러 들어가는 심정이었다. 겨울 되고 손가락이 심하게 터져 뼈가 드러날 정도인데다 기관지염이 극에 달했는지 애써 참는데도 30초를 못 넘기고 기침이 계속되었다. 보다 못한 중대장이 '검사나 받아보라'며 2박 3일짜리 휴가증을 끊어주었는데, '요시찰'로 이등병에 휴가를 나온 것은 내가 처음이자 마지막일 것이다. 어쨌거나, 오명가명 거의 이틀이 걸리는, 그러므로 채 하루가 되지 않았을 '서울 체류' 기간에도 난 별로 살고 싶지 않았다. 정말, 중대장 어투대로, 여한이나 없자 싶어 지나가다 엑스레이를 찍었고 징후를 물으니 "오래 살려면 술과 담배, 여자를 끊어야 한다"고 하길래 "술과 담배, 여자를 끊으려면 뭐하러 오래 사냐. 멍청아." 그렇게 '밟고' 나왔지만 그것도 잰 체하는 인생론의 체념이 짙게 물든 푸념에 불과했다.

　어쨌거나 그렇게, 전방 소총수로 박박 기면서, 혹은 통신병으로 민통선 북방을 끌려 다니며 몇 번을 까무라치고 그러면서, 군대생활이, 땀에 절은 군복과 자연 경관의 어울림이 견딜 만해지는 바로 그만큼 지겨워지고, 지겨워지는 만큼 삶이 살똥말똥 애매해질 즈음, 아버지가 왔다. 아버지는 '단칼에' 문제를 해결했다. 아버지가 그 지역 보안사 지휘관에게 '면담 신청'을 한 후 보자마자 대뜸 한 대를 올려 부치고 내처 으름장을 놓은 내용은 이랬다. 야, 이, 씹새끼야. 내 아들 니들이 빨갱이라고 2년이나 징역 살려놓고 민통선 북방에 배치를 해? 그 새끼 월북하면 니가 책임질래? 난, 책임 못 져, 개새꺄…. 아버지의 말은 '헌법'에 맞았다. 행형법에도 맞고 병역법에도 맞았다. 3교대로 DMZ를 관리해야 하는 연대에 배속을 시키고 4개월마다, DMZ에 근무시킬 수 없다는 이유를 내세워, 다른 연대로 소속부대를 바꾸는 것 또한 '데모꾼들 고롭히기' 작전의 일환이었던 것. 아버지의 '말 되는 활극' 덕분에 나는 곧장 사단참모부로 '올려' 졌다. 그런데, 문제가 발생했다. 그리고, 그 문제가, 지지부진하게 나를 '글쓰기의 세계'로 집어넣는다.

　나는 '요시찰'이므로 비밀취급인가를 받을 수가 없다. 사단참모부에서 그 인가 없이 근무할 수 있는 곳은 군수처 수송부, 그중에서도 차량계가 유일한데, 업무용 차량에 연료증을 끊어주는 이 보직은 노른자 중에도 노른자다. 일과시간이 끝나거나 공휴일이면 영관급

장교조차 휘발유를 타려고 쫄따구 앞에서 억지웃음을 실실 흘리는 것. '인가'를 내줄 수 없고 '인가 없음'을 시비 걸 수도, 원천적으로 없는 보안사는 나를 바로 이곳에 보냈다. 보안사의 딜레마는 형태를 바꾸어, 그러나 고스란히, 차량계 고참들에게로 이전되었다. 그들은 나에게 '연료증' 권리를 줄 수도, 안 주고 놀게 할 수도, 없었다. 타자 치는 거나 시키지 뭐···. 연간 연료 소비량 통계는 2급 비밀사항이었으나, '타자'는, 자필글씨와 달리, 작성자를 알 수 없다는 이점이 있었다. 그렇게 나는 타자를 배웠다. 물론, 제대로가 아니고, 독수리 타법으로. 지금도 독수리 타법이다. 매우 빠르지만, 장교들이 퇴근한 밤마다 빳다를 맞으며 배우고 작성하고 그랬는지라, 지금도 치다가 깜짝깜짝 놀라곤 한다.

어쨌거나, 필기도구가 있고 백지가 있으니, 무료했다. 그리고 감옥살이는 상하관계 없고 시비 거는 놈 없어 군대보다 편하지만, 군복무 기간은 내무반 생활만 있는 게 아니라 개차반과 자기말살의 외박(한번은 외박 나갔다가 술에 쩔어 내가 돼지우리에 대고 꽥꽥 소리를 지르고, 돼지들도 꿀꿀 소리로 대꾸를 하는데, 희한한 대화가 이루어지더란다)과 또 다른 생(生) 같은 휴가(는 결코 외박의 몇 배, 몇 십 배, 몇 백 배 수가 아니다. 외박이 내무반 생활에 맞선 부성의 반항이라면, 휴가는 길 자체가 모성으로 전화하는 시간이다. 그래서 귀대는 입영보다 더 끔찍한 일이지만)도 있어 각각 절벽처럼 마주 선 형국이라는 그, 차이가, 무료함을 글쓰기의 공간으로 점차, 빠르게 전화시켰다. 나는 글을, 편지를 쓰기 시작했다. 내 첫 시집 『지울 수 없는 노래』의 3분의 2 이상이 이때 훗날 아내가 될 '여자'에게 쓴 편지를 단 한 줄 고치고 그대로 수록한 것이다.

'여자'라…. 그래. 글은 여자를 여자로 보이게 했다. 수발 면회를 오는 훗날 아내뿐 아니라 그 이전의 앞서 나열한 모든 여자들까지. 아니 그 외에, 생각나는 여자들도 있었다. 나는 글쓰기로 무엇을 더 듬었던 것일까? '어긋남'이 '여자'보다 더 '여자다웠'다. '조금씩만'은 그 '다움'을 더 아찔하게 했다. 어머니와 여자 사이, 여선생과 여자 사이, 여동생과 여자 사이, '여자애'라는 어감과 실물 사이, 여학생의 어감과 실물 사이, 여대생의 어감과 실물 사이, 그리고 아내 될 사람과 여자 사이, 등 온갖 '사이'들이, '어긋남'과 중첩되면서, 공간도 없는데 온갖 처녀 살내음으로 섹시-충만하다. 그리고 그 '내음들'의 덩어리가 육체를 이루면, 나는 내가 만난 세상의 온갖 여자, 아니 온갖 여성(성)을 그 속에서 탐닉하는 듯 했다. 그리고, 여자는 흩어지는 게 매력이라서 그토록 육체적이고 육감적이다.

계급이 오르면서 접한 군 주변 술집여자들은 '그곳'에서 정말 '새우젓 썩는' 냄새가 났다. 하지만 난 한 '술집여자'를 찾아 따로 외박을 나오기도 했다. 실금반지를 낀 여자가 하도 살갑게 대해 주길래, 짓궂은 마음 반 혹시나 하는 마음 반으로 그 반지를 달라 했더니, 벗어주는 것이었다. 나는 다음 외출 때 자그마한 선물을 동봉해서 돌려줄 참이었다. 그런데, 공비가 간밤에 철조망을 끊고 침투한 것도 아닌데, 부대 비상에 외출-외박 금지령이 내려지더니 꽤 오랫동안 유지되었다. 쯧쯧. 읍장이 또 부대 지휘관 비위를 건드렸군… 그런 소문이 돌았다. 십중팔구는 사실일 터였다. 왜냐면, 군인들이 퍼마시고 끌어안는 술값-여자값으로 읍 전체가 먹고산다고 해도 과언이 아니었다. 나는 모처럼 '여자로 인한 노심초사'를 고통으로 맛보았다. 그녀와 정분난 것도 아니고, 손님과 술집여자 사이로 살을 섞은 것도 아닌데…. 금지령이 풀리고 서둘러 찾았을 때 그녀는 떠나고 없었다. 글쎄, 홍천쯤 갔을 거여. 거긴 더 후지거든. 이 바닥에 발을 들여놓은 여자들은 코스가 정해져 있응께…. 그 말은 참 슬펐다. 여자, 육체, 역사, 남북 분단, 그런 모든 것이 한 덩어리로 슬펐다. 나는 홍천으로 또 그 밖에 정해진 길로 수소문을 했고 직접 찾아 나서기도 했으나 그녀를 끝내 만날 수 없었다. 세월이 많이 흐른 지금 생각하니 여자로 태어나 몸을 판다는 것이 '새우젓 썩는' 일이겠으나, 상관없이, 세월을 머금은 술집여자의 육감은 실금의 시간이다. 하긴, 사창가를 끼고 살았던 마포의 유년시절, 한복 차림의 술집여자들은 모두 나의 '예쁘고 고운' 누나였다.

글(쓰기)은 문학의 기억을 부르고, 음악의 기억을, 그리고 음악을 불렀다. 대학시절 나는 내내 학교 앞 학림다방에서 죽을 쳤다. 정식 영업시간 전 일찍 들른 손님에게 계란 노른자 섞은 커피를 서비스하는 '모닝커피' 타임부터 정식 영업이 끝난 바닥 걸레질 타임까지. 대학교는 다니는 재미가 좀 붙은 모양이구나…. 부모님은 그렇게 안심하셨지만 수업은 대체로 빼먹었고 학림다방에 죽친 지 2학기 만에 '학사경고'를 받았다. 하지만 그때, 하루 종일 젖어들었던 고전음악은, 발광하는 청춘을 화려하게 장식하는 사치와 겉멋에 불과했다. 이제 비로소 그게 보이면서, 들리지 않는 음악이, 너무나 듣고 싶었고, 그 들리지 않는 음악이, 들리지 않음의 음악이, '들리지 않음=음악'이 여성의 성(性)과 성(聖)을, 가장 순정하게 등식화했다. 그리고 그 등식화는 글(쓰기)을, 더듬는 행위에서 사랑하는 행위로 총체화한다.

제대를 하고 나서도 한참 동안, 음악을 듣지 않았지만 '음악'은 알게 모르게 나의 글을 한편으로 순탄케 하고 다른 한편으로, 민주화운동의 구호와 선언문으로 얼룩진 나의 글을 아파했을 것이다. 어쨌거나, 나는, '음악의 육체'로 하여, 나의 글이 단순평이하기보다는 '난해가 투명'하기를 바랐다.

나의 글쓰기가 '순탄'에서 '폭발적 다작'으로 가속화한 계기는, 아내의 해직 사태다. 아내는 전교조 운동 주모자급과 같은 학번대였지만 지위는 평회원이었다. 2천 명에 이르는 평회원 중 한 명. 노태우 정권이 과격하게 노조 가입자 전원을 자른다고 하더라도, 평회원까지 내려오려면 시간이 좀 있겠군…. 나는 그쯤 느긋하게 '운동적 쨍구'를 굴렸으나 웬걸, 노태우는 하루아침에 그들 전원을 해고 조처했다. 졸지에 해고를 통보받고 귀가한 아내에게 나는, 물었다. 통장에 얼마나 있나?…. 통장 같은 소리 하네. 주머니에 백 몇 십 원 있다…. 어허 이런. 그날 김도연이 '바로 강 건너'에 와 있다고, 술 한잔하자고 했으나, 나는 차마 차비가 없다는 말은 못하고, 대충 얼버무리다가 비겁한 놈, 한심한 놈, 마누라한테 꽉 잡힌 놈, 잔대가리 굴리는 놈, 지 술 처먹을 때는 온갖 놈 고생시키면서 뒷구멍으로는 지 시간 챙기는 놈, 등등, 한 1년 동안 김도연에게 시시때때 쫑코 줬던 항목들을 단 5분 만에 되받고 말았다. 하여간 그때, 나는 아마도 '공황 상태'로 빠져든 듯하다. 하루에 18시간씩 오로지 (번역을 포함한) 글만 쓰기를 꼬박 8개월, 통장에 몇 백만 원이 '비축'되고서야 후, 하고 한숨을 쉬었던 듯하다. 그리고 그 후 그 '공황 상태'는 수시로 발작하는 습관이 되었다.

그 습관이 '사랑의 일상'으로 된 것은 '음악글'을 쓰면서부터다. CD 음반이 발매되면서 나는 클래식 음악 감상 취미를 되찾았다. LP는 손이 많이 가고 30분마다 뒤집어야 하므로 성가셨지만 CD는, 특히 5개나 7개를 한꺼번에, 그것도 몇 번씩 반복하여 재생해주는 CD 체인저를 통해 들을 경우, 음악이 제 혼자 흘러가게 둘 수 있었다. 이런 점에서 나는 아직도 음악 '마니아'가 아니다. 다만 그렇게 커튼 비슷하게 음악을 쳐놓고 귀를 편하게 내버려두는데, 그런데도 내 귀의 마음을 사로잡는 음악이 있으면, 그 음악의 작곡가, 연주자, 장르 등 모든 것을 되는 대로 일거에 장만하여 그것만으로 다시 커튼을

친다. 그것이 지겨워질 때까지, 혹은 그 와중에 귀의 마음을 더 강하게 사로잡는 다른 것이 출몰할 때까지. 나는, 그것이 음악의, 혹은 다른 예술의 진수를 빨아들이는 가장 효과적인, 혹은 창작자다운 방법이라 생각한다. 너의 마음을 충격과 감동으로, 또 '충격＝감동'으로 사로잡는 단 한 줄의 글이 있다면, 그 작자의 모든 것을 찾아 읽어라. 그러면 그 작자는 너의 훌륭한 스승으로 된다…. 내가 문학학교 교장으로서, 문학 지망생들에게 하는 유일한 충고다.

음악을 다룬 글, 작곡자, 음반, 지휘자, 장르, 연주회를 다룬 글이 모두 제각각 음악글이다. 나는, 지금은 음악-교양방송 진행자로 유명한 김갑수 덕에 음악 교양서 『클래식은 내 친구』(웅진출판)를 출간, 엄청난 CD 값을 벌충할 수 있었다. 연주회평은 패망 중이던 사회주의 국가 출신의 테너 페터 슈라이어의 슈베르트 「겨울 나그네」 전곡 리사이틀이 최초인데, 서울대 성악과 출신 테너 '운동권' 후배들의 성화와, 당시 『경향신문』 문화부장 이상문의 배려 때문이었다. 음반평은 '현대음악 시제품을 독일-영국놈들보다 몇 개월 먼저 들어보고 평해주지 않겠느냐'는 '레코드 포럼' 장진영 대표의 호의 덕이다. 하지만 보다 온전한 '음악글'은 '음악＝글'이고 이런 의미의 음악글을 쓰게 된 것은 기독교방송 양동복 PD(훗날 기독교방송 위성 TV 편성부장, 최근 모친상 문상을 왔을 때는 모대학 교수 노릇도 한다 했다)의 격려로 두 시간짜리 클래식 생방송을 1년 동안 진행한 후 그 내용을 정리하다가, 아무래도 먼저 냈던 책과 겹치는 내용이 많길래 내용과 형식을 완전히 개조한 『음악이 있는 풍경』(이론과실천)에서다.

이 책은 원래 800매 정도의 음악 산문집으로 '계약'되었지만 매수가 1천 5백을 넘어서면서 원래 출판사가 계약(금)을 포기했고 2천 매를 넘어서면서 두 번째 출판사마저 포기했다. 그때는 별로 상관하지 않았다. 아니 상관할 겨를이 없었다. '자고 나니 유명해졌더라'라는 말이 있지만, 정말 자고 나니 글이 늘어났다. 음악이 잠을 대신했고 그렇게 잠이 줄고 육신과 정신이 글쓰기로 피폐해졌지만, 정말 음악이 잠을 대신하는 듯, 혹은 육체와 잠을 대신하는 듯 정신은 명징하고 적나라하고, 육체는 흐느적이면서도 예민한 것이, 마치 죽음의 이면 같았다. 그런 꼴을 서영은(소설가)에게 전해 듣고 '원고를 달라'며 강금실(변호사, 당시 이론과실천 대표)과 김태경(현재 대표) 부부가 찾아왔을 때 나는 처음엔 거절했다. 그때는 그 출판사가 정말 말이 아닐 정도로 어려웠기 때문에 내 원고는 십중팔구 커다란 짐이 될 거였다. 어쨌거나 달라며 원고를 찾아간 지 일주일 후 '정말 내겠다'는 연락이 왔을 때 원고는 딱 2800매. 큰일 났구나, 출판사 하나 망가트리고 나는 망신당하고, 그러겠네…. 이럴 때 묘수가 목차를 다시 정리하면서 잔가지와 겹친 줄기, 그리고 되도 않을 대목을 미리 쳐내는 것. 나는 그렇게 했지만, 최종 원고는 4700매에 이르렀다.

무엇이 나를 그 지경으로 몰아붙였을까? 글이 음악처럼, 흘렀을까? 아니다. 나는 음악'처럼'이라는 비유를 싫어한다. 그리고 음악처럼 흐르는 글을 좋아하지 않는다. 음악 대신 음악으로 흐르는 글도 좋아하지 않는다. 모두, 음악을 대신하지는 못하는 까닭이다. 그렇다면, 뭐지? 나는 음악 속에서, 특히 이탈리아 오페라 부파에서 '못볼 것'을 보았다. '마각을 보았다'고 표현할 수도 있을 것이다. 그것은 죽음이 흘리는 웃음이 삶보다 더 생생한 육을 입었는데, 그 육이귀를 채우며 '영혼 너머'를 적시고, 그렇게 '가시화 너머'로 이미 흐르는데도 끝없이 모종의 가시화를 요구하는, 그 가시화는 미술적 형상화라기보다는 그 요구에 응답하는 일이 (온습의 섹스 너머) 청정한섹스, 혹은 섹스의 (희망 너머) 전망처럼 느껴지는, 그런 '예술의 마각'이었다. 이 '마각'은 그러나, 모든 종교와 신화의 근원인 우주-섹스의 '거대한 물기'(종교를 끝내 본능의 발현으로 전락시키는)를 육체-순정화한다. 그것은 생애가 젊음보다 아름다워지는, '현실의 예술적' 순간이다.

2001년 8월, 그러니까 『음악이 있는 풍경』을 펴낸 지 4년이 채 안되어 나는 『내 영혼의 음악』(청년사)이라는 이름으로 명반 150건 400장을 해설했다. 이 책은, 지금 생각해보면, 내가 음악에게서 얻은 것을 음악에게 다시 돌려준 결과인 셈이다. 150단락으로 이뤄졌고 막바지에 이르면서 중복을 겹치느라 글이 점점 더 짧아지니 호흡이 끊겼지만, 그건 음악을 위해 내가 받는 즐거운, 그리고 기꺼운 고통이었다. 어쨌거나, 내게 음악은 여자다. 그리고, 여자는 음악이다. 글은, 글도 여자고, 여자도 글이다. 이제, 여자로써 여자를 능가하려애쓰는…. 청정한 육체 속에 역사의 생애를 담아내고 그것을 음악

('같은'이 아니라)의 육체로 전화시키는….

'육감적인 미모'로 꽤 알려진 한 후배 여성문인은 내게 이렇게 말했다. 선배는 손 하나 까딱 안 하면서도 '여자 맛'을 총체적으로 음미하는 기술을 터득한 것 같아. 맛을 음미당하는 여자도, 기분 나쁘기는커녕, '당하'는 것이야 물론 그렇지만, 그 어감조차 깨끗하게 삭제되면서 모종의 맛을 음미하게 되는…. 그때 그녀의 눈에 어떤 '욕망의 표정'은, 물론, 없었다. 오히려 성(性)을 극복한 성의 환희가 잠깐 묻어났다고 할까. 외모로 보자면 '미녀의 야수'에 해당되는 나는 그때 속으로 이렇게 말했다. 우리 사이에 음악이 흐르고, 음악이 그 '사이'를 넘치는 거야…. 그렇게 나는 세상 속으로 들어 문학을 다시 만나고 음악을 다시 만나고 여자를 다시 만났다.

2. 기억의 체취와 집 사이 글─소설(가들)에 대하여

한 20일 전, 아니 보다 역사적으로, 2002년 7월 10일 이태원 이모가 돌아가셨다. 80이 넘으셨다. 후취 외할머니 소생 중 맏이로 너그럽고 인자한, 그리고 선이 한없이 가느다란 이태원 이모는 '조선'을 알 리 없는 내게 조선여성의 유구하면서도 내내 신선한 응축이고 그래서 할머니보다 더 조선에 가깝게 느껴지고, 한

편으로 몸은 세월에 닳듯 갈수록 희미해지다가 아름다움의 기억만 영롱히 남았는데, 그렇게 오래전에 돌아가셨다고 해도 별로 이상할 게 없었는데, 오히려 죽음의 소식이 뒤늦게 육신을 다시 입혀준 셈이지만 그때, 죽음의 육신은 정말 얼마나 영롱한가. 너무 오래 앓으셨으니까, 호상이지… 씩씩한 막내이모가 그런 말끝에 "의식이 잠깐 돌아오신 중에 변을 싸서 한쪽으로 치워 놓으시고…"라고 덧붙였을 때도 이태원 이모는 육신인 듯 생애인 듯 기억인 듯 백옥 빛이었다. 아, 백옥 빛. 대학에 들어와 제국주의를 알고 이태원이 사실은 외국 군인들에게 겁탈 당해 밴 아이들을 버린 '異胎院'이라는 흉흉한, 그럴듯한 '주장'에 접했을 때 나는 이태원 이모 때문에 놀람과 분노를 극복할 수 있었다. 그 백옥 빛은 '남성/여성'의 '순결/해방'이 아니라 평화의 '순결/해방'에 벌써 달해 있었던 것. 내가 가난한 집 아이로 하릴없이 마포 동막역 철길을 따라 반나절을 걷고 나서야 때 구정물 범벅으로 도달했던, 장안의 소문난 부잣집 맏며느리의 푸근하고 따스한 품의, 백옥 미소며, 부끄러움과 기쁨이 미끄러지던 백옥 거울이기에 더욱 그랬다.

부음을 듣고 나는 별로 놀라지 않았다. 부음을 전하는 어머니도 별로 놀란 내색이 아니고 아버지 제사와 겹쳐서 형은 가면 안 되고, 네가 좀 갈 수 있겠니…. 어떻게 들으면 사무적이기까지 했고 나는 간밤 술이 아직 무지근히 남아 있는 두뇌 속으로 자포자기하려는 의식을 겨우 붙잡고 "가야지. 그럼, 가봐야죠" 하고는 다시 몸을 잠 속으로 들이밀었는데, 이상하다, 이런 경우 자다 죽어도 손해 볼 게 없겠다는 생각이 들만큼 적당히 괴롭고 적당히 편안할 뿐, 꿈을 꾸는 적은 없는데, 정말 희한한 꿈이 나타났다. 아니 안전(眼前)에 전개되었다고 해야 맞다. 그리고, 취기를 하늘 지우개로 일순 닦아내고 들어선 광경은 '조선 독립'과 비교가 안 될 정도로 아름다운 나라였다. 산, 산은 내용이 유현(幽玄) 혹은 농담(濃淡)이되 외형이 알프스(소녀)였고 물은 보이고 않고 흐르지 않고 향기로 스며들었다. 집은 내용이 찬란한 문명의 집약이되 외형은 백주대낮이고, 아무도, 짐승도 인간도 새도 없지만 생명이 충만하고, 정지해 있지만 완벽에 달한 운동의 시간 같았다. 더 놀라운 것은 왼쪽. 포신이 길고 구경이 넓은 커다란 전차(戰車) 한 대가 끊임없이 우렁찬(그러나 들리지 않는) 캐터필러 소리를 내며 구르는데, 시커멓다는 느낌 혹은 그보다 더 망측한 느낌은 말도 안 되고, 쳐들어온다는 느낌은 물론 지켜주러 온다는 느낌과도 무관하고 '승리/패배'와 무관하고 '간다/온다'와 무관하고 급기야는 '있다/없다'와 무관하고, 그냥 장쾌한 평화의 역동(그러나 보이지 않는) 같았다. 그것이 광경을 유지시키고 그것이 잠을 깨우고 그것이 한동안 방 안 광경을 잠의 광경에 묶었고 나는 비로소 군대에서 남성의 해독이 잠시 극복된 황홀경을 느꼈다.

이모의 부음을 듣기 한 달 전쯤 고등학교 3학년 반(班) 동창들을 떼로 만났다. 30년 만이었다. 고3 때 담임선생 때문에 드문드문 우연히, 혹은 일부러 한두 명을 만나긴 했지만 내게는 대체로 중고등학생 '시절의 기억'이라는 게 없다. 아니 잘라냈다고 해야 맞겠다. 징역과 군대의 '강제 공동체' 경험만 해도 충분히 지긋지긋했으므로. 정시에 자고 정시에 밥 먹는 것, 그리고 공무나 행사가 아닌 한 미리 날자 잡아 약속하는 것을 거의 혐오할 정도니까. 아무리 밀린 글 혹은 쓸 글이 많아도 어차피 실업자 주제에 아무리 느닷없는 "바쁘냐?" 질문에도 엉겁결에 "바쁘다" 소리 하는 일 없으면, 하는 게 평생소원이므로 괜히 오랜만에 전화 걸어서 "바쁘냐?"고 물어 놓고 내가 정말 반가워서 "어? 안 바쁜데? 지금 만날까, 술 한잔할까?" 그렇게 물으면 갑자기 무슨 거창한 부탁이나 받은 듯 "아니. 오늘은 바쁘고요. 모레나 글피쯤…" 그런 얘기를 '사무적'으로 하는 후배들이 나는 정말 야속하니까. 어쨌거나, 그랬는데, 30년 만의 동창회는 내게 고등학교 '시절'을 한꺼번에 찾아주었다. 온통 검은색, 혹은 회색, 어쨌든 단색이고 평면적이던 캔버스에 인물이 총천연색으로 들어박히며 낯익은 체취의 고전영화 필름을 돌리면서 그 안으로 나를 불러들였다. 그렇다. 어깨가 완강하지 않고 모종의 책임감으로 든든하던 학생회장이 있었다. 나를 따르라… 그렇게, 곤하게 말하던. 모자를 늘 거꾸로 쓰던, 큰 덩치가 다소 거칠지만 깡패보다는 형에 가까운 의리파가 있고, 깡마른 젊음과 굶주림의 공격성을 드러내는 비정파가 있고, 비정을 넘어 '세상 끝'을 본 듯한, 이글거리는 눈동자의 야수파가 있고, 흉내만 내다가 괜히 한 대 맞기 십상인 어리버리파가 있고 양아치가 있고 물론 범생이, 비실이, 실실이, 또라이,

별종이 있었다. 눈에 안 띄는 친구도 있었다. 나는 전혀 사실과 달리, 독서파로 분류되었던 모양이다. 내 별명이 '통닭' 말고도, 도서관장이었다니까. 그 흔한 교수에 '잘나가는' 사진작가 말고도 LG산전 사업담당 팀장, (주)세본 대표이사, 온데오날코 코리아(有) 상무, 은행지점장 등 알 만하고 그 나이에 할 만한 경력들이 시간을 거슬러 올라가며 옷을 벗고 다시 검정 교복을 입고 명찰을 달고 검정 교복이 때에 절어 반질거리거나 닳고 닳아 허옇게 빛바랜 것조차 막연하게 보일 무렵, 놀랍게도 한 학생이 다리를 절고 지나갔다. 마, 그럼. 그때도 다릴 저었잖아. 어른 돼서 소아마비 걸리는 놈 있다든? 그래. 그랬구나. 왜 그걸 몰랐지? '따궁'이라는 별명을 지녔던 그는 은행을 일찌감치 때려치우고 주식 투자를 전업 삼은 지 꽤 오래되었다는데 많이는 안 하고 하루는 40~50만 원쯤 벌고 하루는 30~40만 원 잃고 한다는 그의 소아마비 걸음은 무엇보다 질기고 강인했고 30년 전 교정과 동창회장이 그 걸음으로 정확히 겹치면서 왈칵 울음이 솟는 것을 겨우 참았다. 그때 나는 잠시 '공동체 혐오'를 남성에 대한 매혹으로 전도할 수 있었다. 아니 잠시가 아니다. 나는 남자의 땀내에 취했다. 동창회는 스승에게 여자를 서너 명 안기고 노래 부르고 폭탄주로 거나하게 취하고 엉덩이를 까고 스승의 별명을 불러대고 스승을 보내고 2차 3차까지 이어졌고 따궁은 자기가 술값을 치르고서야 차수를 마감하고는 질기게, 강인하게 절뚝거리며 멀어져 갔고, 그때 나는 군대 '시절' 눈 내린 양구 민통선 북방 산악등반 기동훈련 때 힘들어 나가떨어지려는 내게 바짝 붙어 거의 귓속말로 속삭이며 격려하던 바로 위 고참의 말이 떠오르고, 미칠 듯이 그리워졌다. 아무것도 아냐. 한꺼번에 급하게 생각하지 말고 한 걸음씩, 조금씩만 발을 떼 봐. 아무것도 아냐. 하나 둘, 하나 둘. 그렇지, 잘한다. 김 상병, 그렇지…. 그리고, 축구를 혐오하는 내가, 이제 홍명보의 다리를 생각한다. 4강을 결정짓는 페널티킥을 성공시킨 다리가 아니라 터키와의 3~4위전에서 어이없이 실축, 월드컵 사상 최단시간 첫 골을 내준 다리. 승리보다 위대한 것은 땀이다, 축구는 환희의 순간이 아니라 인고의 생애다, 라고 그의 다리가 비로소 선언하는 듯했다. 그때 축구는 이야기고 홍명보 다리는 따궁의 다리였다.

'남성적'은 그만큼 내 뇌리에 마약의 기억으로 스며들어 있다. 식민지도 군사문화도 징역문화도 그렇다. 지난여름 장마 냄새가 배어 있는 지하 호프집은 처음에 불쾌하지만 술이 거나할수록 음란의 매혹을 풍긴다. 번화가 뒷골목의 음식 쓰레기 질펀한 선술집 풍경도 그렇다. 그리고 무엇보다, 대열의 기억이 그렇다. 아니 대열의 기억은, 비슷하면서도, 본질적으로 다르지.

> 여기서부터 모든 것이
> 시작되었다 안으로만 꽁꽁 닫혀
> 깜깜한 겨울, 무덤이던 분노가
> 열렸다 하늘,

가슴에 발자국

여기서부터 함성이 시작되었다 최루탄이

난무했지만 열렸다 하늘,

발자국에 무지개

개인이 수십만 군중의

전망을 품는

감동적인 민주주의

여기서부터 역사가

시작되었다

무지개에 더 아름다운

핏방울

열렸다, 죽음

지난한 생애가 마침내

목적지에 달하는

찬란한 광경이었다 우리는

대열이었다 우리는

미래였다 우리는

발자국, 끝내

하늘의 발자국이었다 우리는

눈물이 눈물방울이 앞을

가리지 않았다 세상이 되고 벅찬

세상을 껴안았다

오라 발자국, 발자국들아
하늘, 발자국들아
　　 ─ 6월 항쟁 15주년 기념 졸시 「하늘, 발자국」 전문

　운집한 월드컵 응원 군중이 붉을수록 내게 허해 보인 것은 무엇
보다 대열에 달하지 못했기 때문이다. 목표의 내용이 대열의 성격을
규정짓는다. 응원은 형식상 가장 명백한 목표지만 내용상으로는 기
껏해야 기원(대신 싸울 수 없는 까닭에), 심지어 미신(응원의 힘이 선수들
의 다리 힘으로 전화한다고 믿는 까닭에)이다. 하기야 '국가 행사'를 신
명나는 한바탕 놀이판으로 만들어버린 '레즈'들이야 여러모로 기특
하고 그걸 상품광고 계기로 삼는 기업들은 여러모로 영악하고 그걸
한민족의 에너지 '대열'로 삼겠다는 정부 당국자들이 정말 허한 것
이겠지만 어쨌거나 목표는 대열을 만들고 대열은 목표를 향하면서
변혁할 뿐 아니라 스스로 변혁된다. 반독재를 지향한 대열은 종종
남성화하지만 민주주의를 스스로 이루는 대열은 성을 극복한다. 월
드컵 응원 군중은 '좋은 경험' 이상의 변혁을 스스로 겪지 못했다.
축제가 아닌, 축제를 포월(포괄하고 넘어서는)하는 대열로서는 역사
상 유례가 없을 정도로 엄청난 낭비라 할 것이다. 하여, 개인이 수십
만 군중의 전망을 품는 민주주의⋯. 하지만 위 시는 턱없이 모자라

다. 아니 시 형식 자체가 걸맞지 않다. 대열은 소설이고 소설은, 단편이든 장편이든, 심리소설이든 사회소설이든, 리얼리즘이든 모더니즘이든, 진지할수록 대열이다. 성이 난무하며 언뜻언뜻 극복되는. 그렇게 나는 대열과 소설(가들)을 만났다.

소설가와 '진하게' 사귀면 작품의 소재나 주제보다, 어떤 발언이나 분석보다 먼저 문체가, 낯익은 얼굴이나 표정 혹은 몸짓처럼, 아니 어떤 때는 그것보다 먼저, 느낌 혹은 분위기 혹은 예감처럼, 그러나 회미하지 않고 어떤 걸음보다 뚜렷하게, '걸어오고', 그것이 소설의 몸인지 소설가의 몸인지, 기억의 체취인지, 체취의 집인지, 먼 시간 쪽으로 아스라하고 그 아스라함이 행복할 때가 있다.

야, 이놈. 정말 귀신이 되게 싫어할 타입이네…. 이호철은 나와 안면(?)을 트자마자 생맥주를 '속도전'(그는 술에 관한 한 속도전의 명수다)으로 벌컥벌컥 들이켜고 기선을 제압한 다음 갑자기 내 머리통을 어루 쓰다듬더니 그렇게 말했다. 1980년대 초, 자실(자유실천문인협의회)은 아직 재건되지 않았으나 '성명서'를 작성하고 문인들의 서명을 받는 일이 심심찮게 벌어지던 무렵, 내가 '서울대 영문과 출신 백낙청 제자'로 서명 심부름께나 하던 무렵이다. 그때 이호철은 말 그대로 문학과 성명서 작업 양면의 큰 산이자 담보였다. 그가 먼저 서명을 해야만 다른 문인들이 자기 이름을 비로소 보태주었던 것. '인민군 포로' 출신인 그가 서명을 했다면 (안심)할 만하다, 혹은 인

민군 포로 출신이라 잡혀가면 봉욕을 당하기 십상인 그도 서명을 했는데, 그보다 사정이 나은 내가 안 할 수는 없는 일이다…. 그런 분위기가 팽배하던 시절이다. 이호철 문학의 문체는 시시껍절한 남한 소시민의 (연애를 포함한) 일상을 다소 건성건성한 생략의 강기(剛氣)로 토막쳐내듯 두루 꿰지만 분단 문제에 이르면 아연 장엄과 적나라, 그리고 참상과 연민이 생애의 무게를 띠면서 한국현대사의 가장 아픈 상처를 감동적인 삶의 의미로 되살려낸다. 이호철은 그때 민족문학의 좌장으로 정월 초하루면 문인들은 각각 서둘러 제 볼일을 보고, 받을 인사를 제집에서 받고, 들를 데를 들르고, 점심 무렵부터 이호철 집에 모여들어 시간 가는 줄 모르고 음식과 술을 즐겼다. 그의 아내는 이날을 위해 한 해 동안 술과 음식을 챙기고 담그고 마련하고 그릇에 신경을 썼다. 그 전통이 1980년대 말 격변, 이라기보다는 격렬한 분열의 와중에 사라져버린 것은 안쓰럽고 불행한 일이다. 하지만 나는 그의 '자실 시절'이 그와 자실 모두에 행복했던 것처럼, 정확히 말해서 노태우 집권 중반기부터 그의 행동반경이 '자실'의 테두리를 벗어난 것을 다행이라고 생각한다. 그가 다루는, 다루게 될 남북통일의 장대한 광경을 위해 그의 '발걸음=문체'는 또 한 차례 비약해야 하고, 단체란 아무리 훌륭하고 또 아무리 기민하게 변화 발전한다 해도 소설가의 창조적 비약을 따라잡지 못하기 때문이다. 그가 소비에트 붕괴 후 러시아 방문기를 쓰면서 체제의 비인간성에 대한 분노와 러시아 국민들의 순박함에 대한 감탄 혹은 그리움을 뒤섞으면서 자신의 사상 체계를 샤머니즘이라고 밝혔을 때 많은 사람들이 놀랐다. 나는 놀라지 않았다. 나는 그가 레닌(의 독재)을 비판하면서 로자 룩셈부르크(의 반독재)를 추켜올리는 것까지는 이해하지만, 동시에 북한 체제에 대해 '격노'하는 것은 이해하지 못한다. 북한의 제국주의(멸망)론은 분명 제국주의는 필경 식민지화할 땅이 없어서 멸망할 것이라는 로자 룩셈부르크의 양적인 제국주의론과 일맥상통한다고 보기 때문이다. 그는 통일에 대해 어린아이처럼 열망하며 어린아이처럼 생각이 단순하다. 그의 남한 생활은 매우 물질적으로 끈덕지다. 이 모든 것은 그의 문학과 모순인가? 아니다. 삶은 모순적이고 소설은 모순을 복잡함으로 복잡함을 아름다움의 깊이로 전화한다. 이 정도의 '모순=복잡함'을 우리가 감당하지 못한다면, 어떻게 큰 소설, 큰 소설가를 대망한다 하겠는가.

그날 내가 '싸가지 없는 놈' 혹은 '이것저것 꼬치꼬치 따져대는 재수 없는 놈'이라는 걸 돌려 얘기한 게 아니고 이호철이 정말 귀신에 관한 한 문단 최고의 권위자라고, 일러준 것은 한남철이었다. 뭔가 불길한 꿈을 꾸면 당사자한테 전화를 꼭 하지. 조심하라구 말야. 들어맞는 경우도 많고…. 아, 하, 그럼, 그럼, 하면서 어투에 헛힘을 가끔 주지만 약간의 자조를 벗겨내면 말의 내용의 심성이 그토록 고왔던 한남철은 하기 싫은 일을 직업 삼아 해야 하는 일의 고단함을 내게 최초로 온몸으로 깨닫게 해준 사람이다. '바닷가 소년'은 가난한

유년시절을 최적의 길이와 최상의 서정으로 형상화한, 빼어난 명품
인데, 너무 '최적'에 너무 '최상'이었던지 그는 창작집 1권을 가까스
로 엮을 분량을 쓰고 난 후, 『문예중앙』 편집장 시절 동료 소설가에
게 고기 먹는 것을 낙으로 삼다가(이문구 소설 「공산토월」이 바로 그
에게 고기를 얻어먹는 이야기로 시작된다), 아주 늦은 나이에 생활의, 지
혜도 없이, 무지막지한 '촉탁' 전선에 뛰어들어야 했다. 부인 이순이
엽렵한 살림과 깔끔한 반찬거리를 챙기며, 잘나가는 소설가로, TV
진행자로, 또 지방 어느 대학 전임강사로 눈코 뜰 새 없이 바빠 아침
이면 택시를 붙잡느라 교통신호도 상관없이 찻길 이쪽저쪽을 네댓
번씩 가로지르는 판이었는데도 이상하게 그는 돈벌이에 심하게 찌
들어 있었다. 서부이촌동에서 동부이촌동으로 전세를 옮겨 주변 모
든 것이 화려하고 자동차 지나가는 소리까지 고급스럽게 느껴졌던
찻길 가 나의 방 창문을 자정 무렵이면 그가 어김없이 두들겨 댄다.
그리고 그 좋은 카페들 다 놔두고 점방 비슷한 곳을 굳이 골라 나를
앉히고 이야기를 시작하는데 서두는 똑같다. 촉탁이지… 요샛말로
아르바이트, 아니면 임시직이랄까…. 그렇게 맺는 그의 말투는 '니
기미 씨팔' 바로 앞에서 머물고, 희한하게도 그, 내뱉지 않은 말을,
세상사람 모두의 애환으로 승화시키는 데가 있었고 내게는 그게 소
설 작품 최상의 문체 같았다. 한번은, 나도 전날 술이 과했는지라 오
늘은 안 되겠다고 했으나 막무가내고, 결국 못 이기고 따라나서 자
리를 잡으니 괜히 했던 말이 죄송하여, 한다는 말이 "어제 술을 너무

많이 해서요" 반복에 그치니, 그가 애정의 도끼를 내리친다. 맞어, 니가 맞어. 나도 그렇게 살았어야 하는데. 나도 어제 술이 과하면, 그 다음 날은 쉬고, 그렇게 살았어야 하는데. 맞어, 니가 맞어…. 그 뒤로 나는 그의 부름에 순순히 응한 정도가 아니라, 시간 맞추어 기다리는 처지로 영영 전락하고 말았다. 하, 나도 미친놈이지. 괜히 '창비'가 좋고 괜히 '문지'가 싫더라니까. 문지 쪽 필자는 꼴도 보기 싫더라니까. 그게 뭐 별거라고…. 자신의 1970년대 『문예중앙』 시절을 그는 그렇게 요약하곤 했다. 부인 이순이 '뇌종양'에 걸리면서 한남철의 생활전선은 더욱 힘겨워졌고 부인 병간호 끝에 오히려 간경화가 악화되어 먼저 세상을 떠났지만 그는 점점 더 피곤으로 쪼그라들었을 뿐 '문체'가 변한 적은 없다. 이제 그 문체는 정말, 동심은 물론 죽음을 머금고, 아니 '동심=죽음'을 머금고 삶의 작품을 능가하는 문체다.

박태순은 학구열과 술기운 혹은 술주정을 기묘하게 결합하는 경우다. 사회과학 서적은 뭔가 시시하고 고루하고 '학점적'으로 보이고, '운동 과학'이란 말은 아직 태어나기 전이고, 소설이 시대를 고민하는 지적 생산물의 반열에 올라 있던 나의 대학시절, 박태순의 소설은 특히 사고를 요하는 교과서였다. 박태순에게 줘야 할 잡지 고료를 떼어 먹었다던 혀 짧은 문리대 동기(그는 지금 매우 유명한 사람이므로 이름을 밝히지 않겠다)의 '자랑'은 술집에서 내내 '영웅담' 대접을 받았다. 사실 박태순은 나를 문학하는 동료 혹은 '장래가 촉망되는' 시인으로 맞상대해준 최초의 선배 작가다. 그는 1년에 한 번 무크지로 내던, 그러나 『창비』와 『문지』가 강제 폐간된 상태에서 상당한 권위와 영향력을 발하던 『실천문학』의 실질적인 편집인으로 나의 『황색예수전』 집필을 독려하고, 과감하게 전재했다.

1982년. 시집 한 권 분량이 잡지에 전재된 것도 아마 드문 사례일 터인데, 검열에 걸릴 것이 분명한데도 출판을 해치우고 예상대로 검열에 걸리자 문제 부분 교정본을 5~6부 따로 찍어 다시 납본한, 이 판사판 눈 가리고 아웅 식 출판은 전무후무할 것이다. 『실천문학』에 바친 그의 열정은 정말 대단했다. 그가 『실천문학』을 한 손에 들고 포효 혹은 설득하는 모습을 지켜보면 상자 곽에 맛있는 떡을 쟁여 넣는 것 같기도 하고, 잡지를 좋은 글로, 될 수 있는 대로 볼륨 있게 채우려는 안간힘이 모종의 에로티시즘을 연상시키기도 했다. 어쨌거나, 나는 몇 년 동안 그와 가장 자주 만나는 술친구 혹은 술 후배가 되었는데, 그의 술버릇은 한남철과 정반대였다. 느닷없이, 참으로 느닷없이 "야, 이 새꺄!" 하고, 바로 옆 사람한테 뺨 싸대기를 날리는가 하면 즐겨 굽던 '차돌백이' 불판을 집어던지는 거라. 얼마 안 되어 나는 박태순의 바로 옆자리나 맞자리를 피하는 요령을 터득할밖에 없었고, 아마 남녀는 아니더라도 노소를 불문하고 그에게 욕지거리나 뺨 싸대기를 안 당한 유일한 케이스가 아닐까 한다. 1980년대 초 그와, 아마도 현기영도 함께, 최원식(문학평론가)의 초청을 받

아 소래 포구에서 술 한잔하고 내친 김에 인천 최원식 집으로 가서 1
박한 적이 있었다. 그날은, 공기가 좋아선지, 박태순은 별 주정이 없
었다. 인천에 대한 자부심이 강하고 유독 족보학에 밝은 최원식의
기막힌 '썰'에 딱히 아귀가 맞지는 않더라도 '썰'로는 선방하고 그런
정도였다. 언성까지 조용하지는 않았겠다. 어쨌거나, 그렇게 하룻밤
을 무사히 지냈는데, 아침이 되자 박태순은 제일 먼저 깨더니 정말
여자처럼 상냥하게, "차 한잔들 안 하실래요?" 했다. 그는 얼굴이 매
우 큰데다 '진지함과 술' 때문에 나이보다 훨씬, 심지어 이호철과 한
남철보다 더 찌들은 상태라, 그의 상냥함은 우리를 불편, 혹은 불안
하게 만들기에 충분했다. 그런데 더 경악스러운 것은, 그가 어제 한
말을 다시 새로이, 거의 '반복' 했다는 점이다. 즉, 그는 술이 술을 먹
고 썰이 썰을 푸는 경지에 다다라 있었던 것.

내가 알기로 채광석(문학평론가)은 술을 마시기 시작하여 약 40분
이 되면 그 경지에 도달했다. 술이 술을 먹지만 썰의 가닥은 완강해
서 술이 하는 말이건만 주어 동사가 흐트러지지 않고, 그러므로 처
음 술 대작을 하는 후배들은 그가 맨 정신인 줄 안다. 그렇게 그는
맨 정신으로 오인 받은 채, 술 정신으로 통금 직전 차들이 질주하는
대로를 성큼성큼 걸어들다가 자동차에 치어 횡사-즉사했다. 박태순
은, 다행히도, 액땜을 했다. 버스와 부딪쳐 머리를 다친 것. 어쨌거
나, 그의 맨 정신을 감당하는 것도 술 정신 감당하는 것 못지않게 곤
욕스럽다. 나는 서대문구치소 맞은편에 위치한 그의 '집필실', 『사상

계』 이래 온갖 잡지들이 빼곡히 들어차 둘이 앉기도 빠듯하고 오래된 형광등 어두침침했던 집필실 안을 번갯불 밝혔던 그의 '문제의식'에 아직도 깜짝깜짝 놀라고 그가 보물단지 다루듯 조심스레 판을 자켓에서 꺼내어 낡은 턴테이블에 얹고 더 조심스레 다이아몬드바늘을 올리면 고색창연이 점차 힘찬 유장함으로 고조되던 '소비에트 아미 합창단 러시아 민요들'의 정서 틀을 아직 벗지 못하고 있다. 그의 '산문 정신'(그는 '소설 정신'이란 말보다 이 말을 더 선호한다)은 대한민국 문단이 감당하기 부담스러울 정도로 투철하고 치열하다. 그는 오래전부터 수안보에 칩거 중인데, 최근, 놀랍게도 이메일로, 소식을 전해왔다. 나는 월악산과 소백산 사이를 장자처럼 소요하느라 서울을 잊어버린 지 오래인 것이 조금도 서운하지 않은 상황 중. 여전히 하루에 소주 두 병쯤은 마시는데, 지난번 서울 올라가 신경림 만났을 적에 그가 왈, 박가 연배들이 벌써 얼굴들이 다 찌그러져 버렸는데 너는 탱탱하고 팽팽하군…. 그래서 내가 웃었다오, '나 아니면 안 된다' 주의를 버리니 건강한 게 당연한 일 아니냐면서…. 아하, 얼굴이 탱탱해지셨나, 아니면 그의 동료들이 더 찌들은 건가. 그가 지향하는, 감수성과 시대정신이 서로를 첨예하게 꿰뚫는 일순의 낭떠러지화, (이념적) 이론과 (미학적) 실천의, 중첩의 절벽화…. 내게 그의 존재의 문체는 그렇게 느껴진다. 그의 부재가 아플수록 더욱. 그는 '자실 역사'를 쓰면서 내가 겪은 1975년 5월 22일 김상진 추도식 때 추도시를 썼던 정황에 대해 자세히 알려달라고 하지만 나는 답장을 할 자신이 없다. 그러기에는 그가, 그의 문학과 그가 감당했던 생애가 너무 크고, 진지하므로. 그 앞에서 왜소해지고 주눅 들고 싶지 않으므로.

실천문학사 사장 박병서는 서정적이고 느린, 이런저런 횡설수설을 정말 횡설수설하며 상대방 '폭언'의 예봉을 지리멸렬하게 만드는 방식으로 박태순의 의욕과 술주정을 모두 감내했다. 『동아일보』 해직기자 출신에, 집안 흉사를 가슴에 말 그대로 뼈아프게 품은 상태였던 그의 '해체 본능', '의식 파탄 지향', 눈물의 흐트러지고 흐려지려는 본능의 육화 같았던 그가 박태순의 '폭력적인 의욕'을 만나는 광경이 흡사 포옹 같았던 것은 지금도 내가 경험했던 가장 신비하고 난해한, 소설 문체로밖에 설명할 수 없는 경험이다. 그가 『실천문학』을 '홍보'하는 식 또한 그랬다. 난상토론과 우여곡절과 조심과 똥배짱과 비몽사몽 끝에 『실천문학』이 나오면 그는 (해직되지 않은) 『동아일보』 동기생 기자를 만나 책을 건네주고, 아무 말도 하지 않고 한숨만 푹푹 쉬어댄다. 현직 기자 또한, 약속이나 한 듯 아무 말도 하지 않고 그냥 『실천문학』을 어루만지며 한숨만 푹푹 쉬다가, 그렇게 하염없이 세월만 까다가 가타부타 언질도 없이 일어서고 그러면 며칠 뒤 박스(라기에는 너무 작은)로 짤막하게, 하지만 책 사진은 꼭 곁들여서, 아주 예쁘장하게 책 소개가 실린다. 그리고는, 다음 책이 나오는 1년 뒤까지 둘 사이 아무 왕래도 없다가, 똑같은 일이 반복된다. 『실천문학』 체제가 바뀌고 박병서가 사장직에서 물러나는 날, 나는 3차까지 버티다가 결국 참지 못하고 마누라한테 줘야 할 쌀값(정말 쌀독이 비던 때다) 10만 원을 몽땅 풀어 그에게 4차, 5차를 대접했다. 그러고도 아쉬움은 내내 남았다. 그는 한참 뒤 동아일보사에 복직, 생활부장을 맡고 있다는 소식을 들었는데,『동아일보』와『실천문학』이 같을 수는 없었는지 내가 인사차 들렀을 때는 벌써 '술사고'를 크게 치고 심의실로 '좌천'된 후였고 퇴근 전인데도 점심 때 한잔한 취기가 몽롱했다. 반색을 하는 그와 회사를 나와 사옥 뒷골목 한식집에서 매운탕이며 전이며 갈치조림이며 제법 푸짐하게 벌려놓고 '2차'를 시작하는데 곧 의식불명에 습관적 음주 상태로 진입할 조짐이 완연한지라 나는 서둘러 그에게 물었다. 그때 그, 옛날에,『실천문학』나왔을 때 만났던『동아일보』기자 있잖아요…. 누구?… 아, 왜 그때,『실천문학』책 한 권 사이에 놓고 한숨만 푹푹 쉬던, 그…. 아, 그 기자? 왜 아까 심의실에 있었잖아…. 그렇다. 그도 적응불능자였던 것이다. '체제 내'라서 더욱 힘겨운.

　현기영을 처음 만난 것은 문학강연회에서였다. 그도 나도 첫 강연회였지만, 그는『순이 삼촌』필화의 후유증 혹은 악몽을 가까스로 극복한 상태였고 나는 데뷔 1년차인데다, 2인 시−소설 문학강연회라 했지만 번듯한 시인이라기보다 '운동권' 출신 자격으로 초청된 셈이라 어영부영 시대상황과 문학의 사명을 얼버무리고 유야무야

넘어갔으므로 결국 나도 청중의 일원으로 그의 강연회를 듣는 꼴이
되었다. 그는 자신의 '모더니즘' 시절을 고백하고 반성하고 배격하
는 내용을 일관되게 폈으나 어조는 매우 낭만적이고 섬세하고 여렸
다. 특히 이따금씩 제멋대로 새면서 올라가는 억양은 '이어도 사나'
노래를 그대로 닮아 일품이었다. 그와 나는 곧 친해졌고 조태일(시
인, 작고)의 사무실이 마포, 박태순 집이 연남동, 그의 집이, 지금과
마찬가지로(현재는 분당) 합정동(정확히는 성산동) 수몰지대였으므로
넷이 어울리는 일이 잦았고, 나야 워낙 쫄따구니까 상관없었지만 조
태일과 박태순은 술을 좋게 먹다가 대뜸 현기영에게 '문단 나이도
어린것이' 하며 짚고 넘어갔는데 조태일은 진담이 반 이상이었고 박
태순은 농담이 반 이상이었고 현기영은 짐짓 기분 나쁜 척했지만 그
보다는 첫사랑 상실의 상처에 깊이 침윤되어 있었다. 그리고 그의
아내는, 남편이 한밤중 연행되던 날의 악몽에 아직도 가위눌린 상태
였다. 술을 마시러 몇 번을 한밤중에 쳐들어가고 수배 중이라고 또
몇 번을 쳐들어간 연후에야 그 사실을 깨닫고 내가 한심한 가슴을
대책 없이 쓸어내렸던 기억이 지금도 새롭다. 현기영은 한쪽 귀가
안 들리고, 그게 취중 오해와 언성을 높이는 원인으로 작용하기도
하지만 궁극적으로는 그 들리지 않는 귀가 베토벤의 귀라고 나는 생
각한다. 해병대 출신에, 패싸움 젊은이들을 말리다 갈비뼈가 부러진
열혈파에, 자실이 작가회의로 우아하게 변신한 후에도 줄곧 데모 담
당 자실위원(장) 경력을 쌓다가 이사장에 이르렀지만, 그의 문학관

은 여전히 '민중문학적'이지만, 『순이 삼촌』에서 『마지막 테우리』에 이르는 현기영 소설작품의 걸작을 접하면 단아와 치열의 2분법은 하릴없이 해체되고, 오히려 치열하지만 단아하지 못한 것을 구호문학의 허점으로, 단아하지만 치열하지 못한 것을 전통문학의 시대착오성으로 순순히 인정하게 된다. 이 인정은, 1980년대 민중문학 '논쟁'의 50퍼센트 이상을 허탈하게 만드는 인정이다. 그리고 60을 맞으며 집필한 자전소설 『지상에 숟가락 하나』는 명징하고 아름답고 깊다. 제주도 4·3이라는 참혹한 역사 속에 망가져 내내 집안의 우환으로 작용한 아버지의 죽음을 맞고 결국 귀향을 결심하는 화자의 회상은 죽음과 화해하는 과정과 절묘하게 겹치고 그 겹침 속에 각각 소제목으로 각을 뜬 회상들이 새로운 문학의 통로로 된다. 그는 단편소설을 발표한 지 꽤 오래되었다. 지리적으로 제주도를 넘어설 뿐 아니라 역사적으로 신세대 생활방식과 감성을 형상화하고 싶은 욕망 때문이다. 말뿐이 아니라 실제로 신세대 현장을 직접 '취재'하기도 한다. 하지만, 그는 이미 제주도 이야기로 보편에 달했다. 그리고 술 습관이 가장 젊다.

현기영은 김원일과 친하다. 김원일에 대해서는 환갑 기념 글을 쓴 적이 있는데, 여러모로(당시 이야기를 넓히는 동시에 현재화하는 면에서나 여러 사람을 뒤서는 면에서나, 화제 혹은 주제를 바꿔보는 면에서나) 이 자리에 어울릴 것이다.

통유리 창밖은 눈보라다. 밤을 샌 오전 9시. 시야를 가득 채운 당산서중학교 건물 뒤편이 바야흐로 지워질 듯 내 의식도 혼미(混迷)를 탐할 듯 그때, '간절하게 아름다운 지상(地上)'이라는 추상명사를 또 다른 눈보라가 덮치는 그때 나는 김원일의 백발을 생각한다. 환갑의 나이에 백발인 게 신기할 것은 없다. 아니 환갑 훨씬 전부터 백발이었다고 한들 특이할 것은 없다. 그의 소설 역정이 파란만장과 지난함으로 아름다워서 이런 날의 폭설에 어울리고 그의 생애 자체가 백발인 것처럼 느껴지는 것이다. 소설가가 된 후 그의 생계와 직장은 누구보다 안정된 것이었지만 그럴수록 그는 굶주렸던 과거의, '월북 공산주의자 자식'의 남한 삶을 한국현대사 전체의 아픔과 감동으로 확산-형상화했고 끝내는 미래의 백발로 심화-형상화시켜왔다. 그의 최근 소설집『슬픈 시간의 기억』은 우리 문학사에 희귀한 '백발미(白髮美)의 만년작'에 다름 아니다. 명색 소설이라고 쓰지만 '소설가' 대접을 제대로 받은 적 없으니 이 땅의 '제대로 된' 소설가들을 괜히 선망 겸 질투하느라 여념 없을 법한 내가 그에게 모처럼 주눅 드는 첫째 이유다.

'묵묵히'라는 부사는 내가 아는 한, 거의 오로지 그를 위해서 존재한다. 문학을 하는 행위(작품 자체가 묵묵할 수는 없으니)도 그렇고 사람을 대하는 것도 그렇다. 그와 첫 만남 때 나는 그에게 큰 실수를 했다. 그가 커다란 출판사 주간으로 한 젊은 시인의 이름을 출판물에 도용했다는 소문이 있었다. 이성복의 첫 시집 출판기념회(1980년이니 내가 데뷔한 지 몇 달도 안 돼서다)에 '불청객'으로 불쑥 끼어들었던 나는 술이 거나했지만 정중하게 인사를 건네는 웬 신사가 바로 김원일이라는 것을 알고는 대뜸 "당신, 그러면 되겠어?" 하고 정말 '열혈에 싸가지 없이'(그때 내 나이 스물여섯, 그는, 나보다 12살이 많은 것 이상으로, '문학의 큰 어른'이었다) 대들었으나 그는 한마디 변명도 없이 묵묵히 술만 마셨다. 이성복이 부른 「밤배」는 '저자는 평생 미워하지 않을 테다'고 내가 속으로 단단히 다짐할 만큼 여리고 '간절하게 아름'답고 감동적이었지만, 그런 와중에도 나는 고약한 눈길과 언사를 김원일에게 툭툭 던져댔었다. 소문은 1년을 넘기지 못하고 '오보'로 판명 났다. 나는 그 후로도 오랫동안 그에게 사과하지 못했는데, 그건 내가 그를 자주 만나지 못했거나(나는 김주영 다음으로 그를 자주 만났다), 계속 열혈이긴 했지만 싸가지 없어서는 아니고 그가 계속 나를 '묵묵히' 대해주고 그것에 내가 나도 모르게 익숙해진 탓이 크다. 어쨌거나 사과 전이든 후든 그는 나의 잘못에 언급은커녕 내색도 없었고, 없다. 그를 왜 자주 만났는가? (자실) 회비도 주고 술도 사주고 그랬기 때문이다. 술이라…. '주정 담당' 술상무를 내 또래에 나만큼 한 사람은 단언컨대 없다. 자기 작품 자랑하는 것도 꼴불견인데 이런 유의 자랑거리밖에 없는 나도 참 한심하고 딱한 놈이지만, 어쨌거나, 술상무를 하려면 술의 속도전과 지구전을 비롯하여 술 외의 산전수전에도 능해야 한다. 독한 꼬장을 받아줄 뿐 아니라, 심한 경우 좌중에서 빼내어 집에까지 무사히 운송(세태가 험해졌는지 요즘에는 '운구'라는 말을 쓰지만)하려면 맨 정신을 유지할 만큼 주량이 세야 한다. 또 어쨌거나, 그런 고로, 술자리에서 취해본 적이 별로 없는 내가 술을 좋아하는 '문단 어른들'에게 잘못할 기회는 거의 원천봉쇄되고 오히려 '억울하게 당하'는 경우가 많기 마련이다. 그러므로 내가 어른들한테 지레 주눅 들 일은 없다. 김원일 말고는. 그가 아무리 술이 취한들 내게 함부로 한 적이 없고 운송을 맡긴 적이 없고 나는 그에게 초장에 크게 잘못했으니 스코어는 언제나 1 : 0, 나의 완봉패다.

그리고 돈이라⋯. 한때 '단체회비 수금의 천재'(이것도 한심한 자랑)라는 평을 받았던 나는 '돈품'과 '인품', 그리고 '문학품'이 서로 통하는 것에 이따금씩 놀라곤 한다. 아니, '돈품'으로 어떤 문인을 평가할 때 결국에는 '인품'은 물론 '문학품'에 대한 정확한 평가가 가능하다는 사실을 경험적으로 꽤나 확신한다고 해야겠다. 이때 '돈품'은 '돈으로 만든 품'이 아니라 '돈을 내는 품'을 뜻한다. 어디 볼까. 단체를 주도적으로 꾸리는 경우는 어디나 같다. '몸'으로 혹은 '이름'으로 때우는 부류는 돈을 내지 않으니 그렇고, 이를테면 소설가 이호철은 좌우를 막론한 안면을 동원하면서 '나를 돕는 셈 치고 자실 도와다오' 하는 자기희생형, 평론가 백낙청은 운영자금을 정기적으로 또 장기적으로 걱정하고 책임지는 조직가형, 소설가 이문구는 '단체'에 정통하지만 그만큼 '단체'가 지긋지긋하므로, 더군다나 '운동'단체는 신물이 난다며 얼굴을 안 내밀다가도 책임을 맡으면 그동안 안 낸 회비부터 내는 양심형, 시인 고형렬은 '깜빡 잊고 안

내면 나중에 목돈 되는' 큰일이 벌어질까봐 자동이체 처리를 해놓는 회비순결형, 그 밖에 정기독자형과 사전처리형, 그리고 사후처리형은 비율이 비슷하고, 드문드문 상금처리형도 있다. '드문드문' 하다는 것은, 수상자뿐 아니라 수상 '희망' 자까지 이 부류를 자처하는 까닭이다. 흥미로운 현상은 '외곽에서 지원하는' 경우에 나타난다. 왜냐. 단체에 대한 태도가 병행되기 때문이다. 이를테면 소설가 김주영은 직원에게 "야, 통장 갖고 와" 그러면서 통장에 있는 돈을 몽땅 희사할 태세지만 정작 '운동'에는 관심이 없다. 야, 그런 건 하는 놈들이 알아서 해…. 소설가 이인성은 주(週) 정기적인 '문지' 술자리에서 틈틈이 챙겨 월(月) 회비를 집단적으로 건네주지만, 선을 긋는 스타일. 난, 단체에 가담한 적이 없어…. 소설가 서기원은 『서울신문』 사장일 때도 일부러 불러 '회비와 술' 을, 그리고 용돈까지 안기면서도 '운동의 과격함'에 놀라는 법이 없었다. 소설가 강호무는 없는 돈을 애써 챙겨주면서 "같이 못해서 미안해" 소리를 정말 진심으로 하는 형, 박완서는 너무 많은 적도 너무 적은 적도 결코 없는 (좋은 의미의) 깍쟁이형, 이문열은 꼬박꼬박 회비는 내면서 꼬박꼬박 "젊은 놈들이 날 욕할 것"이라며 생맥주를 너무 급하게 마셔대고 급기야 취하던, 그랬던 형이다. 나는 이런 '돈품' 들이 각각의 문학에 반영된다고 생각한다. 골치 아픈 형은 줄 듯 안 줄 듯 서너 시간을 질질 끌며 온갖 훈계 다하는데다 1~2만 원 주고는 마치 1~2천만 원 준 듯 사해광고를 해대는 인간. 이름을 밝힐 수 없는 그 '인간' 은 현재 문학을 하지 않는다.

김원일은 어떤 형인가. 그는, 내가 알기로 '자실' 이전부터, 그 후 10년 가까이, '월급 이외의 수입'을 운동단체에 골고루 나눠주었던 '근면형'이다. 그렇게 그의 문학은, 문학의 시간을 많이 축내는 직장 생활로 보자면 더군다나, 근면하지 않은가? 거기서 끝나지 않는다. 문학에서 '근면'이라는 말은 '천재' 혹은 '에스프리'라는 말과 정반대의 의미로 쓰인 감이 없지 않지만, 그는 소설문학에서야말로 근면과 천재가 동전의 양면이라는 점을 보여준 희귀한 사례다. 그러므로, 그의 『슬픈 시간의 기억』은, 만년작'이므로' ('임에도 불구하고'가 아니다!) 더욱, 늙지 않았다. 환갑 이후 그의 문학은 한 단계 더 높은 진경을 열 것이다. 그것은 한국문학사 '최초의' 진경으로 될 것이다.

어느새 눈이 씻은 듯 그쳤지만 그의 백발이 여전히 흩날린다. 내 아버지는 그랬다. 무엇보다, 어른이라고 무턱대고 주눅 들지 말고 살아라…. 아버지는 나를 정말 친구로 대해주었다. 김원일은 아버지의 그런 모습과 단 한 번 만났다. '없는' 아버지에 대한 회한과, '친구인 아버지'에 대한 부러움이 겹쳤을까. 둘은 마음이 금방 통했다. 재작년 아버지가 돌아갔을 때 김원일은, 장례를 치르고도 날벼락을 맞은 사람처럼 경황이 없던 어머니가 의아해할 정도로 많은 액수를 부의금으로 냈다. 지나다가 얘기를 듣고 들렀다 했는데, 아마도 그는 그때 수중에 있던 돈을 모두, 딴 데 쓸 돈까지 모두 냈던 것 아닐까? 그의 외모가 세인트-버나드 종을 닮았다고 한다. 나는 그 말이 우습지 않다. 세인트-버나드 종은, 인간이 얼마나 얄팍한가를 반성하게 만드는 형용이다. 오죽하면 '세인트'(聖)이겠는가. 장애인 아들을 생각할 때 그의 표정은 '피에타'다.

몇 년 전 대구에 세미나차 내려간 길에 대구 사는 '친구' 이성복은 물론이고 서울 사는 '친구' 이인성과도 너무 오랜만이라 좌중과 한데 어울려 노래는 노래대로 율동(?)은 율동대로 즐겼는데도 이심전심으로 숙소를 같이한 적이 있다. 또 다른 '친구' 황지우는 바쁘신 몸답게 서울로 날은 지 오래였다. 몸이 녹작지근했지만 이런저런 얘기를 하다가 술도 잠도 깼는데 몸은 더 늘어지니 샤워를 할 수밖에 없었다. 이성복이야 남의 화필을 빌려 자신의 누드를 사해광고한 지 오래니 궁금할 게 없고 이인성과 나는 피차 첫 알몸을 드러내는 자연스러운 계기였다. 나는 샤워는 평소 집에서 하는 대로 했으나 샤워를 마치고는 낯선 땅 여관방이라 다소 해방감을 느꼈는지 알몸을 방바닥에 대자로 눕혔다. 그런데, 이인성이 혐오감으로 치를 떤다. 야, 이 새끼. 어휴 징그러, 빨리 치워. 야, 이 새끼 정말 추하네. 22년 전 데뷔한 이래 배꾸레가 희한하게 볼록 튀어나온, '시인답지 않은' 것을 넘어 도무지 '인간답지 않은' 몸매 때문에 줄곧 비난 혹은 핀잔을 당해왔던 터라, 더군다나 알몸 상태이므로 그냥 대수롭지 않게 몸을 치우는 듯 뒤집는 듯 어영부영하다가 나는 갑자기 억울한 생각이 왈칵 치솟았다. 야, 이놈아. 나만 비정상이냐. 나는 정상 이상의 몸무게고 너는 정상 이하 몸무겐데, 왜 나만 비정상으로 모냐, 니기미….

옛날 노동자문화운동연합 시절, 나는 후배 화가들에게 농반 핀잔 반으로 말했다. '현실주의'에 제대로 달한 그림을 그리면 나의 알몸을 모델로 공개하마…. 후배 화가들 또한 농반 핀잔 반으로 받았다. 먼저 형 알몸을 모델로 제공하면 제대로 된 현실주의를 보여줄 테요…. 「그날이 오면」을 작곡한 문승현은 날밤 새는 회의가 연일 계속되던 어느 날 새벽 아무 생각 없이 나를 따라 사우나탕에를 들어왔다가 내 알몸을 보고 어버버, 어버버 댈 뿐 더 이상 말을 잇지 못했다. 그런 내 알몸이지만, 이인성의 알몸 또한, 기이한 데가 있었다. 물론 정반대 쪽으로.

옷 입어도 알몸인 얼굴은 피골상접을 묘한 해골의 미학으로 전화하고 그것에 약간의 각선미를, 흑백 대비 선명하게 주면서 다시, 애매한 문학의 권위를 참칭, 미학이므로, 기묘하나마 어쨌든 아름다움이라고 우기는 형용이다. 옷 벗어 알몸인 몸통과 팔다리는? 미이라의 미학이었다. 그런데 일순, 그의 몸이 대리석처럼 차갑게 빛나는, 광경이 내 눈을 스치고 지나갔다. 뭐지? 아아, 그의 소설의, 문체? 이 자리에서 그의 소설을 논할 수는 없다. 설령 있단들, 나는 그의 소설을 다 이해하지 못한다. 아니 소설을 다 이해한다는 발상은, 이인성 같은 소설가에게는 특히, 모종의 모멸이다. 그러나 이따금씩 나를 놀래키고 겁먹게 하고, 늘 주눅 들게 만드는 그의 소설의, 시보다 더 팽팽한 문체,의 '차가움=빛남'의 '몸=대리석!' 그가 시를 좋아하고 분석하고 소설에 인용하는 것은 사실이지만 그의 소설이 시를 지향한다고 말하는 것은 또한 모멸이다. 그는 시보다 더 팽팽하게 긴장한 문법과 문체로 세상보다 넓고 심오한 소설 '세계'를 구축한다. 그런 의미의 시와 소설 사이에서 그의 '차가운=빛나는' '대리석=몸'은 문체로 깎이고 또 깎인다. 그래서 그는 내게 좌파다.

내가 이인성과 친하게 지내는 것을 뜨악해하는 사람들로서는 경악을 넘어 뒤로 자빠질 일이지만, 사실 나는 문학운동을 이인성한테서 배웠다. 학생운동은 학생운동 선배한테서 단체운동은 단체운동 선배한테서, 영문학은 김우창-백낙청 등 교수한테서, '자실운동'은 농성 문인들한테서, 단식은 감옥에서 배웠고 문학은 감옥과 군대생활의 무료함 속에 자생했지만, 문학운동은 분명 그에게서 배웠다. 열린 길트기 문학을 하려 한다…. 그가 초면에, 새벽 두 시에 그런 취지로 전화를 걸었고, 나는 집으로 놀러오라 했고, 그가 한 50분쯤 지나 정말 서부이촌동 집 초인종을 눌렀을 때, 그가 수줍음으로 성실한 얼굴을 나타냈을 때, 나는 그가 제안한 『문학과 사회』라는 잡지(당시에는 무크지)가 문학의 질 발전에 감동적으로 또 조직적으로, 그러나 끝내 문학적으로 기여할 것이라고 예감했다. 이념과 소재와 주제, 혹은 진영과 상관없이 작품의 질에 대한 평가가 그와 많이, 아주 많이 겹치는 것에 나는 '문학의 희망'이란 말을 떠올렸고, 기분이 좋았다.(『창비』는 운동이라기에는 스승의 이름이 너무 컸고, 『시와 경제』는 너무 약소했고, 『문지』는 이인성을 만나고 나서야 비로소 존재 의의를 깨닫게 되었다.) 다만, 동시에, '다른' 문학을 '한'자리에 모으는 것보다, 다른 자리의 문학들을 자리에 상관없이 '한' 문학으로 보고, 궁극적으로 '정치를 극복하는' 미학 체계를 만들어가는 것이 더 걸맞은 것 아닐까 생각했는데, 이 생각 또한, 이인성의 '제의 내용'과 무관하게, 그의 성품 혹은 문품(文品)의 넓이와 깊이에 영향 받은 결과였다. 나는 그때 편집위원 제의를 에둘러 사양하고, 그 후 서로의 위치를 나름대로 심화하면서, 동시에, 우정은 말할 것도 없고, 각자의 문학관을 각자의 방식으로 확산, 결국 상대방의 문학관을 상당 부분 포괄하게 된 것을(요즘 작가-작품의 '질' 판단에서 그와 나는 90퍼센트 정도 겹친다) 매우 다행스럽게 여긴다.

'문지' 술판과 상당 기간 겹치지만 '문사' 술판은 문학이 문학적이라서 비난을 받는 한국사적으로 왜곡된 상황 속에서 문학적으로 대화하고 문학적으로 사고하고 문학적으로 놀고 문학적으로 귀가하는 매우 소중한 장이었고 그 모든 분위기를 주도하는 대장(은 스타와 다르다. 오히려 피디-감독에 가깝다)은, 김현 살아생전에도 이인성이었다. 그는 자신이 나에게 문학운동을 가르쳐주었다는 사실을 혹시 알았던 것일까? 나와 단 둘이 대면할 때 그는 대장이자 여자였다. 수배 중이라고 전화를 넣으면 '알았다'며 곧바로 달려나와 아무 말도 없이 술 사주고 여관 잡아주고 주머니에 수표까지 찔러주고 돌아가던 그는, 단체를 꾸리다보면 돈이 급해 '한 백만 원' 빌려 달라면 빌려주고 다음 달 갚고 다 다음 달 다시 빌리고 다시 갚고 그러기를 3~4년 거듭했건만(마지막 백만 원을 갚았던가? 설마, 갚았겠지…), 전혀 귀찮아하지 않던 그는, 여자이자, 자신이 가르친 운동원을 끝까지 '재정적'으로 책임지는 대장이었다. '차가움=빛남'의 '대리석=육체'를 깎고 또 깎는 문체의 소설가와 대장과 여자의 중첩이라…. 세상에 우찌 이런 경우가 있는가. 그래서 그는 내게 좌파다. 몸과 살과, 심지어 글까지 깎는(이번 호도 분명 이인성이 원고 빵꾸 내겠지.『작가세계』주간 이경호만 불쌍하겠지. 그런 생각으로 느긋해하다가, 뒤통수 맞은 심정으로 이 글을 쓴다. 이인성 군은, 웬일로?) 좌파다. 몸도 살도 글도 두루 펑퍼짐한 나는 다만 좌파를 지향할 뿐이다.

종잡을 수 없는 여자…. 조경란과 직접 대면하기 전 그녀에 대한 내 생각은 그랬다. 사실 나는 좀 약이 올라 있었다. 세 번이나 그녀를 놓쳤던 것. 아버지는 이런 말씀을 유언 비슷하게 하셨었다. 술 먹고 이쁜 여자 불러내는 게 니 취미 같다만, 그건 니 맘이다마는, 세 번을 거절당하면 다시는 전화하지 말거라, 더하면 그때부터는 치한이거든…. 그 얘기를 되새기노라면 죽음은 끝없는, 유쾌한, 그리고 다소 음탕한 농담 같으다.

어쨌거나, 그 얘기가 아니고, 전말은 이러하다. 오랜만에, 정말 15년 만에 피할 수 없는 사정으로 잡지(작가회의 간『작가』) 편집위원을 맡고 보니, 낭패였다. 젊은 사람들 글 열심히 안 읽어본 것이 꼬박 15년이었던 거다. 시인들은 새로 읽어본다 치고, 소설은, 그 많은 걸, 어찌한다? 고민 끝에 소설가 중 가장 친한 최인석에게 자문을 구하니 대뜸 조경란이란다. 그래…, 조경란은 나도 이름을 알지. 신문 광고에 실린 사진이 흑백 콘트라스트 유독 선명하고 각이 예리한 미인이고 책 제목은 『식빵 굽는 시간』. 얼굴은 아름다움이 죽음과 절벽으로 맞대면한 듯 청초하고 그렇게 다소 죽음이 새하얀 듯 아름다움이 상복인 듯 아찔한 그 찰나 속에 식빵을 굽다니, 그렇게, 찰나의 응집을, 향기(식빵 굽는 냄새는 향긋하다)가 된 시간으로 기화(氣化)하면서 동시에 시간이 된 향기로 생애화(生涯化, 굽는 것은, 직업이든 아니든 의식주 행위다)하다니…. 나는, 나도, '아스라한 경악' 속으로 빠져들었던 것이다.

그래 잘됐군. 나는 그녀를 만나 대번에 친해지고 대번에 청탁을 하고 대번에 글을 받으리라는 야무진 꿈을 갖고 그녀를 수소문했다. 이제하, 서영은 선생 패거리(?)들과 곧잘 어울린다던데…. 소문은 그랬다. 마침 이제하가 '가수 데뷔' 공연을 하고 그걸 축하하느라 누가 한턱 내고 조촐하게 가든파티를 마련해주고 그가 다시 한턱 내고 그랬던 때(1998년 중반쯤이다)라 나는 아는 사람들에게 물어 조경란을 '먼발치에서 건네받을' 수 있었다. 그래, 저 여자가 조경란이란 말이지. 맞는 것 같군. 그래… 그런데, 일행에 섞여 되는 대로 그녀 뒤를 쫓아다니다가 분위기가 정리되었다 싶어서 슬쩍 그녀 앞에 앉으면서 "조경란 씨죠?" 하고 물으니 아니란다. 그 친구는 아까 갔어요. 전 조모(趙某)예요. 시를 쓰죠…. 어이쿠 죄송합니다…. 다시 보니 정말 조경란과는 분위기가 사뭇 달랐다. 이런, 이런. 이런. 내가 마침내 늙나 보군…. 그런데, 그런 일이 한 달 새에 물경 세 번이나 반복된다. '조모' 시인은 급기야 화를 냈다(이 자리를 빌려 죄송). 거참 희한한 노릇일세…. 지금 생각해보면 나는 '실물' 조경란을 건네받은 게 아니라 '소설=식빵 굽는 시간' 조경란을 건네받았던 것 같다. 아니, '식빵 굽는 시간'이 그녀 존재의 '실물'인가? 꽤 자주 만나는 편(그녀 표현이다)인 요즈음도 그녀는, 만나면 만남이 포도맛처럼 검고 달콤하고 육감적으로 느껴지지만, 헤어지면 종적이 없다.

어쨌거나, 그러고도 한 1년이 지나서야 나는 그녀와 직접 대면했다. 소설가 구효서 상갓집에서였다. 그토록 오매불망이었겠건만, 정작 처음에는 알아보지 못했다. 너무 가까이 있었고 그녀는 검은 상복(원피스) 속에 온몸을 응집시킨 상태였기 때문이다. 응집이라…. 그녀도 자신의 육(肉)이 향기로 기화할까봐, 가끔은 겁이 난다는 뜻일까?

어쨌거나, 그녀가 먼저 인사를 했고 그러는 그녀가 조경란이라는 걸 직감하면서 그 직감에 소스라치며 나는 허둥지둥 인사를 받았는데, 그때 그녀는 이집트 왕비 네페르티티(Nefertiti) 같았다. 네페르티티와 클레오파트라의 차이는 뭘까? 클레오파트라는 총천연색 영화 속에서 아름답지만(꼭 엘리자베스 테일러 때문만은 아니다) 네페르티티는 고대 역사 속에서, 피라미드 속에서, 즉 죽음 속에서 아름답다.

그리고, '상복을 입은 엘렉트라'는 결코 아름다울 수가 없다.

어쨌거나, 그날 그녀는 우리 집이 있는 당산동 전철역까지 택시 태워주겠다는 내 제의에 흔쾌히 응했고, 신월동 상가(喪家)에서 거기까지는 꽤 시간이 걸렸고 그동안 나는 그녀가 신세대 작가답지 않게 고전적인 고생을 겪었음을 알았고 무척 안심했다. 향기가 물론 진했지만, 여전히 향기라서, 기화되지는 않는다 하더라도 흘러갈 수는 있는 거라서 '굽는' 쪽에 내가 비중을 두었던 까닭이다. 그녀를 땅에 묶어두는 것은 고생의 무게일 것이다…. 그런 생각을 일찍, 덜컥 해버렸던 것 같다. 어쨌거나 그날 우리는, 택시 안에서, 내가 전화를 걸어도 뜨악하거나 어색하지는 않을 정도로 친해졌는데, 그 이유가 또 지금 생각해보면 조경란적이다.

『자줏빛 소파』를 보내주어서 매우 고마웠다고 내가 그랬고 그녀는, 자기가 더 반가워하면서 봤느냐 물었고 나는 대충 보았지만 그렇게 '대충'이라고 딱 부러지게 말하기도 못해서 다른 쪽으로 대충 얼버무리며, 아직 다는 못 봤는데, 왜 그, 뭐냐, 옷이 헤졌는가 다리미에 좀 눌었던가, 그런 문제로 주인공이 신경 쓰는 대목이 인상적이었다. 그렇게 말했다. 별로 자신 없는 투였을 것이 분명한데 그녀가 얼굴을 환하게 빛내며, 거의 고마워하며, 말했다. 어머나, 맞아요, 선생님. 정말 보셨구나, 하하… 그녀가 말끝마다 '선생님'을 붙여대는 게 그렇게 조신할 수가 없고 그게 흡사 검은 상복 속으로 자신의, 존재의, '흩어지는 하양'을 응집시키는 행위와 유사한 버릇이라는 점을 나는 한참 뒤에 알았지만, 어쨌거나, 그, 모처럼 새하얀 치아가 드러난 듯한 반색에는 세상 사람들이 자신의 소설을 제대로 읽어주지 않는다는 푸념은 물론, 괜한 얘기건 아니건 내가 그녀의 글을 제대로 읽어주어서 고맙다는 '진지한' 분위기 또한 전혀 묻어 있지 않았다. 이제 와서 나는 생각한다. 그녀는 다만, 딱히 내가 아닌 다른 누구였더라도, 그녀 소설과의 감각을 통한 만남이 그리도 즐거웠던 걸 게다.

　이건 그녀의 소설이 단지 혹은 딱히 감각적이라는 뜻과는 좀 다르다. 그녀의 소설은 '감각적'이 아니고 '감각'의 소설이다. 너무나 감각 그 자체라서 죽음과 밀통(密通)하는, 아니 죽음의 이면(裏面)인 감각의. 다시, 네페르티티? 그래, 네페르티티. 이때 죽음과 밀통하는 감각은 평론의 해석과 언뜻 불통(不通)하지만 그것은, 네페르티티에서 보듯, 얼마나 아름다운, 감동적인 불통인가. 얼마 전 어떤 후배 평론가에게 "요즘 평론가들은 감동적인 불통을 모른다"고 했더니 단박에 "나는 어떤 출판사와 통(通)하기 때문에 그 출판사에 낸 소설에 대해 호평을 하거나 그런 적이 없는데요?" 하며 다소 파르래지길래, 정말 '통'과 '불통'의 의미가 사회적으로 급박해지고 그만큼 회복불능으로 천박해졌다는 것을 실감한 적이 있다. 어찌 그런 얘기였겠는가. 사실 '감동'이란 것 자체가, '가슴에 와 닿는' 상태와 '내 이해 수준에 딱 맞는' 것을 혼동하지 않는다면 가장 난해한 기쁨 현상일지 모른다. 진정한 감동은 아름다운 불통 그 자체인지 모른다. 어쨌거나, 나의 자신 없는 대답에 그녀가 빛나는 반가움으로 응해준 것이 그 뒤로 내내 불편해서 『자줏빛 소파』를 다시 한 번 제대로 읽어볼까 생각했으나 나는 끝내 그렇게 하지 않았는데, 왜냐면 그때 그 '불통의 통'이라는 접점이 너무도 소중해서 자칫 망가트릴까봐 걱정됐기 때문이다. 진실로 아름다운 것에는 언제나 미지(未知)의 놀라움, 혹은 그것과 직접 피부를 맞대는 경악이 묻어 있는 법이다.

　이 '소설=감각'은 언뜻 줄거리를 무너트리지만, 그녀의 감각이 무너트리는 줄거리는 사실 상투(常套)다. 이해할 수 있는, 혹은 (좁은) 이해력에 포착되는 상투. '보다 총체적인' 감각이 '잘 짜여진 (well-wrought) 완고'인 상투를 무너트리는 과정이 그녀 소설의, 진정한 줄거리(plot)다. 이 대목은, 근엄하기만 할 뿐 빤한 유교적 기승전결 구조를 소설미학에 요구하는 전근대적인 풍토가 엄존하는 보수적인 평단에서도, '감각의 총체성'이 아니라 '감각적 말단'에 엽기적 관심을 쏟아 붓는 소위 '전위적' 평단에서도 그녀를 선뜻 받아들이지 못하게 만드는 대목이지만 이 지점이야말로 그녀의 소설을 독보적이게 하는 대목이다. 왜냐면 그녀의 '감각'은, 놀랍게도, 일상적인(요리를 만드는 장면 등등) 동시에 근본적이고 과격하다. 나는 허난설헌 이래 이름에 '란(蘭)' 자가 들어가는 여성작가 중 조경'란'과 하성'란' 보다 질 높은 '이름'을 알지 못한다. '란' 자 들어가는 여자 이름이 무수할 텐데도. 그리고 더군다나 이들은 동세대다. 하성란은 줄거리 속으로 줄거리를 심화시키는 식으로 상투를 극복한다. 조경란은 감각으로써 줄거리 자체를 극복한다. 둘의 합(合)이 '란'이라는 이름 자의 '일상성의 기적'을 뜻한다면, 둘의 대비는 우리 시대 소설미학의 가장 빛나는 장면 중 하나다. 어쨌거나,

> 턱을 약간 치켜든 채 사뭇 상대를 내려다보는 듯한 차갑고 서늘하면서도 강렬한 눈빛은 오만하거나 거만한 시선이라고는 느낄 수 없다. 외려 어딘가 안쓰럽고 연민이 느껴지거나 오래 마주보다가는 돌연히 눈물을 뚝뚝 흘리게 만들 것만 같은 눈빛이다.
>
> — 조경란, 『우리는 만난 적이 있다』, 50쪽

이것은, 조경란이 그린 자화상? 설마… 적어도 의식적으로는 그랬을 리 없다. 그녀는 자신에 대해 매우 겸손하다. 하지만, 무의식적으로, 이 문장에서 나는 그녀의 안간힘을 볼 수 있을 것 같다. 해체되려는 자신의 육체에 정형(定型)을 주려는 안간힘. 그때, '흔들림이 기묘한 흔들림'으로 흩어지는 육(肉)의, '흩어짐'과 '육' 사이에서 정형은 참지 못하고 눈물로 액정화(液晶化)할밖에 없다. 그러므로 '돌연히 눈물을 뚝뚝 흘리게 만들 것만 같다. 그런데, 그래서 이 눈물은 기이하게도, 샤머니즘적이다. 전생(前生)의 만남으로 가닿는 감각의 통로로 되는 것. 그때 눈물은 정신과 육체의 합보다 총체

적이면서 액정적이다.

어쨌거나, 그런 연유 때문인지, 한참 뒤 두 번째 만났을 때, '우리'는 꽤 친해 있었다. 어머나, 선생님⋯ 저 오늘 김갑수 씨 「책하고 놀자」에 나가는데요⋯ 끝나고 김갑수 씨 작업실에서 같이 놀기로 했는데요, 그리 오세요, 선생님⋯. 스스로 찬탄의 빛을 발하는 '어머나'에서, 그 모든 발산을 추스르며, 다소 새침스럽지만, 새침이 너무 똑 떨어지는 것이라서 상큼하고 짜릿한, 첫 입맞춤의 느낌 같은 '선생님'까지가 너무 대낮처럼 밝고 명징해서, 혹은 미래의 이상적인 공산주의 같은 거라서 나는 쑥스러움도 잊고 그냥 멍청하니 유쾌하게 웃기만 했었다. 그래. 그녀는 일상적인 말투도 그렇구나. '어머나'와 '선생님'의 감각 총체가 말하고자 하는 내용을 언뜻언뜻 해체하는데, 아 그때는 정말 '행복 일반'을 느끼면서도 너무 아슬아슬해서 그녀에게, 아니 우리 모두에게 똘똘 뭉쳐진 육체가 있다는 사실이 너무도 다행이고 기적적이라는 생각이 가슴을 철렁하게 만들기도 한다. 어쨌거나, 그날 나는 그런 그녀를 만나러 마포에 있는 김갑수의 작업실 겸 음악감상실(이곳에는 내가 아는 한 우리나라 최고 수준의 오디오 기기와 클래식 및 재즈 앨범들이 마련되어 있다)로 갔고 마치 육체가 흘러내리는 듯 흐리고 진한 재즈 선율에 맞추어 그녀가 그날 나와 춤을 춰 '주었'던 것이다. 내 배를 보았거나 특히나 너무도 궁금해서 직접 손으로 만져본 사람이면 누구나, '주었'다는 표현을 수긍할 것이다. 배가 워낙 나와서 마치 둘 사이에 한 사람이 더 끼어든 것처럼 춤의 포옹이 불편하기 짝이 없는 것이다. 그런데 그날 나는 나의 배도 그녀의 몸무게도, 심지어 나 자신의 몸무게도 느끼지 못했다. 조경란의 『동아일보』 신춘문예 1년차 후배 천운영과 또 그 1년차 여자 후배도 있던 그 자리에서, 자랑스럽고 미안한 일이지만, 김갑수는 춤을 추지 못했다. 김갑수는, 그도 시인이고, 음악에서는 내 선생님이자 은인이고 춤에서나 여자를 대하는 솜씨에서나 나보다 몇 수 윈데. 히히….

그녀의 춤 솜씨가 대단했다는 얘기는 아니다. 다만 나는 예의 네페르티티, 죽음 속으로 아득히 멀고, 그렇기 때문에 아름다운 그녀를, 그녀와 춤을 춘 게 아니라, 그냥, 모처럼 바로 앞자리에 두고, 모처럼 현실적으로 마주 보고, 모처럼 그, 공간이 아니라 시간을 만끽하는 기분이었다. 그것이 괴이하기는커녕 아주 낯익고 오래되고 습관이 된 듯한 편안함으로 느껴지는 게 생각해보면 정말 괴이한 일이지만 따지고 보면 죽음을 배경으로 사는 우리들의 아득바득한 삶처럼 괴이한 것이 또 어디 있겠는가.

그렇다. 지금까지 나는 그녀에 대해 말했지만, 또한 소설에 대해 말했다. 소설은 삶에서 나오지만 삶 바깥에 닿아 있다. 창조주가 죽으면 창조주 대신 영원한 삶을 살기도 한다. 그러나, 그러니 창조주가 살아 있는 동안 소설은 죽음의 의상이다. 모든 예술이 그렇다. 그점을 조경란 소설만큼 명징하게, 아무렇지도 않게, 그러나 치열하게 보여주는 사례는 드물다. 그리고, 죽음의 의상이 우리 눈에 보인다는 것은 얼마나 놀라운 일인가. 그리고 사실, 볼 수만 있다면, 죽음의 의상은 얼마나 아름다운가. 그 의상은, 오래전부터 예술이 죽음의 엄혹함을 따스한 삶의 의미, 의미의 아름다움으로 전화해내려고 필사적으로 노력했던 역사의 산물 아니겠는가. 가령, 에스키모 신화는 엄혹하다.

옛날에 아버지와 딸이 살았다. 딸을 귀여워했던 아버지는 많은 구혼자들을 물리쳤는데 그러다가 어쩔 수 없이 고른 신랑감이 하필 괴물이었다. 그는 어떤 때는 개의 모습으로 어떤 때는 바다제비로 변했다. 바다제비한테는 결코 내 딸을 못 준다… 아버지는 그렇게 말하고 딸을 카약에 실었다. 바다제비가 노하자 바닷물결이 격노, 배가 뒤집힐 듯 파도가 일렁였다. 아버지는 겁이 덜컥 났다. 두려움이 극에 달하여 아버지는 딸을 바다에 내팽개쳤다. 그러나 딸은, 이렇게 무서운 괴물에게 시집을 간다는 것, 그를 제 몸 안에 받아들인다는 것이 더 두려웠다. 그녀가 안간힘을 쓰며 뱃전을 움켜쥐었다. '바다=괴물'은 더더욱 으르렁거렸다. 딸 손을 떼어 놓으려고 기를 쓰던 아버지가 급기야 칼로 딸의 손가락을 하나씩 잘라냈다. 잘린 손가락 하나는 물개가 되고 다른 하나는 해마가 되고 또 다른 하나는 고래가 되고… 그렇게 바닷속 동물들이 생겨났다. 딸은 바다 밑으로 가라앉아 바다 동물의 수호신이 될밖에 없었다.

이때 아름다움은 섬짓하다. 이 엄혹한 삶 혹은 죽음의 탄생이 따스하고 아름다운 죽음의 의상을 갖추려면 얼마나 기나긴 예술의 세월과 얼마나 지난한 예술의 생애가 흘러야 할 것인가. 역사 자체가 안온한 죽음의 품안으로 보이려면 또 얼마나? 하지만, 그것을 알기 위해 온 역사서와 예술교양서를 뒤집을 필요는 없다. 우리는 일단 조경란 소설을 그런 각도에서 읽어볼 일이다.

나는 아버지의 유언을 지키지 못했고, 세 번이나 거절 받았는데도 대책 없이 계속 그녀에게 전화를 해대는 쪽으로 낙착이 되었다. 앞으로도 그럴 것 같다. 아무래도 그녀는 내가 최소한 하루 전에라도 미리 연락을 해주기를 바라는 듯하고, 아무래도 나는 그렇게 하기에는 너무 '정식'이라 쑥스럽고 그래서 '느닷없는 전화' 방식을 계속 고수할 것이기 때문이다. 어쨌거나, 그래도 그녀가 나를 치한 취급하지 않으니 다행이고, 그전에, 죽음의 의상을 닮은 그녀의 아름다움 덕분에 아버지 죽음의 '음탕한 농담'이 더 유쾌하게 극복된 듯하니 고마운 일이다. 물론 이 글을 읽고 그녀가 절교선언을 해올지도 모르겠지만. 뭐, 딱히 '교제'를 하는 사이는 아니니, 그것도 할 수 없고.

일상과 모뉴멘탈리티, 그리고 '일상+모뉴멘탈리티'

작가와 글의 관계, 작가의 삶과 작품의, 공식적이거나 평론적 관계가 아니라 내밀한, 혹은 무의식적인 관계를 다시 문학-사회화하고 그것을 다시 제 것으로 만들 수 있다면 누구나 '시인과 화가 사이 예술가'로 있을 수 있다, 는 생각으로 이 글을 쓴 지 벌써 1년 반이 되었다. 사실 제대로, 의도대로 쓰자면야 각 작가들의 작품량보다 많이 써야 하는 게 아닐까, 그런 무모한 생각도 들지만(무엇보다, 『문학 판』 편집인 이인성이 겁먹겠구나) 너무 많이 썼다는 생각이 든다. 어쨌거나, 이젠 장강 뒷물 급류처럼 나를 밀어내는 후배들을 위해 지면을 양보할 때가 된 듯하다. 무엇보다, 이 글을 읽어준 분들이 고맙고, 재밌다고 한 분들은, 재밌다는 평을 들어본 게 정말 얼마 만이냐 싶으므로 더욱, 고맙고, 그런 분일수록 새해 복을 집중적으로 받으시기를 바란다.

시인과 화가 사이 예술가. 시인이라…. 독자들 중 이를테면 다음의 책 뒷표지 글들을 읽고 작품과 작가를 두루 관통하는 모종의 '유구한 육체성'을 느낄 수 있다면 내 글의 의도가 적중했다고 하겠다.

김원우 소설 『일인극 가족』에서 주목해야 할 것은 풍자 정신 그 자체가 아니고 오히려 그 절제를 통한 새로운, 21세기 김원우 소설의 가능성이다. 우리의 형편없고 무능한 정치의식을 꼬집는 세태풍자로 시작되지만 절제는 희귀하게 (폭발력이 아니라) 응집력 있는 문체를 낳고 그 문체가 이야기를 점차 지워버리고 스스로 '문체의 이야기'를 내정하는 데 이른다. (김원우, 『일인극 가족』)

육체가 육체인 채로 영혼을 지향하는 과정을 '죽음=아름다움'의 명제로써 육화하는 것이 비극적 낭만주의 미학의 요체다. 이승우 소설 『식물들의 사생활』에서 그 미학은 완벽하게 형상화한다. 줄거리와 문체, 미학사상, 그리고 소설의 규모와 분량까지 각각 진경을 개척하면서 동시에 '최적의 한 몸'을 이루고 있다. (이승우, 『식물들의 사생활』)

'적멸'을 위한 불교와 '미래'를 위한 정치의 결합이 이룬 가장 찬란한 장면 중 하나가 신라인들의 조각과 건축 예술이다. 그리고 마지막으로 왕릉, 즉 무덤이 모종의 '적멸 혹은 멸망의 정치적 완성'으로서, 아름다움은 영원하다는 말씀의 집을 이룬다. 그 무덤으로써 우리는 미래와 죽음과 꽃과 젖가슴을 삶으로 등식화할 수 있다. 현실은 모순투성이고 모순은 한 발을 벌써 '현실 이외' 가상현실에 두고 있다. 소설가 강석경이 쓰고 사진작가 강운구가 찍은 천 년 전 무덤에 관한 글과 사진, 천 년 후 '무덤=글=사진'이 21세기를 맞은 예술의 진정한 자기탐색, 즉 '현실 너머' 예술현실의 길로 되는 까닭이다. (강석경·강운구, 『능으로 가는 길』)

소설을 읽다 날밤 새던 대학시절 습관을 성석제 소설이 30년 만에 되찾아준다. 물론 재미있어서지만, 더 나아가, 이를테면 나는 그의 소설을 읽으며 끝보다 중간이 더 궁금하다. 성석제는 이야기에 달통해 있지만 그보다 더 본질적으로 '이야기의 비극'에, 그리고 비극을 천 년 묵은 웃음의 나이로 포괄하면서 '이야기의 전망과 희망'을 모색하는, '달통에 달통'해 있다. 이 '달통에 달통' 속에서 이야기는 물론 더 간단한 에피소드, 더 간단한 문장 하나, 심지어 더 간단한 단어 하나까지 새로운, 심상찮은, '목숨의 빛'을 발한다. 그의 소설이 종종 19세기적인 어법들을 동원하되, 복고적이기는커녕 새로운 밀레니엄 너머로 가닿는 까닭이다. (성석제, 『황만근은 이렇게 말했다』)

뒤에서부터 읽으면, 궁굅을 '얼굴이 빨갛게 되며 눈물이 줄줄'로 앙바틈 버텨내고 표현하고 끝내 참신하게 형상화하는 아내의 '독자투고' 시안을 그대로 시화한 「장물(臟物)」에서 "단풍나무 앞에서 / 아무래도 나 먼저 / 단풍이 드"는 세월의 나이와 파란만장의 넉넉한 융화를 머금은 「홍천에서」, 그리고 그것을 보다 더 나이든 날의 입장에서 더 젊고 예리한 고통 쪽으로 역전시킨 "봄, 꽃, 피면 / 허리가 아프다"의 「겨울, 둔내에서」를 거쳐 마침내 "매연이 눌어붙은 타일이 새까맣다 / 너는 사랑하는 사람의 이름을 적어 / 그 곁에 보 고 싶 다 썼고 / 나는 정차된 좌석버스 창 너머로 / 네 눈빛을 보고 있"는 「금화터널을 지나며」의, '거리(距離)의 미학'으로, 그러나 치열하게 껴안는 옛날과 현재 사랑의 노동의, 중첩으로서 삶 궤적의 따스한 응축에 이르는 강형철 시집 『도선장 불빛 아래 서 있다』의 도정은 가장 노련한 민중시의 역사며 민중시를 극복한 시의 생애다. (강형철, 『도선장 불빛 아래 서 있다』)

"달팽이관을 지나 목을 지나 위, 장, 몸 어느 구석엔가 숨어 있을 마리의 생각이 궁금했다…." 전임강사 경력이 있는 30대 후반 남자와 10대 후반 소녀 마리의 관계는 이 문장을 계기로, 일찌감치, 미학적으로, '원조교제' 혐의를 완벽하게 벗고, 웃세대가 신세대와 감각적으로 만나는, 고전적 '햄릿의 장'으로 승화한다. 웃(386)세대의 '타락한 이성'은 신세대와 감각적으로 만날수록 더 타락하며, 신세대의 '감각의 육체'는 웃세대를 이해하려 하면 할수록 감각적으로 무너진다. 웃세대는 타락의 끝이 파국일 것을 알고, 신세대는 감각의 무너짐이 결국 죽음과 별반 다를 바 없는 상태라는 것을 안다. 그러면서도 둘은 서로를 극한까지 밀어붙인다. 마리가 의외의 방식으로 죽고 남주인공이 의외의 방식으로 살지만, 이야기의 내용에는 의외가 없고 오로지 필연뿐이며, 역사적으로 당연하게, 결국은 신세대의 '미학'이 웃세대의 '정치'를 극복한다. 그 점을 끝까지 받아들인다는 점에서도 작가는 햄릿적이며, 『마리, 사육사 그리고 신부』는 현대 부조리극 '너머' 순정한 비극으로 읽힌다. "나는 마리의 블라우스 단추를 똑똑 땄다. 평화, 이것이 단추 다섯 개를 열면 보일 것도 같았다…." 주인공(혹은 저자)이 끝까지 원하는 것은 평화지만 그는 신세대의 방식을(감각은 평화와 무관하다) 끝까지 포기하지 않는다. 이것은 그의 비극이고 마리의 비극이다. 의미 있는 새로운 감각들의 출현을 우리는 보고 있다. 새로움의, 출현의, 난무 '현상' 또한 보고 있다. 『마리, 사육사 그리고 신부』는 그 와중, 신구 세대 세계관 충돌을 '사랑이라는 미학'으로 집요하게 추적한 가장 본격적인 작품 중 하나로 기록될 것이다. '신'이 이미 '신'이고 '구'는 벌써 '구'란 말인가, 라는 한탄 혹은 반론도 있을 법하겠다. 하지만, 저자보다 한 세대 위인 내가 읽더라도, 다음과 같은 마리의 '선언문'은 기분 좋게 한 방 얻어맞는 느낌이 없다고 할 수가 없는 것이다. "여자들이 성시경이나 비 같은 가수들을 좋아하는 이유를 알아? 그 사람들은 여자를 이해하는 구석이 있거든. 그런데 보통 남자들은 여자를 쥐덫 같은데 담아놓고 질투만 하지. 답답해서 꽉 죽고 싶어…." 그리고, 매우 파격적이고 요란한 '스토리'를 담은 이 소설의 맨 마지막 대사는, 정말 놀랍게도, "어디서 많이 본 것 같은데…"다. 그렇다. 아주 예리한 바로 그만큼 능글맞은 작가 (이게 소설가 아니겠는가?)를 우리는 만나고 있다. (안성호, 『마리, 사육사 그리고 신부』)

그리고, 화가라…. 몇몇 주요 외국어로(만) 출판되어 뿌려진다는 상당히 고급스러운 어느 잡지를 위해(고급 화장품 모델 촬영에나 쓰는 줄 알았던 '우산 조명' 사진을 찍힌 것은 이때가 처음이다) 화가 임옥상과 인터뷰를 한 내용이, 이 때늦은 혹은 때 이른 에필로그에 적절할 듯싶다. (정작 한국말로는 출판되지 않는 모양이니까 더욱.)

대한민국은 아직 진정한 민주주의에 달하지 못한 나라고, 임옥상은 민주주의의 완성을 위한 사회 활동이 매우 왕성한 화가다. 그는 서울에서 미술대학과 대학원을 모두 마친 뒤 1984~86년 유일하게, 프랑스 앙굴렘 미술학교에 유학을 갔었다.

"유학 기간 동안 한국에서는 민주화 물결이 서서히 일더니 전두환 군사정권의 탄압과 맞부딪치며 거대한 격변을 향해 눈덩이처럼 몸을 불리고 있었다. 나는 그런 현장에 없는 나 자신의 처지가 원망스러웠고 안타까웠고, 다시 돌아가 그 현장에 동참할 수 있다면 미술 따위는 집어치워도 좋다고 생각했다…."

하지만 그는, 말은 과격하지만, 천상 화가고, 본능적으로 화가다.

"언덕배기에 아름다운, 자그마한 옛날 성이 있고 그 아래로 강이 흐르고 대평원이 일망무제로 펼쳐지는 곳, 담배공장 터를 개조한 앙굴렘 미술학교에서 「아프리카 현대사」(는 대작이다—필자 주)를 그렸다. 프랑스의 미술 전통은 물론 대단한 것이지만, 격동의 한국에서 온 내가 뭔가 보여줘야겠다는 생각이 컸다. 다른 학생들이 처음에는 이상하게 보았지만, 점차 고개를 끄덕이더니 강렬한 매력마저 느끼는 듯했다. 그랬을 것이다. 현대미술의 탈출구를 구성-기법의 문제로 해결하려 애쓰다가 제3세계적 내용에, 그리고 내용이 낳는 형식의 힘에 압도되었을 테니까…."

「아프리카 현대사」는 프랑스 국가심사위원단의 합격 판정을 받았고 훗날 미국으로 옮겨져 전시되었는데 전시를 유치한 큐레이턴가 평론간가가 대충 이렇게 썼던 것이 기억난다. 제3세계 화가들은 서방 전시회장에 진출하기 위해 '사회참여'를 소재로 택하는 경우가 많은데 임옥상 「아프리카 현대사」는 다르다. 이 작품은 아프리카 현대사를 다루고 있지만 소재주의를 뛰어넘는 형식미를 갖추고 있다…. 어쨌거나, 천상 화가라…. 나는 훌륭한 화가에게는 반드시 세상을 미술적으로 전유한 최초 기억이 광경으로 남아 있다고 믿는다. 눈에 비친 어떤 광경이 응축된 '광경=이야기'로 전화하는 그 과정이 내내 기분 좋게 느껴지던, 앞으로도 영영 그럴 것 같은 기억이.

"6·25 전쟁, 그리고 가족에 대한 기억이다. 누군가 사산했다는 얘기가 있었고, 나는 병에 걸렸다는 환상에, 그리고 아픈 게 참 멋있다는 생각도…. 겁이 많고 착하고, 왕눈이고, 어둠과 미지의 것에 대한 호기심과 두려움, 그리고 공포가 엇갈렸던 것 같고…."

여기서 일단 끊자. 왜냐면 나는 '광경=이야기'를 듣고 싶지, 소설 이야기를 듣자는 게 아니다. 그리고 '전쟁', '가족', '사산'의 광경, 혹은 광경화가 그의 회화 「보리밭」 연작(자연과 문명이, 고향과 전쟁 기억이, 불안과 충동이, 사실주의와 모더니즘이, 열망과 경악이, '원색의 형태'와 '형태의 원색'이 갈등하는)과 종이부조 「가족」 연작(종이의 얇음이 오히려 세월의 '깊이=죽음'을 닮고, 생명의 희석화가 오히려 역사의 비극 너머 모종의 영원을 단아화하는), 그리고 「매향리」 연작(미 공군 사격장에서 수집한 포탄 껍질 고철로 구축한 인간형용이 '반미적' 소재주의를, '죽음-웃음'의 오페라 부파(opera-buffa) 미학으로 극복하는)의 광경(화)에 이르는 '광경=이야기'는 소설 이야기보다 흥미롭고, 미술적이라 더욱 흥미롭다. 그리고, '미지'에 대한 호기심과 두려움, 그리고 공포'에 이르면 그의 세 연작들이 품은 '광경=이야기=미학'은 역사적이면서 역사의 심화-역동화로서 '예술=존재'적 보편에 달한다. 미술에서 일상과 모뉴멘탈리티가, 공존과 상생, 그리고 상호상승을 넘어, 동전의 양면으로 되는 순간이다. 자, 얘기를 계속 듣자. 풍경은 어떻게 광경화하는가.

"국민학교가 백마강 상류 언덕배기에 있었고 언덕배기 아래로 백마강이 흘렀다. 3킬로미터를 산길로 돌아 통학을 했는데 계절별로 산하가 바뀌는 것이 분명했다. 1학년 때 소풍갔던 기억은 선명하다. 4월이라, 갈아엎은 논밭에 아지랑이 피고 폭격을 맞아 나무들의 키는 낮았지만 파릇파릇 새순이 돋고 있었다….”

자연의 봄이 전쟁의 상처를 이기는, 이슬 참신하고 습지가 질퍽한 '땅=생명'의 광경은, 그러나, 역동하는 생명 속에 잠복한 죽음을 절망하는 연극 대사로 이어진다.

“5월의 동산은 무수히 달리는 사슴의 무리처럼 건강하고…. 엘베 강의 시체들은….”

이 대사가 등장하는, 2차 세계대전 후 독일로 돌아온 패잔병의 소외감과 절망을 적나라하게 그린 볼프강 보르헤르트 「문밖에서」는 주인공 베크만의 이런 절규로 끝난다.

긍정하는 자, 그대는 지금 어디 있는가? 대답하라! 네가 필요하다, 대답하는 자! 도대체 그대는 어디 있는가? 갑자기 사라졌구나! 그대는 어디 있는가, 내게 죽음을 허락하지 않은 그대는 어디 있는가! 스스로 신을 칭하던 그 노인네는 어디 있는가?

도대체 왜 그는 말이 없는가!

하지만 대답을!

도대체 왜 그들은 침묵하는가? 왜?

그러면 아무 대답도 없는가?

아무 대답도???

그러면 아무런, 아무 대답도???

대학시절 연극에 심취했고, 유능한 배우였던 그가, 더군다나 암울한 박정희 유신독재 시절 위의 비관적 절규에 빠지지 않은 것은, 훗날 어느 분야와 접촉하더라도 그럴 것이듯, 연극의 소재를 미술화하지 않고 오히려 연극미학을 자기 미술의 뼈대 혹은 동력으로 삼았기 때문이다. 왜냐면 연극미학이야말로 가장 구축적이고 육체적이며 낙관적이다. 그리고, 아직까지도 임옥상의 작품 속에는, 아무리 작고 고요한 것이라도 역동적이되, 역동이 고전적인 연극의 몸이 구현되어 있다. 그 점은 그가 한국의 1970년대를 화가 초년생으로 겪으며 갈수록 '현실참여적'으로 되면서도 '민중=소재'주의에 빠지지 않고 오히려 '민중=내용'에 걸맞은 형식을 창조할 수 있었던 기반일 것이다.

"대학원 논문을 쓰기 위해 이 책 저 책을 읽기 전까지만 해도 나는 현대병에라도 걸린 듯 새로운 형식에 대한 실험에만 몰두했다. 그러나 이 새로운 형식이라는 것은 결국 국적도 개성도 없는 남의 것이었다. 처음부터 다시 시작해야 한다…. 추상적인 작품은 그리지 않겠다고 결심했다…. 우리의 역사와 현실을 그려야 하며, 우리의 전통과 단절되어서는 안 되리라…."

그런 생각을 공유하고 실천하기 위해 그가 만든 것이 '십이월 전'이다. 그리고, 1950년 6·25 전쟁 이후 최초의 체제비판 미술운동이라 할 '현실과 발언'(약칭 '현발')이 박정희 대통령 피살 직전, 그러니까 유신체제가 극에 달한 1979년 10월에 창립되는데, 그는 창립에 주도적인 역할을 했다.

"'현발' 전에는 사회비판을 하더라도 상징성을 유지했는데, 그 후에는 더 구체적으로 되어갔다. 사회와의 의사소통을 그림의 가장 중요한 역할로 생각했고, 미술 외적인 활동이 많아지기도 했다. 아니, 더 정확히 말하면, 나는 사람들, 다른 화가들과 어울리는 것이 그렇게 신이 났다. 만남, 조직, 이런 말들이 좋았다. 아니, 김용태, 주재환 형, 그리고 민정기, 강요배 등과 어울리며 딴따라 기질을 발하고 즐기고 누리고 그러는 것이 마구 좋았다⋯."

그의 '딴따라 기질'(이것은 '연극미학'을 순 우리말로 바꾼 것 아닐까?)은 그 후 20년 동안을 줄곧 이어지며 활동 분야(그는 말 그대로, 환경운동과 남북통일운동, 그리고 세계평화운동 전반을 아우른다)와 작품 세계를, 그리고 그 둘의 변증법을 심화시켜왔다. 그리고 특히 노무현 대통령 시대를 맞아, '활동'은 굵직굵직한 공공미술 사업으로 다시 한번 종합-응축될 것이다. 사실, 공공미술에 대한 그의 집념은 각별하며 오래전부터 다양한 성과를 내왔다. 광화문 지하철, 생산기술연구원, 일본군위안부 역사관, 담배인삼공사, 전라남도 영암 구림마을, 경기도 화성 매향리, 수원 월드컵 경기장 등에 공공미술을 설치했고, 1999년 이후 매주 인사동과 여의도 공원 등지에서 대중미술 프로그램 「당신도 예술가」를 실천해왔다. 이런 그의 창작 능력과 프로그램 실행력이 보다 창의적이고 총체적인 인격의 발현을 교육 이념으로 삼는 노무현 정부의 정책과 만난다면 공공미술의 질은 한 단계 더 높아지고 공공미술의 역할 또한 그럴 것이다.

그가 이제까지 즐겨 다룬 소재는 흙과 종이, 그리고 철이다. 각각에 대해 그는 어떤 (예술/미술)감을 갖고 있을까.

"흙은 부드럽고, 안기는 느낌이지. 편안하고, 촉감과 직결되고, 우리 몸과 접촉 면적이 제일 넓고…. 모든 것을 수용한다는 점이 참 좋아. 종이는 흙과 유기적 연관이 있지. 정제된 흙이랄까…. 흰색 혹은 미색과 연관이 있고, 범위가 제한적이지만 또 그래서 매력이 있고…. 철은 매향리가 아니면 만나지 못했을 거야. 학교 다닐 때 조소과 애들이 산소불 다루는 것을 보면 뜨겁고 놀랍고 무섭고 그랬거든…. 하지만 바로 그랬기 때문에 철과의 만남은 필연적이고 운명적인 게 아닌가 싶어…. 지금은 철기시대 이후 전략을 생각 중이지만…."

철은, 그가 모더니즘을, 과거가 아니라 미래의, 사실주의를 포괄하는 모더니즘을 지향한다는 뜻 아닐까?

"그럴지도 모르지. 그걸 모더니즘이라 명명할 필요는 없지만…. 어쨌거나, 새로운 것을 추구하는 것 또한 나의 기질이고 또 운명이라는 생각이 들어…. 늘 절망하지만, 늘 추구하는 기질이자 운명…."

흙과 종이, 그리고 철에 대한 그의 (예술/미술)감을 섞으면 임옥상 생애의 미술적 '광경화=이야기'는 또 얼마나 (소설보다) 흥미로운가. 그런데, (미지에 대한) 공포는, 어떻게? 임옥상의 최근 전시회 「철기시대 이후를 생각한다」에 부친 글 「부서진 포탄 껍질의 실내악」 말미에 나는 이렇게 썼다.

　　그러나, 이번 전시회의 절정은 포탄 껍질들을 주축으로 만든 식탁, 식탁 의자, 티 테이블, 회의용 탁자와 의자 등 '최신식' 가구들이다. 길게 반쪽 난 공대지 미사일 탄두의 육중한 금속성이 예술가의 손길을 받아 세련되고 미려한 고전적 단아의, 목성(木性)을 발하고 급기야 검고, 검을수록 섹시한 고급 오디오 기기 '껍질'에 달하고(회의용 탁자), 옹근 박격포탄 껍질 4개가 여자의 날씬한 다리보다 앙증맞은 균형을 상단 유리 속으로 내비친다(티 테이블). 그렇다. 공간-응축의 미술이, 놀랍게도 포탄 껍질을 매개로, 시간-응축의 실내악에 달하는 순간이고, 포탄의 자본주의를, 놀랍게도 포탄 껍질을 매개로, 예술의 사회주의로 유인해내는 광경이다. 위 과정을 질적으로 종합한 결과인 이 작품들로 하여 우리는 '총칼을 녹여 보습을 만들자'는 사회주의적 구호의 구호주의를 극복할 수 있다.

　이것은, 이것이야말로 '일상=모뉴멘탈리티' 아니고 무엇이겠는가!

한없이
너그러운
눈물의 칼

—김윤수 선생 회갑을 기리며

봐라, 이거. 어마어마하고, 거참, 굉장하지…. 땅이란 게 말
야…. 거대하게 패인다는 게 말야… 허허 참….

임옥상의 「땅」 연작 앞에 나를 세워놓고 김윤수는 그렇게 평
론과 감탄 사이를 오갔다. 아암, 아무렴, 그럼…. 뭐 그런 내색, 아니
제발 내가 다른 의견을 갖지 않으면 좋겠다는 '애원'(?)을 섞으며.
그때 그는 (지금도 그렇지만) 내가 아는 한 대한민국 최고의 미술평론
가였고 서울미술관 관장이었다. 그게 거의 20년 전. 그의 말투는 예
나 지금이나 경상도 억양에 뭔가 '새는' 듯한, 불완전한 발음이지만
웃음 혹은 울음 같은 것이 묻어나고 내용은 단순명쾌하면서 단호하
다. 북한산과 그 주변 산세를 기대하면서 세검정 길을 오르노라면
왼쪽 오른쪽으로 다소 번화한, 그 당시로는 화려한, 그래서 좀 생소
한 카페들이 드문드문 들어섰고 서울미술관은 북한산 일동이 그 부

드럽고 웅장한 자태를 시야 앞에 온전히 펼치기 바로 직전 오른쪽 장소에 놓여 있고 어느 건물보다 고급스러웠지만 김윤수가 관장이 되고부터는 민중예술가들의 아늑한 보금자리로 쉽게 자리를 잡았다. 멕시콘가 하여간 어느 나라 대사관 건물이었다는 그 미술관 꼭대기는 분명 골방이었을 텐데 웬만한 고급 아파트 안방 형용이었고 거기서 나는 친구-후배들과 소위 (지하운동은 아니더라도) 비합법 서클 준비 공부를 했다. 그가 관장으로 있는 동안 서울미술관은 국립현대미술관과는 전혀 다른, 그리고 국제적인 의미가 훨씬 더 옹골찬 전시회를 대거 유치하면서 권위 있는 미술관으로 급부상했다. 하지만 내 기억에 가장 뚜렷하게 남아 있는 것은 역시 앞서 말한 민중미술 전시회다. 최초의 대규모 민중미술 전시회였기 때문이 아니다. 그 전시회를 통해 민중미술의 '미술적' 의미와 '국제적' 의미가 동시에 공인 받았기 때문도 아니다. 그 전시회를 통해 미술 '운동'에 대한 나의 생각이 굳어졌고 그 후 약 20년 동안 변하지 않았던 까닭이다. 김윤수는 나를 곧이어 신학철의 「한국근대사-현대사」 연작 앞으로 데려갔다. 봐라, 이 역동성. 그 안에 들어 있는 역사적 소재뿐 아니라, 그 모든 것들이 소용돌이치며 이루어내는 민중미학의 역동성…. 나는 미학이란 말에 매료되었다. 아니 '역동성'과 '미학'이라는 단어가 그토록 자연스럽고 어울리는 것에 놀라는 나 자신에 대해 아주 은밀하게 놀랐는데, 놀람과 은밀의 합은 크나큰 기쁨이었다. 역사적 책무 앞에 아름다움은 희생될 수밖에 없다. 모더니즘은 민중문학의 병폐다…. 뭐 그런 논리가 암암리에 우리들의 목청을 강퍅하게 만들어가던 그때에. 김윤수가 신학철―임옥상, 그리고 최민과 성완경 등 '현실과 발언'에 미술평론가로서 그리고 '모종의 대장'으로서 끼친 영향은 매우 크다. 그리고 나의 문학에 끼친 영향 그 못지않게 크다. 자연히 나는 (화가도 미술평론가도 아닌 주제에) '현발'과 나의 사이가 무척 가까운 것으로 제 혼자 여기게 되었는데, 그 여김 혹은 사귐은 '모든 분야 운동의 사무국장'이라는 놀림을 받을 정도로 행보가 정신 사나왔던 나에게 가장 소중한 예술의미의 끈 중 하나로 작용했던 것이 분명하다.

나는 '김윤수'라는 이름 때문에 몰매를 면한 적이 있다. 지금은 없어진, 유명 문인들이 자주 찾던 술집 '탑골'에는 따로 방이 마련되어 있었는데 베니어판을 사이에 두고 둘로 갈라져 있었다. 나도 그 집 단골이거든…. 대학 동창생 한 명을 끌고 들어가 떡하니 방을 차지하고 그렇게 같잖은 자랑을 늘어놓고 있는데 내게 싹싹하게 대해주던 그 술집 주인 여동생이 옆방으로 잠깐 불려가더니 영 소식이 없다. 오세요, 오시라, 와라… 그렇게 존칭이 취중 속으로 생략되다가 옆방 술꾼들과 시비가 붙었나 싶은데, 제가 한 욕은 생각이 안 나고 대뜸 저쪽에서 "어떤 새끼!" 하는 소리만 들려왔고 나는 그것을 빌미로 "이런 X새끼!" 하고 되받으며 술상을 엎고 베니어판을 발로 차 부수고 그랬는데, 맙소사, 그쪽은 물경 언뜻 장정 12명이었다. 아마도 이태호가 나를 방 밖으로 내동댕이쳤을 테고, 그 '현발' 식구들이 삽시간에 나를 둘러싸고 나는 술김에도 '이젠 죽었구나' 하며 눈을 딱 감고 있는데 그때 누가 마치 도둑질을 엿보는 듯한 표정으로 물었다. "야, 너 혹시 김정환 아니냐?" "예 맞아요, 나 김정환 맞아요." 나는 그렇게 외쳤다. 하느님에게 고해성사하듯이. 그가 흡사 보물을 발견한 사람처럼 외쳤다. 야, 그만 그만. 얘 김정환이야. 김윤수 선생이 아는 사람이야…. '김윤수 선생'이라는 말 한마디에 좌중은 잠시 술렁대다가 곧장 잦아들었다. 그 '누구'는 누구인가. 바로 최민이다. 예나 지금이나 모타리가 작고 행색이 꾀죄죄하지만 예나 지금이나 문장과 마음씨만은 대한민국 으뜸 미인인 최민. 아마도 임옥상이 "너 정말 김윤수 선생 알어?" 하고 다소 개운찮은 표정을 지었지만, 어쨌거나….

그래서 말야. 민중들이 시체를 떠메고 행진을 하는 거라…. 바로 그거야. 우리도 그렇게 해야 돼. 아니면 혁명이 안 돼. 이렇게 장례식만 치러갖고는…. 김윤수는 옛날에 보았던 이탈리아 영화의 한 장면을 그렇게 떠올리며 스스로 감동하고 그런다. 요즘도 그렇다. 아직 젊으신 건가? 그렇게 의문 반 자문 반으로 치부하다가 나는 1986년 호헌철폐 국민대항쟁 때 실제로 바리케이드를 직접 설치하는 그의 깡마르고 분주한 모습을 보고 크게 감동한 적이 있다. 그전에도 그를 만나 감동하지 않은 적이 드물지만 그 후로는 그 장면이 줄곧 겹쳐 감동의 질을 높이는 것이다. 서울미술관 골방 회의로 시작되었던 학습은 내게 훗날 운동이 되고 민족학교가 되고 민문연이

되고 노문연(노동자문화예술운동연합)이 되었다. 김윤수가 노문연에 보였던, 지금도 보이는 애정은 정말 눈물겹고 격렬하다. 노문연은 울산-현대 중공업 지역 공장으로 순회공연을 매년 3개월 이상 다니는 처지였는데 그때마다 그는 공연단을 대구로 불러 불고기를 사주었다. 서울에서 전화 통화조차 하기 힘든 바쁜 처지였는데도. 지금 생각하면 어떻게 연락이 닿았는지 정말 신기하다. 공연 갔다 온 후배들은 그가 누구인지도 모르고 얻어먹었으니까. 어 형, 웬 깡마르고 마음씨 좋게 생긴 백발 노인네가 불고기를 사주시더라고요…. 후배들은 대체로 그렇게 내게 '보고'했던 것.

나는 온갖 신세를 다 지면서 그리고 은혜를 입으면서 김윤수를 20년 동안(아니 정확히 25년이다. 그는 1975년 긴급조치 9호 위반 첫 사건인 5월 22일 김상진 장례식 사건의 공범이고 나는 그 사건으로 징역 2년을 살았다) 보고 난 지금 그의 일생을 한마디로 말하자면 한없이 너그러운 눈물의 칼의 그것이다. 눈물의 서정시라고 한다면 곧장 떠오르는 것이 작곡가 김민기일 텐데, 그 김민기가 말한다. 김윤수 선생이 오라면 오고, 가라면 가야지, 내가 별 수 있겠나….

길,
그리고
생애의 색(色)

—내가 읽은 신경림

징이 울린다 막이 내렸다

오동나무에 전등이 매어 달린 가설 무대

구경꾼이 돌아가고 난 텅 빈 운동장

우리는 분이 얼룩진 얼굴로

학교 앞 소줏집에 몰려 술을 마신다

답답하고 고달프게 사는 것이 원통하다

꽹과리를 앞장세워 장거리로 나서면

따라붙어 악을 쓰는 조무래기들뿐

처녀애들은 기름집 담벽에 붙어 서서

철없이 킬킬 대는구나

보름달은 밝아 어떤 녀석은

꺽정이처럼 울부짖고 또 어떤 녀석은

서럽이처럼 해해대지만 이까짓
산구석에 처박혀 발버둥친들 무엇하랴
비료 값도 안 나오는 농사 따위야
아예 여편네에게나 맡겨 두고
쇠전을 거쳐 도수장 앞에 와 돌 때
우리는 점점 신명이 난다
한 다리를 들고 날라리를 불꺼나
고갯짓을 하고 어깨를 흔들꺼나

     —「농무」 전문, 『창작과 비평』 1971년 가을호

 나는 여행을 싫어한다. 아니 그렇다기보다는 날씨-음식-분위기 알레르기 등 안팎의 환경이 바뀌는 것을 몸이 힘들어하는데다 어려서부터 '강제'(?) 여행을 너무 많이 다녀서(매년 아버지가 인솔하는 부산 여행, 소풍, 수학여행, 충청도 징역, 강원도 병역, 방방곡곡의 단체 대표자 회의, 무슨무슨 대회 등등) 어느새 스스로 길 떠날 짐을 꾸리기가 겁나게 되었다는 말이 더 옳겠다. 어쨌거나 나는 내 고향 서울 밖으로 자진해서 나간 적이 술 취했을 때 말고는 없거니와, 나가서 딱히 재미를 느꼈던 일도 드물다. 그런데 거의 유일한 예외가 신경림과의 '민요기행'이었다. 소설가 박태순도 동행한, 그리고 물경 3박 4일 동안의 그 여행이 즐거웠던 것은 지금 생각해보아도 신기하다. 충청도 일대의 역사유적과 신경림이 자란 시골 읍내를 돌아보는 일정이었고 나는 내내 꽤 무겁고 촌스러운 여행용 륙색(그 뒤로는 결코 메지 않는)을 등에 진, 무척 불편하고 고단한 자세였고, 하루 종일 '산 넘고 물 건너'는 강행군이었는데 지금은 그때 생각하면 내내 '타박타박' 소리만 묻어난다. 신경림의 그, 앙증맞을 정도로 자그마한 체구가 마치 평생을 이미 밟아낸 것처럼 밟아내는 '삶=여행'의 발자국 소리. 그때가 1980년대 초, 나는 데뷔 2~3년차였고 열혈이었다. 어느 하룻밤 그를 아무 이유 없이 몰아세우고 닦아세우다가 새벽녘에 홀로 깨어 생각하니 그분의 데뷔 연도가 1955년, 즉 내가 만 한 살 때인 것을 새삼 깨달으면서 나의 생애 전체와 그의 시력, 그리고 '시=삶=여행'의 등식이 겹쳐지면서 한없이 따스한 외경에 젖었던 기억이 지금도 새롭다. 그 약 10년 후, 그러니까 발표된 지 근 20년 후에 나는 그의 대표작 「농무」에 대해 이렇게 썼다.

…. 시행의 흐름과 행갈이가 농악 파장 행렬을 그대로 완벽하게 재현한다. 행이 갈릴 때마다 농촌의 풍경이 여러 각도로 때론 골목길을 돌아가며, 우리 눈에 비친다…. (중략) 첫 행, "징이 울린다 막이 내렸다"의 '울리'는 신남과 막이 '내리'는 파장이 곧바로 겹침으로써, 농촌의 현실을 그야말로 적확하게 리듬화하는데, 그 리듬이 또한 시 전체를 주도하고, 상반된 분위기와 기분과 풍경을 완전히 총괄, 앞의 농촌 풍경을 바로 눈앞에 전개되는 것처럼 보여주기에 모자람이 없다. 그래.

그래서, 시 전체가, 총체적으로 농무다. 농사꾼의 춤, 혹은 농악의 춤. 왜 춤인가. 예술이 현실과 좌절 혹은 희망의 정중앙에 있기 때문이다. 이 시는 섣부른 농촌 고발시가 아니고, 그렇다고 농촌 삶을 이상화하는 시는 더더욱 아니다. 가장 현실 재현적이고 가장 사회적이면서도 가장 시적인 어떤 경지인 것이다….

— 『창작 강의 일곱 장』 중에서

그 후 나는 신경림과 '서울에서만' 만났다. 같이 술을 마시고 이러저런 일의 이런저런 대소사를 나는 그와 의논했다. 하지만 난 늘 그와 여행을 다니고 있는 느낌이었다. 화젯거리가, 특히 '단체일' 말고는, 인생사의 눈물과 콧물과 웃음 대부분을 담고 있는 성격의 것이라서 더욱 그랬다. 그 새끼는 건방져…. 마누라 얘긴 하지 마라…. 그자는 벌써 치맨가 봐…. 허허허. 그는 술이 올랐을 때 반쯤 허하고 반쯤 통쾌한 웃음으로 평소의 시름과 모종의 울화를 한꺼번에 날려버리는 정말 기막힌 음주비법을 알고 있다. 어쨌거나 그 후 약 5년 동안 나는 그에게서 더 이상 시적으로 충격을 받을 일은 없다고 알게 모르게 치부하고 있었던 것이 분명하다. 그가 한국의 최고 시인 중 하나이고 가장 멀쩡한 시 정신의 소유자고(그러므로 절대 치매에 걸리지 않을 시인이고. 여기서 '치매'란 괜히 남에 대해, 특히 오랜 세월을 같이했던 동년배에게 섭섭해하고 또 자기와 다른 후배 세대의 작품 경향을 초장에 집어던져 버리는 기질을 말한다) 자신의 영역을 계속 치열하게 (그의 시 쓰기는 아직도 젊은 사람 뺨칠 만큼 정력적이다) 또 꼼꼼하게(그는 서정주 이후 최고의 언어조탁자다) 그리고 너그럽게(그는 자신의 시세계를 갱신하려는 노력을 멈추지 않는다) 확장해갈 것이 분명하지만, 그렇단들, 왕년의 그의 '시력＝나의 생애'의 등식이 그랬던 만큼 나를 놀래킬 일은 없을 것이라고 나는 또한 생각했던 것이 분명하다. 왜냐면, 다음과 같은 시를 읽고 나는 정말, 경악했다.

어려서 나는 램프불 밑에서 자랐다.
밤중에 눈을 뜨고 내가 보는 것은
재봉틀을 돌리는 젊은 어머니와
실을 감는 주름진 할머니뿐이었다.
나는 그것이 세상의 전부라고 믿었다.
조금 자라서는 칸델라불 밑에서 놀았다.
밖은 칠흑 같은 어둠
지익지익 소리로 새파란 불꽃을 뿜는 불은
주정하는 험상궂은 금점꾼들과
셈이 늦는다고 몰려와 생떼를 쓰는 그
아내들의 모습만 돋움 새겼다.
소년 시절은 전등불 밑에서 보냈다.
가설극장의 화려한 간판과

가겟방의 휘황한 불빛을 보면서

나는 세상이 넓다고 알았다, 그리고

나는 대처로 나왔다.

이곳저곳 떠도는 즐거움도 알았다.

바다를 건너 먼 세상으로 날아도 갔다.

많은 것을 보고 많은 것을 들었다.

하지만 멀리 다닐수록, 많이 보고 들을수록

이상하게도 내 시야는 차츰 좁아져

내 망막에는 마침내

재봉틀을 돌리는 젊은 어머니와

길을 감는 주름진 할머니의

실루엣만 남았다.

내게는 다시 이것이

세상의 전부가 되었다.

　　　　　　　— 1998년 시집 『어머니와 할머니의 실루엣』 중

　　　　　　　　　　　표제작 전문

　언뜻, 너무도 고요한 위 시에 웬 경악? 그렇구나. 여행보다 더 중
요한 것은 길이었구나. 평생의 다채로운 방랑이 생로병사의 엄혹한
운명으로 축약되는 순간, 문학의 '길'이 가장 간절한 의미로 곧장 드

러난다. 공(空)이 색(色)을 드러내지만, 그것은 구도나 종교의 그것과 달리, 말씀의 색이 아니라, 생애의 색을 머금고 있다. 그것은 절제되어 더욱 의미심장하고 아름답다. 마침내 의미와 아름다움이 생애를 매개로 중첩된다.

발은 제 혼자 습관적으로 길을 따라가고 눈은 발과 달리 더 많은 것을 두리번거리지만 끝내 습관적으로 두리번거린다. 생각은 따라감과 두리번거림 너머를 지향한다. 그러나 그 모든 것은 우리의 경험에서 총체적으로 하나다. 그것을 인식하는 것이 시의 출발점이다. 그것을 구분하고 다시 재결합하는 것이 시의 중요한 기능이고 기법이다. 시는 여행이다…. 그렇게 깨닫는 것이 시의 출발점이다. 그러나, 그렇구나. 여행보다 더 중요한 것은 길이었구나. 시는 생애의 길이며 '생애=길'이며, 길의 아름다움이며, '길=아름다움'이다. 위 시는 그 점을 고요하고 잔잔하게 감동적인 동시에 충격적으로 우리에게 일러준다. 시집 『어머니와 할머니의 실루엣』을 읽고 내가 난생처음으로 출판사 편집자에게 전화를 걸어 '축하한다'고 말했던 까닭이다(본인에게는 말하지 않았지만). 1998년 내내 나는, 최소한 시인일 때만큼은, 위 시 때문에 행복했다.

황석영 문학 환갑
遺憾-快感

황석영이 환갑을 맞았다. 그의 '파란만장하게 젊은' 행각을 아는 사람은 대개 쑥스럽다. 당연한 일이다. 문학을 논하기 전에, 본인과 그 주변의 말을 대충 종합해보자면 황석영은 두 사람 이상이 모여 있는데 분위기가 썰렁하면 모두 자기 탓이라, 웃겨야 한다는 의무감을 느낀다는, '광대 구라' 노릇이 골수에 사무친 경우다. 그리고 좌중을 웃기는 방법은 자기를 희생물로 삼는 순교형, 남을 희생물로 삼는 테러형, 그리고 자신과 상대방을 무턱대고 깔아뭉개는 자살테러형 세 가지로 대별되기 마련인데, 그는 그 셋을 두루 아우르면서, 한마디 한마디 끝날 때마다 다소 과장된 '순간 정지동작'을 구사, 좌중의 반응을 재빨리 살피면서 그 다음 대사를 준비하는 즉흥연행형이다. 다시 그의 말을 빌자면, 그는 '썰'에 관한 한 '육탄전 지구전 해상전 공중전에 두루 능하고 음담패설은 여느 사례와 달리 푸짐하고 진한 데서 그치지 않고 예리하고 홧홧한 가상체험의 경지까지 펼친다. 그런 그가 전통의관과 엄숙체면을 정화한 중국 문자 '갑년'에 달했다니, 모두 쑥스러울밖에.

　그러나 정작 본인은 태연한 표정이고 나는 그런 그가 다시 당연하게 느껴지는 것에 놀란다. 그렇다. 문학에, 글 쓰는 행위에 전략이라는 게 있다면, 노량대첩의 이순신 장군 이래 황석영만한 전략을 구사한 자가 있을까. 썰의 경우와 달리, 순간의 전술이 아니고 문학 생애 전체의 전략 말이다. 서정주가 천연의 문재(文才)를 잡속(雜俗)으로 탕진했다면, 황석영은 잡속으로 현실보다 우월한 소설의 세계를 이뤘으며 왜 소설 종사자한테 '사람 人' 자가 아니라 '집 家' 자가 붙는가를 환갑 훨씬 이전에 증명했다. 문학의 논리로 보자면 그의 환갑은 늦은 감조차 있는 것. 잡속으로 성(聖)보다, 인간적이므로 더 위대한 존재 상태를 구현하려는 그의 노력은 이를테면 그의 정치적 관심보다 훨씬 더 투철해서 유연하고 일관돼서 다채로운 것이었고 세간의 역(逆)서정주성 오해의 뿌리 자체를 뒤흔들며 맨 정신(은 이성이다)보다 한 단계 질 높은 제정신(은 이성과 감성을 아우르는 과학이다)의 장이 바로 문학예술이고 그러므로 새천년의 화두가 문학예술임을 삶과 문학의 통합으로, 정말 온몸으로 보여주었던 것이다. 그리고 그는 지금, 이름 가운뎃자 '晳'(석)을 '哲'(철)로 읽는 독자들까지 거느린 그야말로 대중적인 작가이면서도(그리고, '석'이나 '철'이나 모두 '밝다'는 뜻이니 대세에 지장도 없다. 그런데, 왜 우리나라 대중독자들은, 갈수록 쉬운 내용을 요구하면서도 그 어려운, 정말 '哲'자보다 본질적으로 어려운 '哲'자에 그리 환장하고 집착하고 애지중지하는 것일까?), 가장 문학적인(그는 이럴 때 '예술이 된다'고 표현하지만) 작가다. 그러니, 얼핏 놀랍지만 금세 당연할밖에…. 이 '연대기'는 그런 황석영에 걸맞추어, 가능하면 '잡속이 장엄'하게 펼쳐질 것이다. (황석영은 『심청』 연재를 준비하면서 '장엄한 X지'에 대해 쓰겠노라 공언하고 예의 '순간 정지동작'을 구사한 적이 있다.)

1943년 1월 4일 만주 신경(新京)에서 출생하고, 8·15 광복 후 귀국, 경북고등학교를 거쳐 숭실대학교 철(이게 또 '哲'자네…)학과를 졸업했다. 그는 만주 얘기가 드물다. 워낙 어릴 때 경험이라, 서가 아니고 그의 장엄은, 이를테면 대륙파들과 달리 외입(外入)으로 묻어나지 않고 인간 내면의 속에서 내파(內破)로, 비극적으로 성장한다. 이건 『객지』('각지'가 결코 아니다!)가 담지하는 비극적 낙관주의에서도 그렇고 꽤나 웅혼한 『장길산』 '장산곶매' 서두와 조선 살림살이 전개에서도 그렇고, 제국주의 전쟁을 다룬 『무기의 그늘』의 교활하고 야비한 정치경제학에서도 그렇고 '동남아=몸'을 두루 편력하는 최근작 『심청』이 펼치는 '몸=역사=수난=해탈' 경에서 더욱 그렇고, 『장길산』의 길산과 묘옥이 연비 가약을 맺는 중세 세련감 각풍 에로티시즘이 『심청』의 '몸=세계'로 해방에 달하는 것이 더더욱 그렇다. (그의 작품이 '대하'소설의 형식을 취하되, '대하'라는 말이 암시하는 문학적 펌하의 대상이 되지 않는 주된 까닭이다.) 그는 일찌감치 자신을 '서울의 양아치'(만 9세, '영등포 공장지대 땡볕과 잡초.' 그가 말하는 '양아치'란 가장 낮은 곳에서 낮음의 정서를 제 몸에 삼투시키는 자다. 이를테면 "여인숙, 장급 여관도 3류 여관도 아니고 더 후진 여인숙에 누워, 흐린 창밖으로 비가 추적추적 내리는 걸 듣고 있으면 정서가 고이지"라고 그는 말한 적이 있다)로 자처했고, 고등학교 재학 중 당시 제일의 진보교양지이자 제1권위의 작가 추천지였던 『사상계』 신인작가 모집에 단편 「입석부근(立石附近)」으로 입선하지만, 하여 고등학생 문인 스타 반열에 들지만, '문청'이나 '문예반'과는 거리가 멀었고, 한글로 된 모든 잡것들(주간지, 여성잡지는 물론 광고전단지까지)을 샅샅이 읽어내는 방식으로 문학을, 수업했다기보다는, 아예 작살을 낼 작정으로 들들 볶았다. 문예반이라… 그가 누구를 '문예반'이라 칭할 때는 다소 쫑코(물론 애교 섞인)에 가까운 것이지만, '문예반'에 대한 상큿한 기억은 있다. 고등학교 2년 선배였던 김현(문학평론가, 작고)과의 일화다. 당시 경복고 문예반을 김현이 주름잡았을 것은 분명할 터. 황석영은 '문예반'이 궁금키도 했겠으나, 그보다는 학교 안에 담배 피울 장소가 마땅찮아서 문예반을 애용하던 중 김현에게 덜컥 걸렸다. 이크, 이거 여러 가지 문제가 복잡해지겠구만…. ('여러가지문제연구소장'이란 말을 그는 나같이 벌인 일만 번잡할 뿐 되는 일은 별로 없는 후배들에게 자주 쓴다.) 그랬는데 김현은 "니가 황수영(황석영의 본명이다)이냐?"고 묻더니, 잠시 뜸을 들이다가, "나도 담배 하나 주라" 그러더란다. 뭐, 그거 아니라도 김현-황석영 대 문인들을 순수참여/진보

보수/민족세계/좌우로 나누는 것은 기껏해야 인위적이고, 그들이 제법 근사한 잡지를 각각 운영했기 때문이고, 무엇보다 언론의 편의주의 탓이다. 아니, 문학이 원래 그렇고 이 세대는 그 생각을 당연히, 습관적으로, 별로 대단하달 것도 없이 공유하고 있는 세대라는 말이 더 맞겠다. 4·19 경험은 그 공유를 정치적으로 강화했다.

철학과를 다니면서 그가 철학책을 안 읽었을 리는 없다. 동시에, '철학서적'이 특별대우를 받았을 리도 없다. 그리고, 잡속의 향연 속에 철학은 너무 당연해서 쓸모없는 거짓말에 불과하다. 황석영 소설에서 철학, 혹은 '리론'이 생경한 뼈대를 드러내거나 들키거나 하는 대목은 참으로 없다. 그의 소설 생애를 한몫에 뭉뚱그려 보면, 사실 그가 철학과 출신이라는 것은 경악에 속한다. 사상이 약하다는 뜻이 물론 아니다. 그의 형상화 능력은 이성의 한계에 부딪친 철학의 남루를 구원한다. 아니, 그는, 훨씬 이전부터, 무엇보다 젊음과 사투 중이었다. 자신의, 그리고 시대의 젊음과. 4·19는 그의 고등학교 2년 시절을 덮쳤고 이듬해 방랑을 시작(그는 1954년 만 11세 때도 열흘간 가출한 적이 있다), 다시 이듬해 여름 쓴 작품이 「입석부근」이었다. 대학은 철학 이전에, 다시 6·3 사태에 휘말리게 되는데, 이때쯤 그는, 한국 문학사에 참으로 다행하게도, 그리고 결국은 민주화운동사에 운 좋게도, 밑바닥을 파고들며 문학과 사투하는, 그리고, 전략이라 했거니와, 무슨 멀리 내다보는 꼼수가 아니라 사투 자체를 전략화하는 근성이 이미 몸에 밴 상태였던 듯하다. 그리고 이 근성은, '6·3 사태에

참여했다가 즉결재판소에서 장교 출신 노무자를 만나 그의 떠돌이 생활을 부러워하게 되면서 입대할 때까지 신탄진, 청주, 진주를 돌며 막노동을 함. 마산의 칠북사에서 불목하니로 있다가, 주지의 눈에 띄어 동래 범어사로 보내졌다가 금강원에서 행자로 수도하다 어머니를 만나 상경. 1966년 해병대에 입대. 1967년 청룡부대 제2진으로 베트남전쟁에 참전'에서 보듯. 제대로 정리되는 시기를 겪으면서, 자기 몸을 처절하게, 일방적으로 내맡기는 방식이지만, 정말 문학적인 '법칙=기적'을 통해, 1960~70년대 한국사회를 가위 누른 대표적인 내외문제, 노동문제와 베트남전쟁을 바라보는 뱀처럼 냉혈한 관찰력과 온기보다 더 응집적인 형상화 능력의 변증법으로 된다.

제대 이듬해 신춘문예 등단작 「탑」은 베트남전쟁의 난해성 자체를 속도감 있는 문체로 응축하는데, 아직 문제의식이 (용병)전쟁 일반에 머물 뿐, 베트남 특수에는 못 미치지만, 이제 와보면 응축미 자체가 태풍전야 혹은 눈이다. 그리고 태풍은, 당연하게도, 국내문제를 다루면서, 폭발했다. 『객지』는 1970년대 소설문학 논의를 전혀 새로운 차원으로 빨아들인 블랙홀이지만, 노동운동을 다뤘다는 사실보다 더 중요한 것은 일본 문투를 벗어난 4·19 세대의 등장을 넘어 삶의 무게가 온전히 담긴, 아니 전화한, 문어투 자체를 완전히 극복한 문체의 등장이다. 『객지』의 문체는 비정하기 짝이 없고 동시에 문체에 담긴 세계관은 비정함의 극으로써 희망의 아름다움에 달한다. '문학'에서 '文'을 뺀다면 말할 것도 없이 문학은 성립하지 않지만, 문체는 '문의 체'일 뿐 아니라 '문=체'이기도 해야 한다는 것을, 문학의 감동은 일단 그것에 다름 아니라는 점을 『객지』는 노동문제에 합당하게 보여주었다.

「아우를 위하여」는 영등포 시절 얘기고 「낙타눈깔」은 본격적으로 전개될, 그리고 끝내 제국주의에 승리한 베트남 민족문학의 '승리 그 후'를 어느 정도 담지하게 될 황석영 베트남 문학의 전개를 알리는 신호탄이고 1973년 발표된 「삼포 가는 길」과 「섬섬옥수」는 「객지」로 시작된 황석영 리얼리즘 단편문학이 정점에 달했음을 보여주기에 족했고, 1974년 출판된 첫 단편집 『객지』는 데뷔 4년차인 황석영을 일약 가장 중요한 단편 소설가 중 하나로 부상시켰다.

「삼포 가는 길」은 잃어버린 고향과 인간성 회복의 가능성을 아프도록 아름다운 농촌 서정의 화폭으로 펼쳐 보인다. 그리고 「섬섬옥수」는 미묘하고 위험한 성(性)의 계급문제를 섬세하게, 혹시 혁명적으로, 그러나 끝내 계급을 닮은 언어로 추적하고 있다. 세 작품의 펼치는 세계와 문체는 놀랄 정도로 다양하지만 주인공들이 뜨내기 혹은 부랑자에 가깝다는 점은 동일하다. 부랑자라…. 그는 이때쯤, 본능이 된 자신의 문학 전략을 의식하고 있었을까? 그랬을 것이다. 그는 좀체, 나쁜 의미든 좋은 의미든 역사의 주역을 정면에서 다루지 않는다. 불씨 하나가 온 들판을 태우지 않기 때문이 아니라 변방이야말로 세계가 농축된 문학의 공간이기 때문이며, 그가 이데올로기를 모르거나 이데올로기가 없어서가 아니라 이데올로기가 애매모호해지는 바로 그 현장에서 이데올로기를 능가하는 문학의 육(肉)이 생겨난다는 것을 알기 때문이다. 아주 훗날 쓰여지는 『오래된 정원』은, 거의 유일한 예외. 모종의, 수난의 '주인공'들을 다루며, 오랜 징역생활 끝에 쓰여진 작품임을 감안해도 다른 장편보다 처진다.

어쨌거나 내가 대학 3년생이던 1974년, 황석영은 문학을 지망하는 자들에게는 선망의 대상이었고 백기완 김지하 등을 통해 문화운동 패거리들과 퍽이나 친한 상태였다. 아니, 그의 과장을 받아들이자면(그의 평소 대화의 과장법 또한 철저한, 역시 본능이 되어버린 전략이다. 글을 쓰기 위해 손목을 풀 듯 그는 자기 작품의 엄정성을 위해 평소 과장을 푼다) 그는 오래전부터 옥에 갇힌 김지하와 본격적인 옥살이가 시작된 백기완의 '문화운동 교주' 자리를, 스스로 메꾸지는 않고, 문화운동 후배들과 온갖 일을 벌이고, 모든 일에 간여하는 식으로 감당했다. 그렇게 오며가며 학생들과 만나느라, 특히 문학 지망생들한테는 유명세 깨나 치렀을 터. 이를테면 존댓말 반 반말 반 조로 웬 불문과 출신 문학 지망생이 묻는다. 발자크를 어떻게 생각하십니까?…. 황석영은 '문청'을 다루는 데는 이골이 난 터라, "좆도 아니라고 생각한다"고 단칼에 잘랐다는데, 요즈음의 본인 설명은 좀 다르다. 그게 아니고, 뜸을 약간 들였다가, 느닷없이 "자네 아버지는 뭐 하시나?" 이렇게 묻는 거야. 어머니는 편안하시고?…. 그러면 휘청하면서, (그자가) 현실로 돌아오는 거지. 그리고 어버버 대는 거고… 키킥.

어쨌거나, 이제부터 10년 동안은 『장길산』 시대다. 황석영이, 장장 10년 동안, 아무리 장안의 화제를 모은 인기작이자 신문 연재소설의 격을 높인 역작이었다고 하나, 한 작품에, 아니 한 가지 일에 매달려 있을 리는 없었겠다. 단편과 연재물 등 다른 글 발표는 당연했고, 희곡 발표와 병행한 문화운동 행각도 갈수록 발이 넓고 도가 진해졌다. 1978년이면 그는 급기야 광주로 터를 옮겨 김남주(시인, 작고) 등과 민중문화연구소 및 현장문화패를 창설하고 김남주는 유신 말기 남민전 사건으로 피체, 가장 살벌하고 기약 없는 영어생활에 들어가지만, 이 문화패는 5월 광주항쟁 때 많은 일을 수행케 된다. 하지만, 그럼에도 불구하고 『장길산』은 황석영에게 터전이자 징역이었다. 그리고 고역이었다. 『장길산』 연재는 원고가 늦어 담당기자를 괴롭힌, 대표적인 사례로도 남게 된다. 마감시간에 쫓기며 기자가 받아 적기는 예사였고, 쓰면서 불러주는 때도 있었고, 그나마도 안 되어 연재가 끊긴 적도 많았다. 그리고, 1980년 이후에는 『장길산』이 거의 족쇄가 된다. 그가 겪은 광주항쟁은, 아니 그가 참혹의 와중 목격한 며칠 동안의 해방 구간은 과거의 미륵사상으로 현재의 해방사상을 은유하는 역사소설 작업에 비해 너무 눈부셨고, 당연히 그를 빨아들였다. 그건 황석영 문학 전략에 분명 당혹스러운 일이었지만, 역시 베테랑답게 그는 『장길산』을 솜씨 있게 마무리 지으면서 '빛고을' 현상 속으로 자기 몸을 내던졌다.

　『장길산』이란 무엇인가. 벽초 홍명희의 『임꺽정』 이래 가장 위대한 역사소설이다…. 평단의 평가는 대충 그렇지만 내가 보기에, 아이러니컬하게도, 몰역사적인 평가다. 『임꺽정』의 '조선말' 구사가 자연스럽고 풍부한 것은 홍명희가 조선시대에 더 가까이 있었기 때문이지(그렇게, 『춘향전』의 '조선말' 구사가 당연히 홍명희 『임꺽정』의 그것보다 자연스럽다) 작가의 기량 혹은 작품의 성취도와는 무관하다. 그리고 중요한 것은 어휘 구사의 미학의 방향이다. 그렇게 보면 홍명희는 정말 임꺽정과 동시대를 살았던 게 아닐까 착각이 들 정도로 재현적이고, 그렇게 약간은 '역사' 착오적이고 끝내는 '시대' 착오적이다. '민중적' 역사소설은 '봉건적'을 다루되, '봉건적'의 심화로써 민중적 미래의 씨앗을 '당대와의 거리'로써 형상화해야 하는데, 홍명희의 화려한 재현력은 오히려 '봉건적'을 심화시킨다. 황석영 『장길산』 또한 그 문제를 온전히 해결했다고 할 수는 없다. 특히 '미륵-유토피아 사상'의 돌출은 미학적으로 하자다. 하지만, 황석영 『장길산』은 끊임없이 역사를 성실하게 재현하면서도 끊임없이 1970년대 유신 상황과의 거리를 '긴장화'한다. 끊임없이 비유-은유할 뿐 아니라, 치열하게 거리를 심화하고 그 거리 속으로 독자를 곤두박질치게 한다. 홍명희 『임꺽정』은 엄혹한 일제시대에 '조선적'인 것을 되새기고 음미하려는 민족의식의 성과였지만 정치적으로 암울한 시대에 '잡속으로 위대한' 문학이 어떻게 때론 능란하게 때론 교묘하게 때론 노회하게 대처하는가, 할 수 있는가, 해야 하는가를 소설'가'적으로 보여주었다고 보기는 힘들다. 황석영 『장길산』은 탄압받는 시대 문학이 예술로도 또 생계수단으로도(이것은 장편소설 작가에게 의외로 문학-예술-본질적인 문제다) 살아남을 수 있다는 것을 고군분투로, 거의 유일하게 보여준 사례다.

어쨌거나, 내가 1980년 문단에 처음 나왔을 때 김지하는 감옥에 갇힌 신화였고, 황석영은 거리의, 아니 시정의 전설이었다. 김지하는 내가 징역 살던 시절 바로 빈방을 하나 낀 옆방에 두고도 감히 통방 한번을 못해봤으니(그 정도로 그에 대한 감시가 삼엄했고, 그 이전에, 그에 대한 경외가 너무 컸다) 2중의 신화였고 황석영은 말 그대로 술자리 약장사 행각이 2중의 전설이었다. 약간의 우여곡절 혹은 시행착오를 겪은 후(나는 새까만 문단 초짜 주제에 시건방지게도, 당시 베스트셀러 『어둠의 자식들』과 관련되어 돈 문제를 둘러싼 잘못된 소문을 확인도 안 해보고는 '황석영 손 한번 보겠다'고 떠벌이고 다녔고, 황석영은 그 얘기를 듣고는 정말 나를 한번 제대로 손보려고 했으나, 창비 사무실에서 첫 대면을 하고 어영부영 인사를 나누는데 자기 손을 잡는 내 손이 '솥뚜껑' 같은지라〔그의 손은 정말 부드럽고, 내 손은, 알레르기 체질로 부었다 가라앉았다 해서 꽤나 꺼칠한데, 모르는 사람들은 내가 '민중' 시인이라 막노동을 해서 그런 줄 안다. 그런 사람들이나 나나 서로 민망한 일이다〕손보는 일을 포기했다고 한다) 그와 나는 곧 친해졌다. 아니 또 한 차례 시행착오 혹은 우여곡절을 겪으면서 내가 그한테 그만 '까빡 죽고' 말았다. 『창비』도 『문지』도 강제 폐간된 상태에서 그는 광주 관광호텔 체인 소유주를 어떻게 설득해서는 종합문예지 창간 및 운영자금을 댈 염을 내게 만들고 서울로 올라와서는 실업자였던 나를 편집장 감으로 지목, 그 사람과 대면을 시켰는데, 그 사람이 나를 면접한 후 '오케이' 하자마자, 난, 예나 지금이나 어른들 말씀은 일단 안 듣고 보는, '막 나가는' 기질이라서, 대뜸 "그런데 난, 황석영 씨하고는 같이 일 못해요" 그랬던 것이다. 그런데, 아 그랬는데, 아연실색 당혹에 질린 그 사람이 뭐라 하기도 전에 황석영이 그러는 거다. 아 그래. 알았어… 니가 하면 좋을 일 같으니까, 난 빠질게. 그러면 됐지…. 난 정신이 아뜩해졌다. 황석영은 임기응변이 아니었고, 서둘러 이영희 등 원로급과 함께 '고문'급으로 물러나고 68학번 및 그 언저리 그룹 중 최민화-김학민 등 학생운동 출신과 임진택 등 문화운동패 출신을 반반씩 섞고, 학생운동 출신으로 문단에 갓 데뷔한 채광석(작고)을 보태는 '편집위원 젊게 만들기' 작업에 발 빠르게 나섰다. 이들이 훗날 고대로 민중문화운동연합의 결성을 주도, 민주화운동과 민중-민족 문화운동을 튼튼히 묶고 상호상승시키는 핵심축 역할을 하거니와, 그 배경은, 아니 그 흐름의 마당발은 단연 황석영이었다. 그때 그가 얼마나 많은 일을 벌였는지 여기서 상세하게 쓸 수는 없지만, 얼마 안 되어 『장길산』완간 기념잔치가 한국일보 앞마당에서 성대하게 벌어지고 쟁쟁한 문단 원로와 유명 작가들이 대거 참여했는데도, 문단 초년생인 내게 당연히 신기한 사건이었을 그 잔치의 기억이 아주 사소하게 생각될 정도다. 그때 그는 이미『무기의 그늘』1부 연재를 마무리 지을 즈음이었지만, 정신과 활동의 주된 관심사는 광주였다. 그리고, 그가 광주를 얘기하는 방식은 확실히, 황석영다웠다.

광주라. 5월 광주라…. 내게 '광주'가 죄의식과 참혹의 이름이었다면, 황석영의 광주는 요란굉장한, 신나는 한판의 싸움이자, 눈물겨운 해방의 성과였다. 요컨대, 그에게 광주는 죄의식으로든 공포로든 주눅 들게 만드는 부담이 아니라 무지근하되 그만큼 벅차고 기꺼운 의무였다. 그리고, 광주를 단지 겪었을 뿐 아니라 어떤 방식으로든 준비하고 동참했던 사람들은 다 그렇다. 수난의 무게와 해방을 경험한 자의 잔치 정신이 관념의 2분법을 내파하는 것이다. 이를테면 홍성담의 광주 판화가 그렇다. 잔치 정신이 슬픔의 무게를 경박화하거나 슬픔의 무게가 잔치 정신을 음란화하지 않는다. 모든 것은 단 며칠간의 해방공동체의 기억을 위해 종합되고 그것의 재현과 더 나은 해방 질(質) 획득을 위한 자양분으로 된다. 상처도, 죽음도 가장 무거운 빛을 낸다. 참혹의 빛이라 할 만한 것을. 황석영의 썰은, 형식은 여전히 약장사였으되, 그 빛으로 충만했고, 나는 경악했다, 직접 체험과 간접 관념 사이 낭떠러지에 대해.

광주는 황석영 소설의, 소재가 아니라, 전략을 꽉 채운다.『무기의 그늘』1부와 더불어, 그러나 이 작품과는 판이하게 다른, 비밀 군사작전 같은 상황 속에서 쓰여진『죽음을 넘어 시대의 어둠을 넘어』는 광주항쟁 '기록집'이지만 예의 비정이 감동의 액정화로 직결된다. 이때 그는 최초로 구류 십수 일을 받게 되는데, 문단 동료 후배들은 항의성명서를 서두르기보다는 어느 정도 회심의 미소를 흘리는 쪽이었다. 그는, 소설가답게, 하는 일 없이 징역 명망만 쌓는 형이 아니라, 잡혀갈 만하면 요리조리 피하고, 도망 다니는 중에도 줄창 사고를 치는, 이를테면 신세대풍 운동가였는데, 어찌나 능수능란한지, 동료 후배들은 어언, 황석영 구류 사는 거 한번 보는 게 소원인 지경이 되었던 것.

하지만 역시 광주는 컸다. '기록집'이 아무리 국내외로 커다란 반향을 일으키고, '폭로의 충격' 못지않은 '문학의 감동'을 달성했단들, 그걸로 때울 수는 없는 일이었다. 세계 각지를 돌며 강연 활동 및 문화운동을 활발히 벌이면서 그의 문제의식은 '통일' 쪽으로 첨예화했고 1986년 의욕적으로 또 대대적으로 연재를 시작했던 '한국사 장편' 백두산을 얼마 안 되어 중단할 만큼 문제의식은 그의 소설 전략을 압도하기 시작한다. 1987년 『무기의 그늘』 2부 연재를 시작하고 이듬해 단편소설집 『열애』를 간행하는 등 겉보기에 멀쩡했으나, 내가 보기에, 그의 소설 전략은 모처럼 위기를 맞고 있었다. 그리고 1989년 과연 그는 방북을 결행한다. 위기라 했지만, 이 시기 쓰여진 작품이 타작이라거나, 그가 '문학이 달려' 방북을 택했다는 얘기가 아니다. 이 시기 작품들은 놀랄 만큼 안정되어 있고 문학적 성취도가 높다. 다만 그가, 다시 내가 보기에, 아마도 난생 처음, 자신의 치열하고 이제는 습관이 되어버린 소설 전략으로도 감당 못할 '일거리'에 직면, 소설 '전략의 위기'를 느꼈을 법하다는 얘기다. 그리고, 그러나, 그 위기는 북한을 경험하면서 더 커질 것인데, 그것을 알고도 그 위기 속으로 그가 자신을 내팽개쳤을 것이라는, 황석영답게 '황석영 너머'를 지향하는 일이었을 거라는 얘기다. 그리고, 과연, 북한이라는, 만주 태생에 평양이 외가였던 그의 생애 거의 내내 단절되었던 정치체, 혹은 민족체는 그를, 연민으로든 감동으로든, 충격으로든, 휘청거리게 했다. 그의 북한 방문기『사람이 살고 있었네』는『죽음을 넘어 시대의 어둠을 넘어』의 정반대편에 있다.

황석영이 방북 활동을 하고 그 후 망명지를 돌아다니면서 왕성한 문학 활동과 범민족통일운동을 전개하는 동안, 그리고 1993년 민족문학작가회의의 정식 귀국 요청을 받아들여 국내로 귀환한 후 곧장 구속되어 오랜 기간 동안 수감생활을 하는 동안에도, 나는 그에 대한 관심을 의식적으로 줄여 나갔다. 황석영 신화 혹은 신화화에 동참하기 싫었던 까닭이다. 그가, 수감생활에 남보다 더 힘들어할 리는 없었다. 아니, 과연, 그는 징역을 피하는 데 능수능란했던 바로 그만큼, 수감생활에도 능수능란했다. 그는 얼마 안 되어 교도소를 '제집처럼' 만들어버렸다. 바깥세상으로의 독보권(獨步權)이 없는 것 말고는. 그리고, 5년이 넘는 수감생활 동안 황석영 신화화는 교도소 안과 바깥에서 모두 절정에 달했지만, 더 내면적으로는 수감생활이, 아주 다행스럽게도, 자신의 신화화를 끓여내는 '잡속의 무쇠솥' 역할을 했다.

나는 그의 면회를 가지 않았고 석방되던 날도 마중가지 않았다. 면회나 출소 영접을 자주 다니면 곧잘 신세가 뒤바뀌곤 하던 당시 습속 혹은 관행 때문이 아니라, 그게 더 일관성 있어 보였던 까닭이다. 그리고, 출소 이틀 후, 그러니까 공식 사진 촬영 및 인사 절차가 모두 끝난 후 창비에서 마련한, 평소 가까웠던 문인들 십여 명과의 조촐한 석방 환영 술자리에 오라고 이시영(시인)이 전화를 했을 때도 나는 좀 가기가 찜찜했었다. 면회 한 번 가지 못해 미안한데다, 혹시 그가 나를 불편해할까 봐서였다. 오랜만에, 모처럼 편안하고 흉허물 없이 술 마시는 자리에 시건방진 후배 한 놈이 자리를 떡 하니 잡고 있으면 당연히 몇 배로 불편할 것이고, 그건 징역을 5년 넘게나 살은 그에게 커다란 결례이자 민폐, 혹은 소설폐 아니겠는가. 그런데, 그런 잔대가리를 이리저리 굴리고 있는데, 이시영이 대뜸 "야, 황석영이 너는 오소리라더라" 하며 그 사람 좋은, 다소 느린 듯하지만 감칠맛 있고 목청 유창하지만 이따금씩 수줍음이 색사하게 묻어나는 웃음을 흘리는 것이다. 오소리?… 내가 오소리?…. 나는 긴가민가 전화를 끊고 또 긴가민가 이 책 저 책 이 사이트 저 사이트를 들락거리며 '오소리'를 찾아보다가, 비유의 정확성에 놀랐다. 그리고 한꺼번에, 두루두루 안심이 왔다. 아하, 이 인간 역시 소설가로군…. 징역 살면서 다름 아닌 '동물'이라는 인간을 연구하셨구만…. 그렇다면, 나가 보는 게 재미있겠네…. 대한민국 민주화운동사에서, 순교를 하지 않는 한, 석방 이후 저간의 신화화를 계속 버텨낸 사람은 드물다. 심신이 고단한데, '신화화'는 강건함 이상의 것을 요구하기 때문이다. 그리고, 그러나, '신화화'를 스스로 극복한 사람은 더 드물다. '신화화'의 주체는 자기 나름의, 무척이나 완고하고 보수적인, 틀을 신화화 '객체'에게 요구하기 때문이다. 그건, 종종, 징역 생활보다 더 자연인격 파괴적이고, 소설가 인격에게는 더더욱 치명적이다. 황석영은 그것을 깬 것이다.

그날 황석영은, 예의 순간 정지동작을 구사하는 약장사 썰은 여전했으나, 새로 추가한 동물도감 메뉴는 한층 더 질이 높은 것이었다. 고은-백낙청 김지하 등 그의 선배에서부터 최원식-이시영 등 후배를 거쳐 나 같은 애송이까지 두루 포괄하는 그의 '동물도감'은, 얘기를 상세히 하자면 정말 동물도감 분량이 되겠거니와, 인상착의도 기발하지만, '언제 어디서 무엇을 할 때의'라는 내용의 정황묘사도 통렬해서 좌중의 '웃음=눈물'을 뽑아냈는데, 그중 백미이자 핵심은 자신에 대한 '비정하게 객관적이고 코믹한' 묘사였다. 나? 나는 맹금 독수리과지…. 하늘을 높이 떠다니다가 먹이를 포착하는 순간 한 치의 오차도 없이 잡아채는, 그리고 높은 데에 올라가서(순간 정지동작)…. 나 혼자 다 먹는(순간 정지동작)…. 와하하(황석영 웃음)… 키킥. 와하하하(좌중 웃음)…. 나는 그때 황석영이 정말 그래주기를 바랐다. 그건 소설문학에 대한 황석영의 결의 혹은 약속 천명이었으니까. 그리고 황석영은 그 약속을 이미 120퍼센트 지켰다. 『오래된 정원』은, 앞서 지적한 점에도 불구하고, 놀라운 손목풀기였고(집필에 들어갈 당시 그는, 주위의 기대와 자신의 결의가 컸던 바로 그만큼 걱정이 많았고, 나는, 워낙 오랜만의, 그것도 매일 써야 하는 신문 연재물(이 얼마나 고된 '징역살이'인지는 정말 안 써본 사람 말고는 알 수 없다) 집필이라, 중간에 연재를 중단하지 않는 것만으로도 박수를 받을 만하다고 생각했었다), 곧 이어진 『손님』은, 황석영 자신은 "이제 좀 야술(예술)이 될 것 같다"고 표현했지만, 『장길산』을 뛰어넘는, '민족적이라 세계적'이란 말의 본뜻을 작품으로 이해시킨 삼빡한 사례였고, 『심청』은, 그가 오랫동안 구상했던 동아시아 문학의 전모를 체감케 하기에 충분한 성과였다. 한마디로 그는, 위기를 문학 전략화하는 데 성공했다.

황석영은 작년, 자신이 용병으로 전쟁에 참가했던 베트남을 35년 만에 동부인으로 방문하면서, 내게도 동참할 기회를 주었다. 경비를 대고 모든 일정을 주관한 강태형(시인, 도서출판 문학동네 사장)과 동부인, 안내를 도맡은 방현석(소설가), 그리고 후배 소설가 천운영 김현영에다 문학 담당 신문기자 김지영(한국일보)과 신준봉(중앙일보)까지 어울려 제법 큰 무리를 이뤘고 일주일에서 하루 모자란 제법 긴 기간에 일정까지 빡빡했으나 당초 예상대로 여행은 황석영 퍼포먼스였다. 황석영은 평소 별렀던 자신의 베트남전 참전 공식사과를 정중하게 했지만 정작 공식행사에는 별 관심이 없었다. 그리고 자신이 근무했던 다낭엘 들러서도 추억담은 예상 외로 적었다. 베트남치고는 상당히 화려하고 고급스런 호텔 로비에 판매용품으로 진열된, 시커먼 베트콩 장비, 이를테면 제갈공명의 남만정벌 시절 베트남 민족의 반제투쟁에 요긴하게 쓰였다는 등나무 갑옷을 연상시키는 시커먼 배낭이나, 너무 무겁고 둔중해보이는 시커먼 쇠나침반 등에 신기해, 아니 반가워하고, 호치민이 직접 신고 다녔다는 시커먼 폐타이어제 야전

용 신발을 직접 구해 신어보고 하는 것 말고는. 그는, 여전히 주변 사람들을 웃기는 데 열중했지만 제 자신의 미래전망으로 꽉 차 있는 사람 같았다. 그의 (세 번째) 부부관계는 모처럼 안정되어 편안해보였다. 그리고, 다낭 남동쪽 30킬로미터 지점에 위치한, 이븐 바투타 여행기에 나온다는 고대도시 호이안 행, 그곳이 간직한 천 년 시간의 검고 어두운 '색=무게'에 자신을 한껏 물들이더니 그날 밤, 술로 밤을 지새우고 새벽을 맞을 무렵, 나로서는 처음 보는, 약간 수줍음을 타는 표정으로, 이렇게 말했다. 난 이제 대가가 되고 싶어…. 황석영이 문학의 대가가 된 지는 이미 오래인데, 이게 무슨 소리?

　좌우를 아우른다, 는 것은, 아무리 잘해도 정치적이다. 정치는 현실이기에 그렇다. 문학은, 비현실적이라서가 아니라 현실의 극복을 꿈꾸므로, 그런 얼개 혹은 범주에 원래 낯설다. 어떤 작품이 감동을 주었다는 것은 주장의 올바름 때문만이 아니다. 아니 당연한 올바름이야말로 문학의 적이다. 문학은 바로 그 당연한 올바름을 의심하며, 의심을 문학화하면서 인간문제의 보편성과 특수성에 곧장 가닿고, 현실보다 더 심오하고 심오한 만큼 아름다운 문학의 '세계'를 구현한다. 소설은, 어느 예술 장르보다 정치에 가깝지만, 잡속을 선불리 구획정리하지 않고 잡속-일상에 내재한 의미를, 성(聖)을 능가하는 '나이=생애'의 아름다움으로, 형상화(소설시간화라고 해도 되겠다)하므로, 정치보다 더 전망적이고 미학적이면서도, 강령보다는 일상 실무에 능하다. 모름지기, 소설가를, 특히 정치가나 기자들이, 우습게 봐서는 안 되는 까닭이다. 이창동(소설가, 영화감독, 문광부장관 역임)이 장관 처음 하니까 서툴 것이라는 뭇 기자들의 예단이 '택도' 없듯이, 정치가들이 소설가를 우습게 보면 '실무적으로' 큰코다치는 까닭이다. 그리고 소설가 황석영을 그 흔하고 진부한 좌파-우파 도식으로 분류하는 일이 '택도' 없는 까닭이다. 문학이 아우르는 것은 정치적 좌우가 아니라 끝내 필멸하는 삶의, 의미의, 아름다움이다.

탁월한 소설가가 갑년을 맞을 때마다 생각나고, 또 개인적으로 기회 있으면 틈틈이 부탁하는 얘기지만, 특히 60세 황석영에게 부탁하고 싶은 것이 있다. 만년작을 쓰라는 것이다. 만년작은, 회고담은 물론 아니고, 자서전이 물론 아니고(물론 자서전을 쓰는 것도 의미 있는 일이지만 어쨌든), 이를테면 기교가 자연이 된 경지다. 모든 인공성이 씻겨지되, 자연으로의 회귀가, 물론 아니고, 삶 이전의 죽음보다 생애만큼 우월한, 삶 이후 죽음에 가닿는 '통로=내용'의 문학. 리얼리즘의 파기 혹은 극복이 아니라, '리얼리즘의 리얼리즘'으로서. 하여, 전혀 무의식적으로, 자신이 자신의 문학 전략이 되는 상황. 이것은, 한국현대 문학사가 앙망하는 일이기도 하다.

황석영이 대가 운운했을 때, 나는 일단 그렇게 받았다. 형은 늘 우리를 걱정시켰던 것 알아?…. 그도, 즉답했다. 너야말로 늘 어디로 튈지 불안한 놈 아니었냐…. 하지만, 그 얘기가 아니었지. 그건, 황석영도 알고, 나도 알지. 그의 만년작 시대가 될 수 있으면 오래오래 우리를 놀래켜주기를.

그 사람,
채광석

채광석이 죽고 나서 추도시를 쓰긴 했었나, 라고 자신이 안 서는 것은, 그가 죽었다는 게 아직도 실감나지 않기 때문이다. 굳이 찾아서 읽어보니, 시를 쓸 때의 생각도 똑같다. 길지만, 그가 죽었다는 실감을 우선 나부터 연습하기 위하여(그래야 이 글을 쓸 수 있을 것 아닌가) 여기 전문을 옮겨본다. 제목은 그냥 「채광석」이다.

때론 무참하게 좌절하고 때론 까닭 모를
서러움이나 외로움 따위로 길길이 날뛰던 세대.
살아 있던 그는 때때로 결석이었지만
아무도 살아 있던 그가 때때로 결석했다고
기억하진 않는다. 죽은 지금도 그렇다. 우리는

이따금씩 상대방과의 열변 중에도
자신의 목소리가 자신의 가슴에 와 닿을 때
결석한 그가 뒤늦게 온 것이려니 생각하고
무언가 꾸중을 들은 사람처럼
보이지 않지만 분명한 그 자리를 힐끔거린다.
영원을 위해서 우리는 역사를 이야기하고
민족의 민중적 차원을, 민중의 계급적 인식의 차원을
열어젖힌 그의 업적은 이미 역사이건만
당분간 그 역사는 또한 그의 거침없는 욕설과
논쟁성과 함지박웃음으로, 그의 땀 냄새와 체온으로
끈적하고, 여전히 철철 넘치고 있다. 그는 여전히
우리와 주책없이 온몸을 비벼대고 있다. 그렇다.
그가 없는 우리들의 모임, 그가 없는 우리들의 운동
그가 없는 우리들의 사랑, 그가 없는 우리들의 투쟁
그가 없는 우리들의 죽음, 그가 없는 우리들의 부활
그가 없는 우리들의 건설은 상상할 수 없다.
세상에, 이 세상에 '고 채광석'이란 말보다
어색한 일반명사가 이 세상에 있을까. 경악의
사망소식을 접하고, 망치로 얻어맞은 듯, 빈소를
차리고 피투성이 얼굴 시신을 접하고 이제 마지막으로
그를 영원히 보내는 소낙비 여름날 왕성한 짙초록의

산마루에서, 그가 죽었다는 것이 실감나지 않는다.

그는 슬퍼할 틈을 주지 않으려고

모든 사람이 맞는 죽음을 누구보다도 어이없이 죽었다.

그의 무덤엘 가면 역사가 된 바람이

그의 결석을 인정치 않으려는 우리들의 뺨을

세차게 후려친다. 그리고 얼얼한 우리 뺨이 소리친다.

그건 네 탓이다, 네 탓이다 채광석.

채광석의 행적을 조금 자세히 알려주는 웹사이트면, 훤칠한 이마에, 훤칠함의 형용 그 자체인 듯 번듯한 이목구비에 고개를 꽤나 외로 꼬고 입가에 '가당찮다'와 '가소롭다'를 합한 표정이, 그러나 끝내 사람 좋게 마무리되는 미소가 묻어나는 초상 말고도 십중팔구 또 하나의 사진이 곁들여져 있다. 사진 설명은 하나같이, "이호철, 백낙청, 송기숙 등 선배 작가와 함께 한잔하다가 노래를 부르고 있는 채광석. 1986년." 뭐, 무리 없는 설명이다, 사실이고. 그런데, 각자들 표정이 좀 묘하다…. 채광석은 연설 표정이고, 그것도 아주 못마땅한, 흡사 꾸짖는 클라이맥스에 이른 듯한 표정이다. 노래가 고음에 이르러 그렇다? 아니다. 채광석 노래에는 고음이 없고 흥이 나면, 줄창 2시간 이상 이어진다. 가사는 완전 즉흥이다. 하도 많이 부르니까 습관적인 즉흥일지 모르고, 10분 이상 지나면 좌중 누구도 내용에 신경을 안 쓰니, 본인도 신경 안 쓰는 건지도 모르지만. 어르신

네들은 어떤가? 모두 웃고 있지만 또한 모두 아주 흔쾌하지는 않다. 웃음을 묘사하자면 이호철은 여린 성격답게 다소 난처하고, 백낙청은 신사답게 다소 공식적이고, 송기숙은 소탈한 성격답게, 기분 좋은 호통이 벌써 묻어난다. 채광석은 세 사람 등 뒤에서 세 사람보다 먼 곳을 향해 열변 혹은 열창을 토하고 세 사람 중 누구도 채광석을 향해 고개를 돌리지 않지만, 세 사람 각자도 시선 각도가 제각각이다. 한마디로, 채광석은 세 사람이, 세 사람은 채광석이 불편하다. 그리고, 그러나, 채광석이 이들을 본격적으로 만나기 시작한 5년 전부터 유명을 달리하는 이듬해까지 그 '불편함'은 '편함'을 능가하는 문학사상 희한한 결속력으로 윗세대와 아랫세대를 묶었다. 채광석은 결코 문학 '비난'가가 아니다. 그는 탁월한 논쟁가였으나 더 탁월한 친화력의 소유자였고, 문학판뿐 아니라 운동판에서도 '다양성의 통합'을 위해 헌신한 사람이었다. 그리고 그가 사망하고 5년 후 채광석 5주기 추모행사가 끝나고 사진과 동일한 여의도 포장마차 집을 채광석 선후배 동료 문인들이 만장하여 왁자지껄 뒤풀이를 벌일 때쯤이면 '채광석'은 여전히 가장 젊으면서도 폭이 치열하게 넓었던 문화예술운동가의 이름으로 확정된 상태가 된다.

사실 그렇다. 그가 죽은 것이 실감나지 않는다고 했지만, 같은 얘기의 양면으로, 나는 그가, 돌이켜보면 사람이 누구나 그렇듯, 죽을 때를 아주 잘 잡았다는 생각이 들기도 한다. 그가 일찍 죽어 깨끗한 이름을 건사할 수 있었다는, 무슨 지사선비풍 얘기가 아니다. 그의 사후 벌어진 민주화운동권의 이합집산 이전투구 속에서 그가 통합을 위해 몸부림치다 필경 자신의 심신을 갈가리 찢기고 말았을 것 같다는 얘기다.

내가 그를 처음 만난 것은 1975년 5월 22일 김상진 장례식 사건으로 체포되어 1심 2심을 받고 형이 확정, 공주교도소로 이감을 가고부터다. '5·22 사건'은 서울대학교 농대생 김상진이 "민주주의는 피를 먹고 자란다"는 내용의 유서를 남기고 할복자살한 후 긴급조치 9호가 선포되었음에도 불구하고 장례식을 강행한 사건인데, '긴조9호'라는 게 워낙 길고도 지리한, 그리고 비(非)영웅-낭만적이고 혹시 지리멸렬한 반유신체제운동을 예견케 하는 바 있는 내용이라서, 어차피 오랜 기간 잠복을 각오한 경우와 오랜 징역을 각오한 베테랑 학생운동가가 느슨한 '웃선'을 이루고(이 안에는 당시 학생운동의 전설이었던 장기표-김근태는 물론이고 김윤수와 황석영도 포함된다. 아니 당시 '뜻있는' 선배 세대로 연이 닿았던 거의 모두가 포함된다) 사건 실무 담당역은 문리대 문화패와 사대 동아리들이 주축을 이루게 되는데, 채광석은 사대 쪽 대장이었고 나는 문리대 쪽 졸병, 그것도 사건 이틀 전에 긴급 수혈된 땜통이었다(문리대 쪽 대장은 유영표[매경바이어스가이드 대표이사], 장만철[필명, 염화감독, 감독명 장선우] 등이었다). 엄청난 '계급 차이' 때문에 내가 채광석을 뒤늦게, 형사-검사 취조 및 구치소 통방 면회 및 수차례 법정 출두 및 기타 등등 숱하게 만날 기회를 놓치고 1년 후에야, 호젓한 공주교도소에서 비로소 만났다는 얘기가 아니다. 내가, 전혀 준비도 없이 들어온 터라서, 5·22 사건의 전모를 파악하는 데 따악 1년이 걸렸다는 얘기다. 공주는 역사가 의미심장하고, 민족시인 신동엽의 정신적 거점이고, 공주교도소는 민족사적으로 기억할 만하고(우리가 기거하던 교도소 건물은 3·1 운동 당시 유관순이 수감되었던 목조건물 그대로였고, 빈대들의 천국이었다), 공주교도소에서 보낸 채광석과의 1년은 내 생애 가장 보람차고 행복하고 재미난 기간 중 하나로 될 것이지만, 그는 여전히 어리바리하는 나와 달리 곧 감옥생활을 주도했음에도 불구하고 대장 티는 영 나지 않았다. 다만, 말이 좀 툴툴거리는 투였고, 다자고짜 반말이었는데, '어리바리'를 대충 수습하고 내가 얼핏 생각을 해보니 정식 통성명도 없는 터에 웬 반말? 그런 울뚝벨이 솟는 거라, 내가 그랬다. 여보슈, 거 언제 봤다구 반말이쇼…. 채광석은 그 잘생긴 얼굴의 볼따구니를 짐짓 놀부 심술 쪽으로 부풀리는 듯하더니, 어이가 없어서 하는 말이, 이랬다. 거 새끼 참…. 임마 너도 반말 하면 될꺼 아냐…. 그리고, 그런데, 내가 좀 악랄한 데가 있다. 반말도 친근한 반말, 둘 사이를 더욱 부드럽게 만들어주는 반말이 좀 많은가. 나는 그 즉시부터, 야 광석아, 이 자식아, 이놈아, 니미릴 놈, 따위를 틈나는 대로, 그가 농으로 돌리고 잊어먹을 만하면 태연자약하게 날렸고, 워낙 천성이, 소탈하기보다는 여린 쪽이었던 그는, 3~4일이 못 가 두 손을 들었다. 어이, 이봐… 그게 아니고 말야…. 우리 정식으로 자기소개를…. 그는 68학번에 삼수생이고 나는 72학번에 곧장 들어왔으니 나이 차는 꼬박 6년이 된다. 이 일 이후 그와 나는 누구보다 친한 형과 아우 사이가 되었다. 아니, 이 이후로 그가 죽을 때까지, 나는 그를 친형 이상으로 친애했고, 상당한 의견 차이가 생겼을 때조차, 그가 나의 '대장'이라는 점을 의심해본 적이 없다.

공주교도소 하늘은 늘 공활하고, 형이 확정되어 공주교도소로 둥지를 튼 5·22 관계자는 우리 말고도 정해일(신용협동조합 근무)과 정성현(도서출판 청년사 사장)이 있었고, 전국 교도소 꼴통들을 한군데다 모아놓은 터라 가끔 끔찍한 자해사건(자해는 꼴통들의 강력한 무기다)이 벌어졌지만 모종의 연대감이 넷을 꽉 묶었고 그 연대감은 얼핏 얼핏 자유보다 더 푸근하고, 자유스러웠다. 이때 채광석과 나는 똥 닦는 종이에 깨알 같은 글씨를 주고받으며 운동권-문학 청년풍 설전을, 그가 나를 '쫑코' 주고 내가 그를 '야지' 놓는 방식으로 주고받았는데, 그 틈틈이 그는 훗날 그의 아내가 되는 강정숙에게 연애편지를 열심히 쓰는 한편(『그 어딘가의 구비에서 우리가 만났듯이』로 출간) 시를 썼던 모양이었다. 나는, 그가 내 편지를 검열하는 직책에 있었는지라, 연애편지를 그처럼 달콤하게는 '쪽팔려서' 쓰지 못했다.

정해일과 정성현이 먼저 나가고 채광석과 나는 더 애틋해졌다. 한마디로, 주로 내가 사고를 치고 그가 수습하는 쪽이었으나, 우리 둘은 공주교도소 내에서 무적이었다. 교도행정 체제는 물론 전국 각 교도소를 자해라는 무기로 들었다 놨다 하다가 한꺼번에 몰린 꼴통들의 집단 체제도 약관-약골의 백면서생 둘을 건드리지 못했다.

내내 그에게 미안한 것이 있다. 채광석은 소설가 이문열과 서울 사대 동기고, 그가 운동권에 등장할 무렵 사대의 학생운동은 순시 나온 박정희 당시 대통령의 승용차에 돌을 던졌다가 소동이 난 것 말고는 이렇다 할 조짐이 없었다. 약력대로 '1971년 4월 18일 사대 동아리 문제로 동대문 서에서 이틀간 조사'를 받고 그해 위수령 발 동으로 10월 28일 강제 입영되었을 때, 그는 사실상 서울 사대 최초 의 반정부운동가였다. 그리고 '원통해서 못 가겠네' 할 정도로 고된 원통 병영생활을 31개월이나 겪고 1975년 5월 30일 제대 후 가을 학기에 복학하고 이듬해 긴급조치 9호로 들어왔으니, 그는 3년여를 나보다 먼저 징역 살고 있었던 셈이다. 그런데, 그는 그런 내색이 전 혀 없었고, 나는 그 사실을 전혀 느끼지 못했다. 그가 정신적 육체적 으로 얼마나 힘들었겠는가를 나는 징역 후 곧장 강제 입영되어, 채 광석과 거꾸로 경로를 밟으며 비로소 알았다. 그런 그가 놀랍고 그 런 내가 한심한 일이지만, 제대하고 나서도 나는 그에게 모종의 미 안한 마음을 표시할 기회를 가지지 못했다. 내가 제대한 직후 그는 1980년 5·17 군사쿠데타 때 끌려가 모진 고문을 당하느라 심신이 피폐해진 상태였고 그렇잖아도 술에 찌들어 자신을 학대하던 그에 게 글쓰기를 강권하느라, 나도 대낮부터 그와 술추렴에 여념이 없었 기 때문이다. 그때 채광석과 내가 술로 논쟁으로, 혹은 써야 한다, 뭐 하러 쓰냐로 어디까지 막갔는지, 채광석이 근무하던 신용협동조 합 직장상사가 나를 은밀히 찾아와 "내가 술을 사줄 테니 채광석은 제발 술 먹이지 말아 달라"고 부탁했을 정도다. 채광석이 낮부터 술을 마셔대고는 퇴근 무렵 올라와 사무실을 한바탕 뒤엎어버리는 일이 이젠 일상사가 되었다는 것. 덕분에 나는 그 '직장상사' 분과 초창기 강남 룸살롱까지 가볼 정도로 친해졌지만, 채광석과의 술자리, 그리고 채광석의 직장폐는 계속 이어졌다. 그가 글을 쓰게 되기까지. 그리고 그 이후의 행적은 우리 모두가 다 알고 있다.

그의 아버지는 시골 면장을 지낸, 그리고 '서울대학생' 채광석을 집안의 희망으로 생각했던, 여리고 완고한 사람이었다. 그리고 채광석은 아버지의 '여린 완고함'을 가장 무서워했다. 나의 아버지는 군 출신이지만 무엇보다, 징역살이를 한 아들을 친구처럼 대해주었다. 채광석은 나의 아버지를, 나의 아버지는 채광석을 얼마나 좋아했는지 모른다. 지금 두 사람 다 저세상에 있다. 채광석이 얼마나 많은 일을 했는가에 대해서는, 제대로 된 평가를 차치한다면, 많이 알려져 있다. 그러나 그가 밤을 하얗게 새며 파지를 수십 장씩 내기 일쑤인, 문장에 최고의 공력을 들인 '글쟁이'라는 사실은 별로 알려져 있지 않다. 선후배 관계가 참으로 지랄 같던 시절에, 그 지랄에 스스로 이전투구를 자초할밖에 없던 시절에, 과거의 동지들을 통합하기 위해 참으로 분열을 '불편'하게 만들었던 그의 정력과 선의와 헌신이 그런 속 내용과 어우러질 때 비로소 우리는 알리라, 그의 생애가 참으로 '치열하게 아름다운' 문학작품 그 자체였다는 것을.

광주, 참혹과 빛,
혹은 참혹의 빛

—죽음과, 글쓰기와, '겪음과 못 겪음의 변증법'

 그렇다. 우리는 1980년 5월 광주에서 찬란하게 폭발한 역사
의 빛을 보았다. 삶의 양식이자 피투성이 꿈의 뼈대로 우리들
뇌리 속에 남아 있을 그 빛. 영원한 저주의 치명적인 무기로
우리들 두 손에 쥐어져 있을 그 빛. 5월은 참혹하게 저질러졌
지만 그와 동시에 눈물겹게, 그리고 거대하게 이룩되기도 하
였다. 그렇다. 5월 광주가 있으므로 우리는 일생 동안 처절하
게 행복할 것이다. 우리들 사랑과 싸움이 우리 생애에 끝날 수
있는 것은 아니므로.

　1985년 4월로 간행 예정된 『해방 版畵詩』 서문에 나는 그렇게
썼었다. '광주'를 직접 '겪었'던 화가 홍성담의 '광주 판화'에 내 시
몇 편의 전부 혹은 일부 어울리게 배치하거나 '캡션'으로 붙인 이 책

은, 소설가 황석영이 정리한 광주항쟁 기록『죽음을 넘어 시대의 어둠을 넘어』와 짝을 이루는, 연례 '5월 투쟁' 기간 중 사용될 '벽보-포스터집' 쯤으로 기획된 것이라서, 통상적인 '사전 허가 없이 복제불가'와 정반대로, '마음껏, 될 수 있는 대로 많이 복제-사용 요망'의 내색이 표현되어 있었다.『죽음을 넘어…』는 충격과 감동을 일파만파로 증폭시켰지만, 이 책은 2년 후, 즉 1987년 8월 15일, 해방절에야 비로소 출간될 수 있었다. 1985년 당시 몰래 찍기에는 '판화들'이 너무 눈에 띄었던 것. 출판사(풀빛에서 일월서각으로 바뀌었다)가 판권에 이렇게 덧붙였다. 해방판화시집은 광주 민중항쟁 5주년을 맞아 기획된 것이었으나 군부독재의 서슬 퍼런 탄압에 의해 결실을 맺지 못했다. 이제 위대한 민중투쟁의 결과 이 책이 빛을 보게 됨을 광주 영령들과 더불어 기쁘게 생각한다…. 황석영이 서문「놓여난 그림과 말」을, 미술평론가 원동석이 판화 해설을, 백원담(문학평론가, 현재 성공회대학교 교수)이 시 해설을 붙였다.

나는 그렇게 몸으로 겪지 못한 '광주'를 그림으로, 판화로, 아니 '내 글 안에 (이미) 새겨진 흑백 판화'로 겪었다. '광주'와 같은 해에 광주를 겪지 못하고 문단 데뷔한 내게는 글을 매개로 한 '겪음과 못겪음'의 변증법이 운명처럼 느껴진다. '5월 광주와 8월 해방'의 변증법이, 의무로 느껴지듯이.

5·18 광주민중항쟁은 공식적으로 1979년 10월 26일, 독재자

박정희가 중앙정보부장 김재규에 의해 저격-피살된 후 전국적으로 들끓어 오르다가 1980년 5월 '서울의 봄'으로 절정에 달했던 민주화운동이 5·17 보안사령관 출신 전두환을 중심으로 한 신군부의 쿠데타에 의해 짓밟히게 되자 다음 날인 5월 18일부터 광주에서 시작되어 무자비한 탄압에 맞서 시민들이 자체 무장으로 광주시를 탈환, 수일간의 꿈같은 해방 세상을 누리다가 끝내는 신군부의 집중 포화 속에 숱한 항쟁군들이 도청 사수 전투에서 산화한 사건을 말한다. 광주항쟁 기간 동안 사망자가 확인된 것만 수백 명에 이르고 실종자 수는 2천에 달하는데, 모두 비밀리에 매장 처리된 것이 거의 확실하다.

나는 1980년 2월 제대하여 그 달 『창작과 비평』지로 시인 데뷔했다. 봄호였는데 5·17 후 얼마 안 되어 '창비'에 폐간 조치가 내려졌으니 당분간 마지막 호로 된다. 4월에 결혼을 했고 그전에 '딸을 데려가는 조건'으로 출판사에 취직했으나 곧 퇴사, 무교동 낙지골목에 다른 몇 사람과 번역실을 차렸다. 내가 최고참이었는데, 허망했다. 나이 26세. 5년 동안의 공백(징역 2년, 군대 3년)은 그만큼 컸다. 어쨌거나, 제대에 데뷔에 결혼에, 또 사회적인 민주화 열망에, 청춘 호시절이었다. 봄이었고, 산하 도처가 젊음의 축제였다. 그 전해 11월, '온건한' 군부와 결합을 시도했던 YWCA 위장 결혼식 사건 관련자들이 보안사로 끌려가 혹독한 고문을 당한 적이 있고, 또 정승화 계엄사령관을 박정희 피살 사건 '방조자'쯤으로 구속한 12·12 사태는 심각한 항명이자 5·17 쿠데타의 기분 나쁜 서막이었지만, 아직은 배경에 불과했다. 민주화 열망의, 환호와 환희의 힘이 커지면 스스로 탈피될 것 같은 배경. 우리는 그만큼 낙관적이었고 그만큼 허술했다. '서울의 봄'이 절정에 달했던 5월 15일, 아내와 나는 광화문 시위 현장에 같이 있었지만, 최루탄이 마구 터지는 속에도 역사적 사명감이나 긴장보다는 신혼 나들이 기분에 더 가까웠다.

5월 15일에 이르면서 무교동 번역실이 시위를 지휘하는 가장 중요한 연락처 중 하나로 되었지만 시위 주동 측도 번역 전담 측도 그점을 자연스럽게, 당연히 받아들였을 뿐, 긴장은 없었다. 야, 고대 도착했냐. 연대는 어떻게 됐어? 이 X새끼들. 여기 길목 막은 놈들은 만만치 않다. 좀체 안 뚫리네. 미치겠군…. 그런 전화들이 난무하고 혈기와 의협이 방자했을 뿐 긴장은 없었다.

내가 얼마나 한심했느냐면, 밤을 틈타 쿠데타가 감행된 날 아침에도 나는 여느 때와 달리 사무실에 출근을 했다. 무교동 신문 가판대에 진열된 신문 미다시 글씨가 좀 크고 요란하다, 뭐 그런 느낌 정도는 있었을까? 그 낌새를 확인하는 둥 마는 둥 발은 습관적으로 사무실을 향했는데, 사무실이 엉망이었다. 짜장면, 우동, 짬뽕에다, 야끼만두와 고량주까지, 그때로 치면 꽤 고급스런 식사 및 반주였는데, 음식이 그릇에 남아 있다는 것보다, 서둘러, 아니 서두를 틈도 없이 황급히, 눈 시늉도 없이 삽시간에 자리를 피한, 내팽개쳐진 듯한 느낌이, 머리칼을 곤두서게, 다리를 후들거리게 했다. 나는, 나도 그렇게 모든 것을 내팽개치고, 사무실을 빠져나와 한 블록을 더 가서 신문을 사 보았다. 정신이 들고 사태가 확인되면서 다리가 더 후들거렸다. 나중엔 안 일이지만, 그야말로 간발 차였다.

그런, 어설픔에 대한 문책이었을까. 언론 보도가 금지된 채 날아오는 '광주'의 소문은 흉흉하고 살벌할 뿐 아니라, 음산하고 소름 돋는 갑피(甲皮) 계엄령보다 더 육체-본질적으로, 두려움과 죄책감의 혼합물이 뼛속 깊이 파고드는 거였다. 처녀의 젖가슴을 도려냈다, 자궁을 대검으로 쑤셔버렸다 등등, 한국 여성수난사를 '잔혹의 지옥도'로 공간화한 소문들은, 그러므로, 전율을 일으킬 뿐, 분노의 뿌리를 거세했다. 아니, 문책 정도가 아니라, 눈물의 온기가 얼어붙고, 비굴의 무게로밖에는 삶을 느낄 수 없게 만드는, 기나긴 처형인지도 몰랐다. 1970년대는 기나긴 죽음의 시대였다… '광주 직전' 우리는 그렇게 봄을 노래했다. '광주 직후' 나는 죽음의 소문으로 삶이 단지 의미 없이, 저주이므로 이어지는 것에 불과하다고 생각했다. 그러나, 소문에 상관없이, 이어지는 삶은 이어지므로 위대하고 이어짐만으로도 위대하다. 그리고, 죽음은, 특히 의로운 죽음은, 외형에 상관없이, 지역 연고에 관계없이, 산 자들의 시대를 끝내는 청초하게, 촉촉이 적신다. 전장의 아비규환이 울음으로 응축, 일반명사화하고, 그 일반명사가 다시 삶의 욕망을 '태초 생명의 습기'로 전화한다. 그 무렵이었을까? 나는 1980년 『한국일보』 시단에 이런 시를 발표했다.

지붕 새고 그대 좁게, 좁게 접어둔 시름의

무릎을 적시는

장마비 내린다

나의 가난 속에서 환하게 빛나는 그대의 초라함.

속옷까지 젖어드는

발가락까지 마구 뒤집어쓸 사랑의

습기.

아아 그대의 은밀한 내장 속 순결한

아픔의 홍수여

안타까움 새는 조인 가슴 속으로

흥건히 흥건히

장마비 내린다

남은 것은 사랑할, 헐벗은 몸뿐

헐벗은 사랑뿐

그대는 환히 빛나고

장마비 내린다

　　　　　　　— 시집 『지울 수 없는 노래』 중 「장마비」 전문

죽음과 글과 울음, 의 합(合)을 통한 생명, 의 습기, 로 이루어진 위 글을 계기로 나는 비로소 '광주'에 대해 말문을 열 수 있었다. 1982년 『실천문학』에 전재된 「황색예수전」은 '광주'를 시문학으로 감당하려는 전면적인 시도였다. "우리가 총이나 칼이나 아니면 / 울화로 죽고 나서 다시 만날 때 / 우리는 그 치열한 함성으로 다시 살아나리니 / 전라도에서 경상도에서 / 너희는 너희 생애 중의 어떤 형태로 다시 살아나는가 묻고 있으나 / 그리운 것들만 산산이 부서진 조각들로 다시 살아나 / 네 앞에 찬란한 살과 뼈로서 나타나게 되리라 / 아름다움은 가장 아름다웠던 그 순간 / 서울에서나 이름 없는 베들레헴의 한 시골집에서나 / 너희 생애의 가장 찬란했던 수난 / 죽어도 못 잊을 순간은 너희의 눈과 코 앞에서 / 다시 한 번 너희들의 상처로 나타나리라 / 눈을 감아도 눈시울을 적시는 뜨거운 눈물 속에서 / 아무도 빼앗지 못할 너희들만의 것은 드러난다…"(『황색예수전』 중 「사두개인들의 부활에 관한 질문에 답함」 첫 부분)에서 "가자가자 피 흘리며 곤두서 가자 (중략) 아우성 속에서 싸이렌 속에서 누군가 쓰러지고 / 쓰러지면 누군가가 다시 일어나 / 매 맞아 터진 어깨로 부딪쳐 가자 (중략) 가자가자 저 창칼의 숲을 달려서 가자 / 불끈불끈 솟는 핏줄이 거꾸로 솟아 / 바닥에 부딪는 이마를 또 한 번 칠 때 / 가자가자 저 하늘을 곤두서 가자 (하략)"(같은 시집 중 「입성」 일부)를 거쳐 다음의, '고통의 뜻과 맛, 그리고 아름다움'에 이르기까지.

우울한 날이시면 나무들을 보셔요. 눈 내린 아침.

나무들은 잘 하고 있어요.

나뭇가지의 짐은 하얗고 푹신하고 축 늘어지고

저렇게 환하게 서 있을 수가 있어요 글쎄

멋져요. 나뭇가지가 있는 아침은 춥고

화사하셔요. 눈이 펑펑 쏟아지는 아침은

온 산, 온 경치가 새하얀 이 아침에 온통

피를 생각하는 사람은 우리들뿐이라는 듯이

고통이 아름답지 않은 사람은 우리들뿐이라는 듯이

—『황색예수전』중

「눈, 나뭇가지, 너, 나, 그리고 고통」전문

　'광주의 비극'을 미래전망으로 역전시키려는 의도였지만 아직 '광주'는 소문이었다. '광주의 진실을 밝히라'는 유서를 남기고 스스로 목숨을 끊는 열사들이 잇따랐다. 종교운동 단체의 위촉을 받아 그들의 약력을 '시적으로' 정리했지만, 그러므로 더욱, 광주는 소문이었다. 1983년 민주화운동청년연합('광주' 이후 첫 민주화운동단체다. 약칭 '민청련') 결성 당시 창립선언문을 기초하면서 '광주'를 조심스레 언급했고, 그나마 토의를 거치면서 더 조심스러운 표현으로 수위를 낮추었지만, '광주'는 여전히 일상이 아니고 소문이었다. 위험하다.

소문이 끔찍함을 강조하면서 스스로 끔찍해지고, 그렇게 끔찍함이 신화로 되는 것은, 문학에도, '운동의 일상'에도, 위험하다…. 그때 나는 그렇게 생각했다. 그때 내가 민청련 대변인직을 사양한 것은 그 때문이었다. 초대 의장직을 맡은 김근태(현재 민주당 상임고문)에게 다음과 같은 말을 한 것도 같은 이유에서였다. 앞으로 정치를 하게 되더라도, 아무리 바쁘더라도, 형 이름으로 나가는 글은 직접 챙겨 쓰시라. 글쓰기가 형의 생각을 정리해주는 수도 있는 법…. 한 1년 후, 그에게서 전화가 왔다. 자네 말이 맞더군. 처음에는 일일이 글을 쓰려니까 골치 아프고 힘들고 그랬는데, 정말 글을 써보니 생각이 더 잘 정리되는 것 같아. 정말 고맙네…. 그가 실제로 현실 정치계 입문을 결심, 새천년민주당에 입당키로 했다고 술을 마시며 다소 침울한 기분에 젖었을 때 나는 또 이런 말을 했다. 이근안에게 고문당한 사람임을 부각시키지 마십사. 지식인들한테나 통하지 민중들에게는 그게 통하지 않는다. 고생 혹은 수난의 양으로 치자면 민중의 고생에 당하겠는가. 민중이 바라는 것은 전망의 질이지, 수난의 양이 아니다…. 김근태는, 그랬다. 물론이지. 내가 원해서 그렇게 되는 게 아니다. 신문에서 그것만 부각시키니까, 나도 미치겠다….

민청련을 필두로 재야운동 단체들이 속속 창립되면서 '5월 희생자 추모'는 연례 투쟁 행사가 되었다. 분향소를 지키는 것만 해도 힘에 겨웠지만 광주학살 비디오가 나돌고, 사진이 전시되는 등 '투쟁'은 점점 격화하고 그 속에서 '단체'들은 일상-사무적인 뼈대를 세워

갔다. 사진들은 정말 끔찍했다. M16 개머리판에 맞아 함몰된 두개골, 1960년대 공비들, 혹은 6·25 학살처럼 아무렇지도 않게 내팽개쳐진 시신들. 시신을 붙들고 절규하는 유가족들. 시신을 못 찾은 채 망연자실한 가족들의, 넋 나간 표정들. 정말, 우는 자는 그래도 행복하다고 생각하게 만드는 장면들. 그런데, 그런 '전시회'를 몇 차례 보면서 나는 이상한 의구심이 들었다. 사진들은 스스로 끔찍함을 강조했는데, 그 끔찍함의 신화가, 소문을 모방하려는 듯한. 그렇게 전망이 스스로 끔찍해지는 듯한. 피해자의 사진은 있으되, 주인공의 사진은 없다. 5·18이 민중항쟁으로 되려면, 다시, (사진으로 나열하는) 수난의 양보다 (사진들을 종합하는, 주인공의) 전망의 질이 중요하다. 그것이 없다… 우리는 광주를 그렇게 취급한 것 아닐까. 끔찍함을 신화화하고 그렇게 우리들 일상에서 격리시키고, 대단하지만 우리와는 상관없는 일로 격리시켜온 것은 아닐까. 민주화가 진전되면서 언론도 TV도, 이를테면 「이제는 말할 수 있다」도 광주를 그렇게 '끔찍함의 신화'로 '이야기화'한 것 아닐까? 이것은 특수를 일반화하는 진정한 문학, 특히 소설의 길과 정반대 아닐까?…. 그런 생각이 굳어질 즈음인 1884년 나는 감히 '주인공의 입'을 참칭, 위 판화집 제목의 계기로 된 「해방 序詩」를 썼다.

> 우리는 대대로
> 푸르디푸른 하늘만을 섬기며 살고 싶었습니다

날 새면 해노래 들판에서 평야노래 호미 셋으며 호미노래

우리는 대대로

흰옷에 흙 묻히고 맨발로 사는 순박한 백의민족이고 싶었

습니다

봄이면 모심기노래 가을이면 추수노래 보름마다 달노래

그러나 우리의 바다는 피바다

우리의 삶은 피묻은 삶이었습니다

지금 우리들의 노래에는 살기가 묻어 있습니다

(중략)

우리는 농토와 양식과 처자와 순결한 삶과

아름다운 추억마저 빼앗겼지만

억눌리면서 희망의지와

빼앗기면서 구원의지와

헐벗으면서 가난의 근육 불끈불끈 솟는 힘과

피묻어 처참하게 아름다운 흰옷을 얻은 것입니다

(중략)

우리는 이 두 동강 난 한반도에서 피묻은 발 버팅겨

싸우며 명심해야 합니다

우리는 이 땅에 밭갈고 씨뿌리며

이 땅을 우리 아픈 몸의 일부로 삼고

살면서 명심해야 합니다

싸우는 것만이 사랑하는 길입니다

탐욕과 학살의 비린 살점 묻은 쇠붙이 그 위에

물들어 썩은 제국주의의 세상천지이기 때문입니다

광주는 더 이상 소문이 아니었다. 그러나 아직 전망에 이르지 못했다. 상처로 빚어내는 문학의 전망은 물론 정치의 전망에조차 달하지 못했다. 「해방 서시」는 '반제파(反帝派)'(훗날 민족해방파, NL) 운동권의 출현을 알린 최초 지하 팸플릿의 서두에 인용되어 그 팸플릿을 '해방 서시 팸플릿'으로 불리게 만들 만큼 운동적 영향력을 발했으나, '광주의 전망'에는 크게 미치지 못했고, 『해방 판화시』를 통해, 즉 홍성담의 판화를 만나고서야 '주인공의 목소리'에 달할 수 있었다. 그렇다. 홍성담의 판화는 사진 못지않게 끔찍했으나 끔찍함이, 신화가 아니라, 찬란한 전망의, 빛의 미학으로 전화되어 있었다. 그의 판화는 상세한 보고서이면서 '전망이 생겨가는 도정'의 형상화였다. 그렇게, '참혹과 빛'에서 '참혹의 빛'으로…. 나는 트럭에 올라탄 무장 시민해방군들이 누구는 총을 높이 쳐든 채 만세를 부르고 누구는 시민한테서 여자 아이를 받아 안으려 하고 누구는 김밥 아줌마들이 무료로 나눠주는 김밥을 거머쥐는 그리고 한 시민은 빗자루를 치켜들고 만세를 화답하는 한 판화(75쪽)에 이런 '사진 설명'을 붙였다. "우리 죽음으로 보았노니 해방된 세상 / 아아 육신 갈가리 찢어져 / 두 눈에 흙이 들어도 미치도록 행복하였네라…." 그러나 이것은 희귀한 사례다. '광주 관계자' 대부분은, 그들도, 수난의 양에 집착, 결국 광주를 광주만의 것으로 제한하는 결과를 향해 가고 있는 듯했다. 우리나라의 지역주의는 크게 박정희 독재 때 양산되었지만 그것이 질적으로 심화된 것에는 3김의 지역기반 정치행각과 연관된 민주화운동권 일각의, '광주의 광주화'도 상당한 작용을 했다고 생각한다.

1984년부터 1988년까지 나는 매년 5월이면 광주를 들렀다. 황석영과 홍성담을 통해 '5월 광주' 당시 문화선전 활동을 직접 담당했던 사람들을 만나는 것은 내게 엄숙하고 흥미로운 일이었다. 그리고, 역시 '주역'들은 주인공의 목소리를 갖고 있었다. '주인공'이라 했는데, 지위의 높고 낮음을 말하는 게 물론 아니다. 무엇보다, 해방투쟁이란 투쟁을 겪는 누구나를 주인공으로 만드는 투쟁이다. 그리고, 그 누구나에게 투쟁은 죽음의 수난을 동반하지만 그것이 전망을 '끔찍하게 누추'하게 하기는커녕 오히려 빛의 아름다움으로 전화된다. '광주 문선대' 지역 담당자들은 밝고, 치열하고, 또 너그러웠다. 그들을 만나는 일은 나의 전망을 보충해가는 일이기도 했다. 특히 연출가 박효선이 그랬다. 유쾌하다 못해 호쾌하고 몸집이 또 그에 걸맞게 컸던 박효선은 훗날 '5월 광주'를 다룬 걸작 「금희의 5월」을 연출하게 된다. 이 작품은 1980년 당시 도청을 지키다 계엄군 총격을 당하고 절명한 전남대생 이정연을 중심으로 광주항쟁의 전 과정을 보여주는데, 놀라운 것은, 홍섬담 판화에서 그렇듯, 이정연 아버지가 장사를 하는 시장판에서 벌어지는 장면이다. 시장판의 아저씨-아줌마들이 밥을 해 나르고 돈을 모으는 과정은 신명의 과정이면서 동시에 정치적 해방의 과정이었던 것. 그 이후 작품 「일어서는 사람들」은 해방정서 자체를 춤과 풍물 중심으로 형상화했다. 1990년대 중반 작품 「모란꽃」은 전국 순회공연 및 해외공연을 할 정도로 평이 좋아 주위 사람들을 기분 좋게 했는데, 박효선은 얼마 안 되어 교통사고로 사망하게 된다. 아하, 죽음이라….

어느 해인가는 황금동 창녀촌을 나 혼자 들르기도 했는데, '5월 광주' 때 창녀들이 투쟁에 동참했다는 유명한 이야기는 여러 면으로 눈물겹고 정말 해방지향적인 것이거니와, '그녀'의 말을 듣고 싶었던 것이다. 그러나 나는 술을 시키고 두세 시간을 물끄러미 쳐다보았을 뿐 '광주' 얘기를 한마디도 꺼낼 수 없었다. '그녀'의 표정은 다시 몸 파는 일의 무료함 속으로 깊게 가라앉았는데, 그 삶이 너무도 경건하게 느껴졌던 것. 그 뒤로 나는 '모든 삶은 위대하다'는 것이 광주의 가장 소중한 가르침이라고 생각하게 된다. 죽음이 부각시키는 것은 바로 삶의 진정한 의미라는 것. 최근의 아프가니스탄 참혹이 또한 그러하다. 누구나 자신의 삶을 어느 정도는 의미 있다고 생각한다. 자본주의의 최대 죄악은 삶의 의미조차 상품화하려 한다는 것이지만 바로 그렇게 자본주의는 의미가 될 수 없고, 전쟁에서 승리할망정, 인생에서 패배한다. 그리고, 투쟁하는 약한 자의 죽음은, 자본주의에 맞서 삶의 의미를 그전보다 질적으로 더 높게 승화시킨다.

왜 1988년까지만 '5월 광주'를 순례했는가. 그해 4월 8일 나는
『월간중앙』의 부탁으로 '현지 특별좌담' 「수난에서 항쟁으로」(부제—
광주시민이 말하는 광주문제 해결방안)의 사회를 맡았다. 연출가 박효
선, 그리고 항쟁 당시 수습대책위원회 부위원장, 5·18 광주의거유족
회 회장, 천주교 광주 남동성당 주임신부(당시 천주교 정의평화위원회
간사), 광주민중항쟁부상자동지회 부회장(당시 시민학생 투쟁위 홍보부
장)에다 수배 중인 전남대 총학생회장까지 참석, '비밀'로 진행된 그
좌담에서 '민주화운동권에선 5월의 광주투쟁이 우리나라 민주화운
동사에 획을 그었다고 평가하고 있다. 이제는 수난의 관점에서 항쟁
의 관점으로 넘어갈 때가 된 듯하다. 당한 것만 진상규명의 차원에서
얘기할 것이 아니라, 그 참혹한 수난과정을 관통하면서 무엇이 이룩
됐는가에 초점을 맞추어보자'는 애초 의도가 관철될 수 없는 상황이
광주에 현재하고 있었던 까닭이다. 그래. 1987년 대선 당시 민주화
운동권의 분열이 거꾸로 광주에 악영향을 미치고 있었다. 박효선은
좌담 말미에 이렇게 결론짓고 있다. 작년에 선거를 치르면서 가슴 아
팠던 것은 5월의 주체 세력들이 4분 5열됐다는 것이었습니다. 심정
적으로 대단히 불안하더군요. 함께 운동하던 사람들이 단결하지 못
하고 짝짝 갈라져 나가는 것은 정말 견디기 힘들었습니다. 그러나
1980년 초와 지금을 비교해보면 우리들의 운동은 비약적으로 발전
했어요. 민중 속에서, 민중과 더불어 싸우고 일해 나가려는 자세가
대단히 진지하고 성숙되어 있습니다. 5월 정신을 전 민족적으로 확

산시킬 때 진정으로 승리가 옵니다. 적들의 실체를 철저하게 인식하지 못하는 상태는 이제 청산되고 극복되어야 하겠지요. 컴퓨터와 싸우기 위해서는 우리 스스로 보다 성능 좋은 컴퓨터가 되어야 합니다 …. 5월 정신을 민족적으로 확산시키는, '전망의 문제'. 그것은 이제 광주 '지역'에서 찾을 일이 아니라 내 안에서, 나의 문학으로 이뤄내야 할 문제였다. 나는 박효선의 결론이 그가 단지 직접 참여자일 뿐 아니라 예술가이기도 했다는 점에서 가능했다고 생각한다.

어쨌거나, 그것 아니라도, 1988년 이후부터 나는 '사회주의 전망'에 매료되었다. 그리고 '광주 경험'과 정반대로, 70년 동안 이룩되었던 현실사회주의 대륙이 붕괴하는 것을 보았다. 그리고, 그것이, '사회주의 전망'을 또한 붕괴시키는 것이 아니라, 상처로 빚어내는 예술의 전망으로 진정한 사회주의 전망을 완성해내는 '죽음의 계기'일 수 있다는 확신에 이를 즈음, 다시 광주에 갈 기회가 있었다. 1995년 5월 광주문학제. 이때 나는 몇몇 '광주' 문인들과 화해를 했다. 그리고 2000년 5월 광주문학대회 및 김남주 시비 건립식. 듬직한 무등산을 바라보는 북구 운정동 산 34번지 5만여 평의 5·18 묘지는, 문민정부의 지원을 받아 조성되어, 벌써 정치인들의 참배가 시끌벅적했지만, 무덤들은 너그럽고 아름다워서 시인의 죽음과 잘 어울렸다. 나는 또 무엇과 화해했던 것일까? 그 얼마 후 나는 「피살(被殺)」이라는, 다소 살벌한 제목의 시를 썼다. 전문이다.

어찌 잊겠는가
그 속에 경악한 너의
아름다운 눈물을. 그 눈물이
세상보다 넓게 번져
세상보다 넓은 세상의
중심으로, 육화되는 것을

　죽음이, 특히 의로운 죽음이 역사적인 삶과 어떻게 관계 맺는가
를 글쓰기로 천착하는 일은 1969년 전태일에서 1974년 김상진의
죽음에 이르는 시기를 감수성 가장 예민한 청년시절로 겪은 내 세대
로서는 불가피한, 운명 같은 일이지만, '광주항쟁'을 포함한 약소민
족의 역사를 감당하는 누구에게나 불가피한 일이기도 하다. 언뜻언
뜻, 역사란 죽음이 나이를 먹는 과정이 아닌가, 착각할 때가 있다.
1999년에 발표된 오페라 대본 「한국현대사 김구―열려라, 미래의
나라」 서문을 나는 이렇게 썼다.

　죽음의 의미에 대한 연구. 그 의미가 현대적으로 깊어지는
것에 대한 연구. 삶의 비극성의 의미에 대한 연구⋯. 단군-고
조선에서 현대에 이르는 나의 한국사 공부는 갈수록 그런 방
향으로 귀결되었다. 정도전 같은 '행복한 혁명가'에서 임경업,
김구, 전태일 같은, '죽음이 의미심장한' 대목으로 관심과 애

정이 옮겨갔던 것. 문학적 애정뿐 아니라 역사적 애정 또한. 전태일은 '소설/시나리오'로 썼었다. 김구는 이렇게 '오페라/시극'으로 쓴다. 임경업은 어떤 형식으로 쓰게 될까….

'당연한' 문리대, 72학번

지금은 '인문대'라고 하는 모양인데, 우리는 입학하고 채 한 달도 안 되어, '서울대학교'라는 말보다 '서울대'라는 말보다 '문리대'라는 말이 확실하게 더 좋아졌다('법대' '상대' '사대' '미대' '음대'라는 말도 마찬가지였겠다). 당시 1학년 교양과정부 과정은 육사 너머 공대의 황량한 벌판에서 거친 바람을 무뚝뚝 하나로 버티는 건물에서 행해졌는데도 동숭동 '문리대'는 그렇게 빨리, '느닷없다' 느낌보다 먼저 정이 유구하고 편안하고, 낯익어졌다. 지금 생각해보면 비로소 이상한 일이다. 1960년대 말에서 1970년대 초 남자 고등학교는 예외 없이, 일류 삼류 상관없이 사회의 암담한 군사문화 분위기를 압축한데다 일제 식민지 시대 관습과 제도가 가장 완강하게 버티고 있는 곳이라 일상은 교복처럼 검고 불끈 치솟는 '성적인' 젊음이 잿빛 절망(너무도 '때 이른)으로 소진되거나 야만적으로 꺾이

거나 '남성적'과 '군사-호전적'을 혼동, 함부로 광포해지면서 병적인 자해와 가해를 일삼거나 그러지 않았던가. 그런데, 어느 날 갑자기 청춘이, 고뇌가, 낭만이, 친구가, 술자리가, 광포-낭자한 술자리와 동정 학대(?)와 순정한 눈물-응축 미학의 어울림이 당연하고 그 모든 것이 불가능한 일요일이 참으로 따분해졌다. 막강했던 부모의, '애정의 권력'이 참으로 갑갑하고 시시해졌다. '교복'을 걸치고 약간 으스대는 표정과 어깨로 플래시를 받은 입학식 기념사진이 졸지에 창피스러워졌다. 수업은 (물론) 땡땡이였지만 '학문'은 그렇게 순수할 수 없고 인생 경험과, 철학-문학-예술(의 혼동), 깊이의 서열이 당연했으므로 사회 초년생이 재수생-3수생에게 쉽게 주눅 들고 '이과'가 '문과'에 쉽게 주눅 들었지만 서울대 수석입학생이 물리학과에 다니는 것은 대대로 당연하고 그가 단지 숫자의 천재가 아니라 다소 중세적인 의미에서나마 '학문의 신동'일 것 또한 당연했으므로 문과와 이과가 어울린 '문리대'는 흡족했다. 지금도 '인문대'는 신세대의 기분 좋은 경박을 미처 풍기기 전에, 학문의 위기를 미리 상정한, 그러므로 불운한 명칭처럼 들린다. 배고프면 식당이 있고, 술 고프면 술집이 있었다. 돈이 있으면 이것은 당연한 말이지만, 일전 한 푼 없으면 슬픈 말이다. 배고프면 푸짐하고 싼 밥집 국솥, 혹은 만두집 검은 솥뚜껑 밑으로 식식대는 훈김이, 그것을 열면 봉긋봉긋 참으로 귀하게 배열된, 앙증맞은 애기손 만두가 그렇게 원망스러울 수 없고 술 고프면 더러운 유리창을 통해 들여다보이는 1950년대풍 막

걸리 한잔 집 흥건한 풍경이 쓰린 속을 더 쓰리게 하면서도 취기 밖으로 내팽개쳐진 육신을 둘러싼 거리를 6·25 전쟁 허허벌판처럼 춥고 어둡고 외롭게 만드는 법이다. 그러나, 그런데, 문리대 앞은 그렇지 않았고, 그게 당연했다. 어디에고 공짜는 없었지만, 외상의 예감은 충만했다. 그 예감은 학생들에게는 뭔가 권리 같고, 식당-술집 주인에게는 다시 운명 같았다. 망할 자식들, 망할 자식들, 하면서도, 통금이 오기 전에 학생증이라도, 그것마저 동이 났으면 책이라도 맡아 놓고 외상값 받기를 '걸기대' 해야 하는 운명. 신입생 환영식은 물론 술로 살벌했지만, 당연했다. 참으로 '꽃보다 귀한' 조교 누나, 혹은 같은 과 여자 선배, 혹은 같은 학년의 부잣집 딸에게 얻어먹는 '중국 요리'는 아깝게도 토사물로 목구멍을 거슬러 나왔고, 그게 당연했다.

1972년 박정희 10월 유신 선포도 당연했을까? 그전에, 음대 근처에서 죽은 전태일은 당연했을까? 전태일의 죽음은 아직 종로 5가를 건너오지 못했고 '10월 유신'은 삽시간에 전국을 어둠으로 뒤덮었다. 가을 교정은, 특히 4·19 탑 주변이 을씨년스러웠다. 낡은 나무 계단이 삐거덕거리는 학림다방에 들어서면 비틀대는 나무의자와 탁자 그리고 낡은 바로크-고동색 사이로 고전음악이, 모종의 유구한 애상이, 슬픔보다 덜 분명한 액체의 육체로 하염없이 흐르고, 당연했다. 진아춘은 탕수육보다 짜장면이, 짜장면보다 대낮부터 나뒹구는 빼갈-소주병에 식은 우동국물이 더 어울리고, 당연했다. 발광은 대로변 '튀김집' 위주로, 음모는 시장통 여관가 '유청담' 위주로 저질러지고 진행되었다. 젊음과 낭만의 눈에 비친 '정치'의 권위는 막강하고 추하고, 추함에 맞서다 많은 사람이 끌려가고 상처는 남은 사람이 더 컸다. 그렇게 시대의 아픔이 생겨난다. 그때 민주화운동에 나선 사람 중 목전의 승리를 믿었던 사람은 없다. 우리는 너무 연약했고, 기다림을, 기다림의 슬픔의 힘을, 희망으로 격상시킬 수밖에 없었다. 그렇게 희망과, 전망의 아픔이 생겨난다. 그렇게 너무도 화려해서 희망과 구분되지 않는, 절망이 생겨난다. '영웅'이란, 시대가 연약했다는 뜻이다. 최근 나는 특히 동기동창 출신 교수들을 생각하며 이런 시를 썼다.

그렇게 배웠다 우리는 대학은 진리의 상아탑
젊은 역사가 견고한 뼈대로 빛나는 곳
그 사이 육체가 햇살로 부서지며
미래의 전망을 채우는 곳
의미가, 스스로 아름다운 곳

그렇게 배웠다 우리는 배움은 녹슬지 않는 깃발
한없이 열려가는 진보
사랑보다 뜨거운 지혜의 대화
물러서지 않는, 결코 물러설 수 없는

의미의 속도

70년대
내가 살던 학원은 초토였다
계엄군이 가장 강성하고 어둠이 가장 완벽하고
경제가 가장 기만적이고 억울한
최루탄과 눈물이 가장 가까울 때
눈물이 가장 비참하고 사랑이 가장 누추하고 우정이 가장
거추장스럽던 때
우린 교문과 철책을 사랑과 미움을 낭만과 절망을
가난과 따스함을 고통과 희열을
혼동하며 괴로워했다
부여잡고 울었다, 시커먼 교문을

그러나 그렇게 배웠다 대학은 진리의 상아탑
시대의 어둠을 대낮 쩡쩡한 삶의
비극적 낙관으로 다시 세우는 곳
그렇다 희망은 배움의 다른 이름이다

세월이 흐르고 어둠이 걷히고 세월은 더 밝아졌다
우리는 교수가 되고 그중 누구는 학과장이 되고

또 누구는 학장이 되었다.

후배들도 교수가 되었다

아이들도 교수가 될 것이다

그러나 보라 빛 속에 드러나는 것은 거대하게 낡은

공룡의 뼈대 우리들은 술 취해 그 동공(空洞) 속을 제집처

럼 들락거리는

쥐새끼들이란 말인가

보라 화려한 것은 진리를 상업화하는 WTO 건물.

우리들은 탈레반 아프가니스탄 동굴 깊숙이 숨은 오사마

빈 라덴의 후예란 말인가.

어서 오라, 가자,

진리가 진리이므로 빛나는 그곳으로

배움이 배움이므로 희망인 그곳으로

어서 오라, 와서 우리, 이루자

학문이 전쟁을 다스리는 그곳

지혜가 공룡 뼈대보다 장엄한

역사의 건축물을 이루는 그곳

오라, 와서, 이루자

인류평화와 영원한 진보와 희망의 백년대계
전국교수노동조합

진리의 빛으로 새긴 이름
전국교수노동조합

　　　　　　　　—「Campus, 공룡, 역사—진리의 상아탑;

　　　　　　　　　　전국교수노동조합 출범을 맞으며」 전문

　　그러나 어디 교수들뿐이겠는가. 어떻게 이 많은 것들이 한데, 자
연스럽게 어울릴 수 있었을까? 어떻게 그 숱한 성장배경과 인격과
학과와 장래희망들이 그 어울림 속에서 다시 펄펄 끓는 융화를 이룰
수 있었을까? 1980년대 들어 민주화운동이 체제변혁운동으로 상승
해가는 와중에 나는 '72학번 시절'을 잊었다, 라기보다는 찾을 겨를
이 없었다. '마르크스=레닌'주의를 공부해야 했고, 사람들이 분신
자살했고 남은 자들은 분노와 경악의 추도를 남발해야 했고 스스로
순정을 '광포화'해야 했고, 보다 정교하고 복잡한 사고의 구조를 체
득하지 못한 상태에서, 간명한 '이전(以前)' 자본주의적 서정을 낳았
던 72학번 대학시절이 사치처럼 느껴졌다. 현실사회주의는 멸망했
고 한국 변혁운동은 침체했으며 민주화운동 경력자들은 김영삼-김

대중을 통해 정권 속에 자리 잡았으나 곳곳에서 무능과 '전망 없음'을 표출하고 있는 지금, 그 시절은 거울이다. 내가 과거에 무엇이었고 지금 무엇인가, 그리고 앞으로 무엇이어야 하는가를 비춰주는 아픈 추억의 거울. 그래 그런 시절이 있었다. 지금 생각해보면 정말 이상하다, 아니 당연하다. 그때 너무도 짧은, 아니 번개 같은 일순이 있었고, 너무도 많은 이야기가, 광경만 남고 불타버렸다.

1974년 겨울 직전 우리는 모처럼 막걸리를 거나하게 마시고 4·19탑 주변을 돌며 문리대 시절과 작별을 고했고 1975년 관악산 캠퍼스로 자리를 옮겼다. 그곳은 이미 72학번들의 자리가 아니었다. 키 작은 나무 몇 그루 듬성듬성 심어 놓은 캠퍼스는 공대 벌판보다 더 황량하고, 공룡의 세계 같았다. 1974년 민청학련 사건 등등의 데모 주동을 가까스로 모면한 '잔당' 대부분은 관악산 데모로 막차를 탔다. '문리대 학생들'을 믿고 관악산 캠퍼스 주변으로 업소를 옮긴 음식점과 술집 대부분은 1년을 버티지 못하고 망했다. 그게 당연했다.

김 형, 난
약속을 지켰네….
괜찮어,
편하게 앉으슈….

— 이문구, 두 번의 유언

지난 일요일, 정확히 말하면 2003년 4월 20일 새벽 다섯 시경, 서울은 최고였다. 곡우. 비가 내렸다. 그 시간이니, 바람을 피우는 게 아니고서야 당연히, 취생몽사 상태였다. 웬일인지, 가회동 거리였다. 조선시대 그대로인, 아니 시간이 흐른 뒤 구한말을 그대로 닮은 듯한, 집과 길이 숨는 듯 드러나고 드러나는 듯 숨는, 그렇게 어떤 때는 둘이 숨바꼭질하는 좁은 골목길을, 다소 초조하게, 왜냐면 귀가를 서둘러야 했으므로, 마누라가 아직도 포기 않고 나를 걱정하느라 잠을 설칠 것이므로(그런 생각이 좀 일찍 들면 얼마나 좋을까, 마누라나 나나?). 비는 그도 초조한 듯하다가, 아예 억수로 내릴 듯한 형용으로 초조를 뭉개더니 바닥에 깔린, 잘게 금 간 보도블록과 함께 유구한 한옥 기와를 적시고 처마를 들으며 반짝이고, 그렇게 시간의 혼동이 무(無)시간으로 참신해지는 순간, 나는 모종의 응축과 배꼽을 맞댄 기분이었다. 큰길로 나오니 가회동 언덕은 그 자리에서 마냥 흐르는데, 마치 세월 그 자체의 형상화처럼, 희뿌연 흐름이 그리 투명해보일 수 없었다. 택시는 곧 잡혔고, 택시기사도 눈앞 풍경이 어리둥절한 듯 노선을 잃고 모래내로 자칫 빠지려다 핸들을 돌려 성산대교를 넘었다. 비는 꾸준하고 길은 갈수록 젖고 택시 안은 그만큼 안온했으나 끝내 안온함도 기분 좋게 젖었다. 그리고, 좌우로 펼쳐지는 한강의 거대한 안개벌판은 잉태 같았고, 다시 잉태의 응축 같았고, 동시에 임신 같았다(잉태는, 어감에도 불구하고, 임신보다 탈(脫)인간적이고 그래서 인간의 피와 땀을 어느 정도 씻은 상태지만, 임신은 피비린데도, 흡사 연습곡처럼, 피와 땀 그 자체가 아름답다. 무엇보다, 임신에는 아름다운 고통의 신음소리가 배어 있다). 흐림의 응축인 임신. 귀가를 하니 마누라는 다행히, 무사했고, 난 통유리 밖에서 방금 벌어졌던, 아니 여전히 벌어지고 있을 광경을 약간 안도하며 되새기다가 나와 서울의 나이를 생각했다. 그렇다. 비의 감상을 매개로 내 나이와 서울의 나이가 '최초로' 맞아떨어졌다. 여생을 향해 다소 경사지게 치닫는 오십 직전 내 나이와, 하릴없이 치솟는 고층 빌딩 뒤 움츠린 서울 500년 역사의, 유구함이 촉촉해지는 나이가 서로의 내면을 들여다보았던 것. 아니면 들켰거나.

그리고 나는 한 줌의 재로 귀향한 이문구의 삶과 죽음을 생각했다. 흐림으로 응축, 모종의 투명함으로 흐르던 오래된 시가지 비 내리는 풍경이 이문구의 '한 줌의 재'와 겹쳤다.

작가에게는 모든 발언과 작품이 유언이다. 아니, 삶의 의미를 생각하고 추구하는 자 누구에게든, 삶 자체가 유언이다. 생각해보면, 그는 내게, 다소 별도로, 두 번의 유언을 남긴 듯하다. 한 번은 위암 수술을 받기 직전, 그가 작가회의 이사장, 내가 상임이사 신분이었을 때다. 의사에게 "이불을 준비해서 입원하시라"는 말을 듣고 입원하자마자 아주 은밀하게 나를 부른 그의 첫마디는 "김 형, 난 약속을 지켰네"였다. 무슨 약속이었던가?

동인문학상 후보를, 황석영과 달리, 사퇴하지 않는다고 인터넷 게시판 익명 필자들이 이문구를 비난하기 시작할 즈음, 이문구가, 물론 수상도 아니고 후보 선정을 거부할 성격은 아니었지만, 그런 비판에 전혀 신경을 쓰지 않았다고 할 수는 없다. 그때 나는 그랬다. 다 좋은데요, 요즘 인터넷이라는 게 선생님 글 쓰던 때에 비하면 용어나 논리나 문맥이 워낙 제멋대로, 일단 욕부터 하고 보자는 식이라서요, 그런 것에 정신 사나워하실 거면 안 되고요, 그냥 그러려니 하고, 상처받지 않을 자신 있으면 그냥 이 상태로 두어도 괜찮겠네요….

그 후 이문구가 자기 의사표시를 삼갔다고 할 수는 없다. 아니, 그는 어떤 오해를 무릅쓰고라도 할 말을 하는 사람이고, 작가 중에서도 그런 기질이 가장 강한 사람 중 하나다. 오죽하면 '반골'로 불렸을까? 이문구의 견해 표명은 비판에 불을 질렀고 그 와중에 그는 상을 받았고(다행하게도, 왜냐면 그 난리를 치고 상도 못 받았다면 그거야말로 (나의) '전술상 미스' 아니겠는가!) 얼마 안 되어 암 진단을 받았다. 그가 약속을 지켰다라는 말은, 자신을 비판한 사람들에 대해 정말 성을 낸 적이 없으며, 그것 때문에 암에 걸린 것은 절대 아니라는("작년 가을 칼국수를 정량보다 조금 더 먹었을 때 이미 암을 감지했어…." 그는 그렇게 덧붙였다), 혹시 가슴 아파할 왕년의 비판자들에 대한 배려였다. 나는 이렇게 너그러움이 폭넓고 치열한 유언을 달리 알지 못한다.

두 번째 유언 "괜찮어, 편하게 앉으슈"는 정말 그가 돌아가기 직전의 유언이다. 암 수술 결과가 좋고 몸도 점차 나아간다는 소문이 돌고, 대체로 바깥출입을 삼가는 중에도 '스승 김동리'와 연관된 일 등등은 차마 거절을 못하고 그러느라 그가 가끔 신문에 나고(그렇구나. 이때 나는 한국문학학교 직원 결혼식 주례도 부탁했구나) 그러던 중, 불길한 소문이 돌더니 곧장 '사형선고'를 받고, 면회폐를 끼칠까봐 내내 쉬쉬하다가 때마침 입원한 신경림을 문병하러 온 문병객들을 통해 소식이 알려지고, 잠시 집에 들러 미발표 원고 두 권 분량을 정리, 지상에 남은 유일한 글 빚을 갚고 다시 병실로 돌아와 비로소 문단 동료 선후배들과 마지막 인사를 나눌 마음이 생겼을 때다.

병실에 들어선 나는, 태풍 속 고요 같은 슬픔에 잠긴 사모님과 가족들에게 위로의 눈짓을 보낼 틈도 없이, 이문구의 몰골에 이중으로 경악했다. 그는 정말 모든 육을 이미 반납하고 뼈만 남은 상태였는데, 기골이 장대하고 동굴을 닮은 듯 파인 듯 형형한 두 눈동자가 백제시대 가장 잘생긴 장수의 유해를 보는 듯했다. 그는 호흡이 매우 불편하여 헉헉대면서도 한꺼번에, 빠르게 많은 말을 하려 하고 나는 그가 그리하여 너무 괴로워하므로 말을 그만 했으면 하는 심정으로 무슨 겨를도 없이 그냥 두 손을 꼭 잡고 있었다. 그의 손은 억셌고, 그게 그나마 다행이라, 나는 영원히 그렇게 있어도 좋았다. 그런데, 말을 다 마쳤는지, 그가 "괜찮어, 편하게 앉으슈…" 그러면서 손을 뺀다. 손을 놓치지 않으려 몸을 구부린 내 자세가 불편해보였던 것. 이렇게 개인적이고 자상한 유언을 나는 또 알지 못한다. 조금 뒤 호흡이 편해지자 그는 아까 급히 했던 말을 이번에는 천천히 했다. 정말 개인적인 이 유언 혹은 덕담은 나 혼자 간직하기로 한다.

장편 두세 개는 더 쓸 게 남았는디. 꼭 쓸 것인디…. 이문구가 그나마 술을 입에 댔을 무렵, 그리고 여기저기서 정말 억수로 그를 찾아댔을 무렵 가끔씩 뱉던 그 소리가, 지금 육성으로 들린다. 유언이 된 산문집 『까치둥지가 보이는 동네』에서 그는 얼마 동안은 당대 제일의 문장가라는 소리를 듣고 싶은, '외람된 희망'을 지녔었다고 밝히고 있다. 허나, '장편 두세 개'가 없으면 어떤가, 어느 일자무식이 일세풍미의 이문구 문체와 문학을 두고 글을 잘 쓰네 못 쓰네, 입방정을 떨겠는가.

무엇보다, 역사보다 고즈넉한 시간, 흐림의 응축으로 깔리는 재의, 빗물을 보라. 하긴, 나는 문학과 예술의 요체를 말했다. 예술이란 게 모두 흐림의 응축 아니겠는가. 그날, 애꿎은 비가 내렸을 뿐이다. 김 형, 난 약속을 지켰네…. 괜찮어, 편하게 앉으슈….

노래,
아름다운
미래의 자리

— 노찾사 20년을 맞으며

실패한 경제혁명은 없다. 그리고, 부르주아혁명 이래 성공한 정치혁명은 없다. 아니, 이 말은 이상하다. 부르주아혁명은 '무의도적'인, 경제 하부구조가 상부 정치구조를 바꾼 혁명이다. 현실사회주의 혁명은 '의도적인', 상부 정치구조가 하부 경제구조를 바꾸는 식으로 자신의 완결을 꾀했으나 실패했다. '의도적인' 혁명은 모두 실패한다. 그러나, 이 말도 이상하다. '의도'가 없이 성공 실패를 따질 수 없는 까닭이다. 어쨌든…. 문화혁명은 어떤가? 넓은 의미에서 '문화'를 보자면 우리네 살림살이가 이제까지 주욱 발전해왔으니, 문화혁명은 실패한 적이 없고 중단된 적도 없으며, 아직 완성되지 않았다. 좁은 의미의 '예술'로 보자면, 예술은 정치와 경제의 세속적이고 물질적인 권위를 능가한 적은 없지만, 숱한 걸작들의 역사에서 보듯, 불멸의 제국을 이루었다. 더 좁은 의미로,

문화운동, 특히나, 정치의 비인간성에 맞서는 인간화운동으로서 문화예술운동은 어떤가? 1920년대 독일 노동운동은 시인-극작가 브레히트와 음악가 바일에서 보듯 연극과 시, 그리고 음악에서 '대중적이며 예술적인' 걸작들을 낳았다. 고대-중세 예술이 지배계급과 장인정신이 합작한 결과라면, 부르주아혁명 문화예술은 예술가 '개인'과 시민계급이 합작한 결과다. 베토벤 이래 모든 고전음악, 고전예술이 그렇고, 다소 일그러진 형태지만, 현대예술 또한 그렇다. 1920년대 독일 노동예술은, 노동자운동문화가, 상부와 하부구조 모두 열악한, 아니 매우 불리한 상황에서, 생산한 아주 희귀한 고전이다. 왜 희귀한가? 운동은 반드시 증오를 낳고, 증오가 반드시 예술을 천박화하기 때문인가? 민주화운동은 독재(자)를 향해 악악댈밖에 없고, 증오를 배울밖에 없고, 이것이 예술의 '차원'과 무관하기 때문인가? 이 질문에 가장 먼저 답하는 것이 음악일 것은 당연하다. 음악은 노래의 형식이자 내용이며, 가사는 노래의 소재다. 노래는, 가사가 아무리 악악대더라도, 끝내 슬픔의 아름다움에 가닿는다. 노래는, 집단성이 아무리 악악대더라도, 아니 집단성이 악악댈수록 더욱, 슬픔의 아름다움의 힘에 가닿는다. 왜냐면 음악은, 죽음을 알고, 아름다움이야말로 죽음의 배꼽이라는 것을 안다.

1960년대 시인 김수영은 시가 '죽음의 음악'을 거느려야 한다고 썼다. 하지만 그는 '운동' 앞에서 머뭇댔다. '예술'을 위해서였고, 그를 위해 다행한 일이었다. 1970년대 작곡가 김민기는 「친구」(의 죽음)에서 (죽음의)「아름다운 사람」에 이르는 죽음의 명징한 서정화 과정을 완료했다. 그는 예술적으로 머뭇대지 않았고, 놀랍게도, 그의 무기는 '신의 어린 양'으로서 아동성이었다. 그렇게, 아름다움이 끔찍해지는 대신, 끔찍함의 투명하고 명징한 깊이를 갖게 된다. 그의 노래가 현대적인 까닭이다. 그의 노래'운동' 역시 '희귀한' 걸작을 낳았고, 그 걸작들은 1980년대 죽음을 음악으로 품을, '서정의 모뉴멘탈리티'라고 부를 수 있는 틀을 후배들에게 마련해주게 된다. 모뉴멘탈리티란, 이를테면, 베르디 오페라에 있지만, 더 대중적인 푸치니 오페라에는 없는, 그러나 뭔가 푸치니 오페라가 음악의 육체를 너무 농밀하게 펼칠 때(느끼해질 때) 언뜻 그 풀어짐 혹은 문드러짐을 수습해주는 듯한 '전통의 기억', 혹은 시대적인 아름다움의 뼈대, 혹은, '뼈대'라는 말이 너무 딱딱하게 들린다면, '아름다움=도덕', 혹은 개별의 합보다 더 아름다운 집단의, '아름다움=미래전망' 같은 것이다. 모든 성공한 문화운동은 진보적이면서 아름답고, 대중적 성공을 동반하든 하지 않든, 집단적으로 불리든 불리지 않든 상관없이, 아름다움의 모뉴멘탈리티를 남긴다.

노찾사 음반 1집은 김민기의 기획으로, 그의 모뉴멘탈리티를 물려받으며 태어났다. 1집 수록곡 중「갈 수 없는 고향」(한돌)은 여공의 서정을,「바람 씽씽」(박희준/한동헌)과「산하」(김제섭),「일요일이 다가는 소리」(김기수) 그리고「빼앗긴 들에도 봄은 오는가」(이상화/변규백)는 역사와 일상으로 깊어진 아동의 서정을,「그루터기」는 죽음의 서정을 잇는다. 즉, 1집은 김민기 곁에 있거나 뒤에 있다. 문승현 노래들은, 분명, 암중모색 중이다. 「내 눈길 닿는 곳 어디서나」(김창남), 「기도」(김소월), 「바다여 바다여」(이봉신) 모두 남의 글에 곡을 붙였다는 점도 그렇다. 김민기는 아마추어 작곡가가 아니라 빼어난, 그리고 당대적인 작곡가였다. 「아침이슬」은 흔히 지식인적 결단을 노래한다고 평가되지만, 「아침이슬」 가사는 1971년 '노동법을 준수하라' 외치며 자기 몸에 불을 당긴 후 '내 죽음을 헛되이 말라'는 유언을 남기고 죽은 노동자 전태일의 회상수기 첫 부분과 일맥상통한다. 태양은 마른 대지 위의 무엇이든지 태워버릴 것같이 이글거린다 … 문승현 또한 아마추어가 아니라 빼어난 작곡가였고 그의 암중모색은 김민기 음악미학의 이동성을 운동현장성으로 극복하는 데 있음이 곧 드러난다. 2집 수록곡의 대표 격인 「그날이 오면」은 전태일 추모곡으로 쓰였지만, 김민기 「아침이슬」과 달리 전태일 유서 "나는 돌아가야 한다…. 내 마음의 고향인 저 어린 여공들 곁으로…"에서 시작한다. 그리고 「아침이슬」 서두부처럼 가사가 '그날이 오면' 직전 '정의의 눈물 넘치는 곳'까지 기인 형용절로 시작되지만, 그가 펼쳐내는 것은 순서적인 결단이 아니라 죽음과 돌아감의 음악적 변증법이다. 시간의 흐름인 음악이 눈물의 시간으로 흐르고 넘친다. 그리고 여전히 축적적이면서 눈물의 시간은 '그 아픈 추억도'의 '그 아픈'에서 미래를 적시는 눈물로 도약한다. 이것이야말로 전태일 죽음의 음악적 반영이며, 이 노래가 빠른 시기 보편적인 민주화 운동가

요로, 대중가요의 명곡으로 되어갔던 까닭이다. 「그날이 오면」이 베르디 오페라라면, 문대현 「광야에서」는 푸치니 오페라다. 「그날이 오면」이 결코 스스로 허용하지 않는, 모뉴멘탈리티가 결코 스스로 허용할 수 없는, 그리하여 '그 아픈'으로 절묘하게, 뒤집어 해결했던, 대중에게 편안하게 다가가는 대목을 「광야에서」는 갖고 있다. '해 뜨는'이 바로 그렇다. 훗날 탁월한 서정의 록커로 성장해가는 안치환이 작사 작곡한 「솔아솔아 푸르른 솔아」는 '민중'이란 각진 단어를, 류형수 작사 작곡의 「저 평등의 땅에」는 '노동자'라는 더 각진 단어를 포함하지만, 전자는 '민중'을 서정화하는 데, 후자는 더 나아가 '계급'을 서정화하는 데 성공한다. 이것은, 혁명을 치르지 않은, 혹은 못한 나라, 혁명을 통한 감수성의 변혁을 겪지 못한 나라에서 흔한 일이 아니다. 사실 '민중' 혹은 '노동자'라는 단어를 담은 노래는 흔히 쉽사리 빛이 바래고, 그러므로 일찌감치 김민기는 그런, '선지피'로 통칭되는 단어들을 애초부터 가사로 쓰지 않았고, 문승현도, 이 음반에 실린 「이 산하에」 작곡 경험 이후, 마치 불에 덴 듯 피해온 것이 사실이지만, 이것은 '민중' 혹은 '노동자'라는 단어 내용 그 자체 때문이 아니라, 노래 또한 결국은 반영할 뿐 보고하지 않는다는 점을 잊은, 각진 단어들에 유독 목청을 높여야 한다고 생각하는 '보고하는 노래'들의 유행 때문이다. 그렇게 보자면 '민중'을 슬그머니 포괄해버리는 안치환의 솜씨나, '노동자'를 분명 새로운, 일견 낯설지만, 그보다는 아주 새로운, 그리고 미래전망적인 명징성의 차원으로 음악을 끌어올리는 매개로 삼는 류형수의 기량은, 놀라운 것이다. 「저 평등의 땅에」가 베르디 오페라라면, 같은 음반에 실린 문승현 「사계」가, 춤이되 여전히 음악적 이성의 춤이면서도, 푸치니 오페라처럼 들린다.

시가 원래 노래였던 것은 사실이지만, 이 사실은 사실 노래가 갈 수록, 가사와 선율의 결합을 넘어선 음악의 한 장르로 발전해왔다는 것을 뜻한다. 가사가 노래의 내용이고, 선율이 노래의 형식이라고 생각하는 순간 노래는 모독된다. 거꾸로, 선율이 노래의 내용이고 가사가 형식이라고 해도 사정은 마찬가지다. 가사는 노래라는 음악의 말문일 뿐이고, 가사가 이어가는 이야기는 말문의 연결일 뿐 음악의 이야기가 아니라는 뜻이다. 이것은 노래가 음악이며, 음악이 말과 근본적으로 다르다는, 상식의 차원에서 벌써 그렇다. (랩은 음악을 말의 춤으로 바꾸어버린다.) '시보다 좋은 노래 가사'라는 말이 있지만 선율 기억을 아주 깨끗하게 지울 경우, 훌륭한 노래일수록 더욱, 시로서 살아남을 가사는 거의 없다. 시는 자신의 음악을 가지므로, 좋은 시를 가사로 할 경우 좋은 노래가 나오기도 힘들다. 그리고 물론, 훌륭한 노래는 시의 감동에 달하거나 시의 감동을 능가한다. 노래의 과정은 말문의 이야기를 음악의 이야기로 바꾸어내는 과정이다. 좋은 노래에서 가사와 선율을 따로 떼어내기 불가능한 까닭이다. 그리고, 음악은 보고하는 게 아니라 반영한다. 참혹한 죽음조차 죽음의 아름다운 깊이로 반영한다. 노찾사 2집(의 성공) 이후, 대중과 혹은 현장과 접점이 넓어지면서 가사가 우위를 점하는, 노래가 각진 말을 추켜세울 뿐인, 노래운동의 위기가 온 것은 어쩌면 당연한 일인지 모른다. 아마추어가 있을 수는 있다. 그러나, 운동일수록 더욱, 아마추어리즘이라는 주의는 있을 수 없다. 아마추어로 시작했다면 끊임없이 전문성을 향해 매진할 일이고, 아마추어리즘은 애당초 버릴 일이다. 집단성은 아마추어리즘을 위한 변명이 되지 않는다. 음악은 아름다움의 모뉴멘탈리티로 감동을 주며 그 무언가를 세울 뿐 즉흥적인 선전과 선동에는 끝내 약하다. '집단'과 '현장'은 더욱 드높은 전문성을 요구한다. 셰익스피어 작품 중에서도 특히나 예술적인 독백들은 마당 쪽으로, 무료 관객들이 편한 자세로 널브러져 혹시 소주도 까는, 마당 쪽으로 내뻗은 무대로 나아가면서 발설된 것이다. 브레히트의 걸작 희곡도 대중과 집단, 그리고 현장 속으로 더욱 전문적으로 파고들면서 탄생한 것들이다. 죽음은 일상의 의미를 한없이 깊게 한다. 정치의 죽음, 혹은 정치적 죽음 또한 그렇다. 이것을 가장 잘 알고 있는 것이 바로 음악이며, 모든 훌륭한 음악은 장송곡 혹은 진혼곡이다. 노래 또한 그 지점을 향해 흐른다. '운동'이 '정치'를 뜻하는 한, 노래운동이 일상으로 관심을 돌린단들, 그 일상성은 정치를 머금을밖에 없으며, 정치를 극복한, 정치로써 심화한 일상성의 깊이를 보여주어야 할 일이고, 이것은 아마추어리즘을 용인하기는커녕, 더 수준 높은 전문성을 요구한다. 노래운동이 대중가요에서 배울 것은 바로 그 점이다. 음악과 정치, 음악의 정치성과 일상성, 대중을 겨냥한 (가사 우위) 노가바문화 및 (따라 부르기 편한) 싱어롱문화 창궐(왜냐, 노래운동의 본령은 공연이나 운동 현장에서 끝나지 않는다. 현장은 작곡과 공연의 현장이고, 공연은 계기일 뿐이며, 노래운동의 본령은 공연과 현장 이후 자유시간의 정서적 재조직이다. 그리고 싱어롱문화는 같이 부르는 노래의 질을, 가사 우위로 떨어트린다. 촛불시위에서 불리는 노래가 1980년대 치열한 현장에서 만들어진 노래보다 오히려 천박한 것은 그 때문이다) 등 노래운동의 위기 속에 노찾사 3집은 나왔다. 그리고, 이 음반은, (다행스럽게도 보고하지는 않고) 그 위기를 반영한다. 류형수가 「선언」으로 「저 평등의 땅에」의 노동자적 천진무구성을 민중세상의 전망으로 발전시키고 대중화하는 것을 보는 일은 가슴 벅차지만, 이후 류형수의 작곡 작업은 사실상 중단된다. 「녹두꽃」은 시의 절창을 음악의 절창으로 전화하려면 어느 정도의 전문성이 요구되는가를 보여주는, 그러나 과거의 작품이다. 「청산이 소리쳐 부르거든」은 전형적인 가사 우위다. 「의연한 산하」는 '가슴이 빠개지도록'이 단어의 일상성과 음악의 일상성을 처음부터 혼동한다. 「임을 위한 행진곡」은 명곡이지만, 널리 알려진 노래를 그냥 듣기에는 가창의 새로운 해석이 없으므로, 더욱 낡아 보인다. 「사랑노래」는 노동자의 '일상'을 다룬 역작이고, 새로운 서정의 일단을 보여주지만, 명징하지만, 아직 가사를 따라 늘어진다. 「귀례 이야기」는 귀엽지만, 김민기의 두 가지 특성을 본절과 후렴으로 겹쳤다. 「그리운 마음」과 「일어서는 사람」은 '편함'과 '대중성'을 혼동한다. 그리고 「만화경」

에서 노가바의 흔적을 보지 않기란 힘들다. 1994년 발매된 4집은 노찾사 전문성을 총동원한 것이었다. 세련된 악기 편성과 연주, 그리고 전문적인 가창력이 돋보인다. 노찾사 출신으로 이미 '유명한 솔로 가수'에 달했던 김광석과 안치환, 그리고 권진원, 그리고 일찍부터 미래의 테너로 각광받았던 임정현이 클래식 음색을 보탰다. 「동지를 위하여」는 「광야에서」의 문대현이 「그날이 오면」의 문승현에게 보낸 답가라 할 만하다. 「떠나는 그대를 위하여」는 아주 소중한 운동권 신세대 감성을 짐작게 하기에 족하다. 「백두에서 한라, 한라에서 백두」는 마침내 탄생한 진정한 합창곡이다. 수많은 집단을 감당할 뿐 아니라, 부르는 사람이 많아질수록 노래가, 노래의 전망이 더욱 벅차고 아름답게 느껴지는. 하지만, 그 정도다. 전문성을 모두 동원했지만, 조직하지는 못했다. 「동물의 왕국」은 풍자가 음악의 도를 넘어섰고, 「무소의 뿔처럼 혼자서 가라」는 여성운동이 음악의 도를 넘어섰다. 「노래」는 가사(시)에 끌려 다닌다. 김은희는, 가창력이 역시 운동권 신세대를 짐작게 하지만, 너무 낡은 노래를 골랐다. 전문성의 동원은 안간힘으로 끝나고, 실패한 조직화는 당연히 노찾사 운동 전체의 침체를 불러온다. 당연하다. 그 후 노찾사는 10년 넘게 제대로 된 활동을 펼치지 못했다.

이것은 당연한가? 그렇지 않다. 노찾사 침체가 10년 이상 이어지고, 그런 상태에서 20주년을 맞지만, 당연하지 않다. 4집 발매 즈음 노찾사의 화두는 '끝나지 않은 노래'였다. 그리고 10주년 기념음반

발문은 "잔치는 정말 끝났는가?"로 시작된다. 이 질문은 당연한가? 당연하지 않다. 민주화가 되었느냐 안 되었느냐가 문제가 아니라, 노래는 민주화운동으로 끝나는 것이 아니므로 더욱 그렇다. 그리고, 네거티브한 질문은 노래 혹은 음악이라는 장르에 독이다. 음악은, 시간적이라는 사실 하나만으로도, 앞으로 나아가는 것이다. 앞 세대는 늘 뒷 세대에게 무겁다. 운동의 앞 세대 또한 뒷세대에게 늘 무겁다. 그렇다면, 무거움을 벗어야 하는가? 아니다. 무거움이 스스로 무겁게 느껴지지 않을 때까지, 노래운동은 음악의 길을 따라, 더 가야 하는 것이다. 무거운 짐이 자연스러워질 때 그것은 후대에게 의미의 아름다움이 된다. 운동권 신세대들은 그것을 이어받으며 신세대 현장과 결합한다. 신세대 운동가들은 신세대 현장보다 무겁다. 그러나 다시, 더 가야 하는 것이다. 끝까지, 먼 훗날 후대의 후대가 삶의 아름다움과 죽음의 아름다움을 노래로 상호상승시킬 때까지. 모뉴멘탈리티가, 스스로 모뉴멘탈리티를 능가할 때까지. 1993년, 장시 「러시아에 대한 명상」 3막 '재회' 첫 부분에 나는 이렇게 썼다.

> 핏기 있던 현실은 사라져
> 다시 세상의 혈색이 되었다

운동은 그렇게, 신세대와 결합한다. 그리고 노래는, 이미, 벌써, 아름다운 미래의 '자리'로 들어서야 한다.

부서진
포탄 껍질의
실내악

— 임옥상 미술전 「철기시대 이후를 생각한다」에 부쳐

내게 미술은 공간 속으로 공간을 심화하는, 즉 장르적 한계를 벗어나는 게 아니라 '한계 속으로 극복'하는, 그래서 매력적인 예술 장르다. 물론 모든 예술 장르가 그렇지만 미술은 연극-영화보다 가시적으로, 공간-응축적으로 그렇고 음악이 무엇보다 시간-응축적으로 그렇다. 남한의 1980년대 예술운동을 주도적으로 이끌었던 민중미술은 (전시)공간과 정치적 영향력을 '공히' 최대화하는 동시에 천박화했고, 그러므로 민중운동의 퇴조에 따른 공간과 정치적 영향력의 '경악스러운' 감소를 겪을 수밖에 없었다. 그리고 얼마 동안, 공간이 심화되지만, 동시에 추상-부조리화한다. 임옥상 미술은 '천박화'와 '추상화' 경향 양자에 대한 강력한 '예술적' 저항인 동시에, 당연히, '예술적이므로 정치적'인, 희귀한 경우다. 임옥상의 걸작들은 미술이 '공간 속으로 심화'하는 동시에 세상을 변화시키는 데 가장 먼저 앞장서는, 서야 하는, 가장 광범하고 포괄적이며 근본적인, 그래서 예술적인 장르라는 점을 확인시켜준다. 그렇다. 그의 미술은 극좌 경향에 대한 반동으로 우경화하는 '미술의 질병'을 치유해주는 것이다.

내가 보기에 임옥상 미술은 적절하게 그리고, 당연히, 고통스런 경로를 통해 '철기시대'에 이르렀다. 사회의식 혹은 투쟁은 예술가의 미적 전망을 제한하고 '형식/내용' 균형을 손상시키고 '혁명-유토피아적' 환영을 진부한 미학적 관습으로 복제, 자기 자신의 현실주의를 배반하기 십상이지만 임옥상 미술은, 다르다. 가장 '활동가적' '이면서 또한' 남한의 가장 세련된 장면 중 하나로, 현장과 생짜로 부딪치는 육체의 팽팽한 근육이 어느새 저항 정신과 해학, 그리고 조형미를 원숙하게 조화시킨 당대의 명품으로 전화되어 있는 것이다. 그의 「땅」 시대(「보리밭」 연작)는 여러 겹 갈등의 시대였다. 자연과 문명의, 고향과 전쟁기억의, 불안과 충동의, 사실주의와 모더니즘의, 열망과 경악의, '원(原) 색-형태'와 '형태 우선적인 색'의 갈등. 그리고 그 갈등들은 (화해가 아니라) 죽음-웃음을 폭넓게 감당하는 오페라 부파의 미학으로 완숙해졌다. 그리고, 그렇게, 스테인리스와 고철 작품들에서 그는 더 '예술가적'이다. 그의 「포크와 나이프, 스푼」 스테인리스 작품들은 인간 문명에 대한 '빛나는-토하는' 비판('꽁치')이며 '그리고 또한' '예술=먹는 행위'(「매달린 물고기」)에 대한 철학적 해석이기도 하다.

숱한 생선을 먹어 치운 포크와 나이프, 스푼들을 '소재 혹은 매질'로 한 마리 생선을 형상화한다는 것. 주체와 대상의 역전, 내용과 형식의 역전, 먹는 것과 먹힌 것의 역전, 먹는 문화의 예술화, 즉 예술의 회-초밥화가 아니라 회-초밥의 예술화, 혹은 그 둘 사이 절묘한 균형 혹은 역전. 지느러미를 이루는 나이프, 비늘을 이루는, 숟가락 눈, 그리고 고생대 동물을 연상시키는 포크 이빨…. 이쯤 되면 우리는 미술의 색깔과 형상으로 세계를 '우선' 변혁하려는 예술가 정신의 치열한 내화가 마침내 대중문화, 아니 대중 생활문화, 아니 일상의 영역을 의미심장하게, 근본적으로 파먹어 들어가는 예술 장면에 달하게 된다. 반면, '큰 스푼'과 '포크'는 질적이 아니고 양적이다. 이것은 종이부조 중 「세한도」가 어느 정도 공간을 심화하는 데 반해 9·11 테러를 다룬 「아메리칸 드림 I, II」가 '소재적 표면'에 머무는 것과 같다.

남한 매향리 공군 사격장에 흩어진 미 제국주의 포탄 껍질 고철 조각들로 만든 「아메리카 남근(=포탄 탄두)」 연작들은 물론 미국의 고철 조각으로 미제의 야만과 참상을 드러내지만, 내가 보기에 더 중요한 것은 어떤, 절묘한 '흩어짐의 여백'이다. 남근조각상의 역사는 호모사피엔스 출현 이래 10만 년이 넘는다. 철기시대는 언제? 임옥상의 팔루스들은 인간 형체를 이루는 조각(piece)과 조각(sculpture) 사이 야릇한 공간으로 그 선사의 세월을 머금는다. 그리고 세월의 무게가 심오한 우스꽝스러움을 유발하면서 '반미(反美)'가 자칫 뜻할 수 있는 소재-주제주의를 문명비판의 차원으로, 그리고 역시 인간실존의 부파(Buffa) 미학으로까지 끌어올리는 것이다. 이것은 아프리카의 토속성과 모더니티를 얼버무렸던 피카소와 사뭇 다른 방식이고, 보다 실천적이면서 미학적인 방식이다. 아, 정말 기묘한 15만 년의 응축들. 그 응축이, 녹슨 고철이 발하는 전쟁 자체의 참혹한 헐벗음의 미학 자체를 유구한 희망과 전망력(展亡力)의 형상으로 전화한다. 반면 스테인리스(스푼)와 고철(매향리 잔해물)을 합한 「철의 꿈」 연작은, 과감하지만 과도기적이고 아직 '절충적'에 머물고 있다. 물론 이런 방식으로도 그는 끝내 길을 열 것이지만.

그러나, 이번 전시회의 절정은 포탄 껍질들을 주축으로 만든 식탁, 식탁 의자, 티 테이블, 회의용 탁자와 의자 등 '최신식' 가구들이다. 길게 반쪽 난 공대지 미사일 탄두의 육중한 금속성이 예술가의 손길을 받아 세련되고 미려한 고전적 단아의, 목성(木性)을 발하고 급기야 검고, 검을수록 섹시한 고급 오디오 기기 '껍질'에 달하고(회의용 탁자), 옹근 박격포탄 껍질 4개가 여자의 날씬한 다리보다 앙증맞은 균형을 상단 유리 속으로 내비친다(티 테이블). 그렇다. 공간-응축의 미술이, 놀랍게도 포탄 껍질을 매개로, 시간-응축의 실내악에 달하는 순간이고, 포탄의 자본주의를, 놀랍게도 포탄 껍질을 매개로, 예술의 사회주의로 유인해내는 광경이다. 위 과정을 질적으로 종합한 결과인 이 작품들로 하여 우리는 "총칼을 녹여 보습을 만들자"는 사회주의적 구호의 구호주의를 극복할 수 있다.

가벼운
농담으로서
형상화

— '문학과 정치'를 잊지 않으려 노력하면서

가령, 고형렬 시집 『밤 미시령』에서 '상부'와 '설계'(그리고 '형상', '말')라는 단어가 자아내는 말의 기적. 느닷없는 '가령'도 느닷없지 않고, 엉뚱한 전문 인용도 엉뚱하지 않게 만드는.

고니들의 기다란 가느다란 발이 논둑을 넘어간다
넘어가면서 마른
풀 하나 건들지 않는다

나는 그 발목들만 보다가 그 상부가 문득 궁금했다 과연 나는
그 가느다란 기다란 고니들의 발 위쪽을 상상할 수 있을까

얼마나 기품 있는 모습이 그 위에 있다는 것을

고니 한 식구들이 눈발 속을 걸어가다가 문득 멈추어섰다

고니들의 길고 가느다란 발은 정말 까맣고

윤기나는 나뭇가지 같다

(그들의 다리가 들어올려질 때는 작은 발가락들이 일제

히 오므라졌다

다시 내디딜 땐 그 세 발가락이 활짝 펴졌다)

아 아무것도 들어올리지 않는!

반짝이는

그 사이로 눈발이 영화처럼 날아가고 있었다

그런데 마치 내게는 그들의 집이 저 눈 내리는 하늘 속인

것 같았다

끝없이 눈들이 붐비는 하늘 속

고니들은 눈송이도 건들지 않는다

— 「고니 발을 보다」

1. 풀은, 뼈가 없지. 살뿐이지. 살도 설계뿐이지. 풀은 저
먼 곳으로 가서 흰 뼈가 된다. 나중에 혀와 놀고 젖이 되지.
설계를 버리고 길을 건너 육체의 골짜기를 만나는 거지. 눈
도 만나지. 겨울을 나고 엉뚱한 곳에서 다시 풀이 돼. 풀은,

어머니지 누이지. 풀은 알아 소년을 사랑하고 노년을 사랑
해. 풀은 기다려. 지금도. 풀의 나라에 바람이 가면 풀들은
엎드려주지.

   2. 풀은, 속삭인다, 초설(草舌)!하고. 신경이 없는 간처
럼. 그 풀의 혀, 지나온 날들이 간지럽다. 흙내를 좋아하는
나의 풀. 나의 몸. 섬유질로 혼자 놀고 있지. 자기 손을 가지
고 노는 아기처럼. 잠시 있다 가지. 가버리지. 형상을 만들고
버리고. 풀은 말하지 않아. 해가 져도 추운 아침이 와도 물이
얼어도. 풀은 노래해. 숨어서.

   옛 사랑의 말은 새로운 사랑의 말로 바뀐다.

   —「풀, 풀, 풀」

   시인은 상부와 설계를 형상화하지 않지만(온갖 상부-설계의 형상화
는 필경 '끔찍한 유토피아'를 낳는다), 시인의 말, 즉 시는, 풀의 말 혹은
침묵이 그 자체 형상화인 것과 달리, 형상화할 수 없음을 형상화하
는 식으로 '말'하거나, '시'한다. 위 시의 '상부'와 '설계'를 '정치'와
같은 값으로 친다면, 그 등식은 곧장 '문학과 정치' 연관 논의를 천
박화할 것이다. 문학과 정치는, 유관한 사이라면, 그 유관은 정치적
인가 문학적인가, 정치적 유관과 문학적 유관의 관계는 정치적인가

문학적인가, 그 유관의 유관은 정치적인가 문학적인가. 무관이라면, 정치적으로 무관인가, 문학적 무관인가. '무관한 관계'는 정치적인가 문학적인가…. 이런 자폐 회로는, 문학은 문학적이며 정치는 정치적(일뿐)이라는 너무도 분명한 상식마저 일그러트린다. 정치를 강조하는 쪽뿐 아니라, 문학을 강조하는 쪽에서조차. 하여, 내가 보기에, 거의 돌이킬 수 없게 지리멸렬해진 이 연관 논쟁에서 우선 필요한 것은, 다시 내가 보기에, '가벼운 농담'으로서 형상화에 대한 애기다. 오늘날 대한민국에서 흔히 정치는 '무거움'과, 가벼움은 단순함과 동일시된다. 그런데, 언제부터 그랬을까? 굴러가는 중력의 돌을 보고 인간이 발명, 혹은 발견한 바퀴는 분명 돌보다 더 가벼운 설계였는데, 더 단순했을까? 삶의 온갖 중력 영역을 겪으며 인간이 발명, 혹은 발견한 정치는 분명 삶보다 가벼운 설계였는데, 더 단순했을까? 바퀴는 돌의 우주 진리에 닿지 못하고, 정치는 삶의 생명 진리에 미치지 못한다는 말은 '우주=생명'적으로 소중하지만, '문학과 정치' 연관 논의와는 거의 무관하다. 피의 신약은 중력의 구약보다 가볍지만, 단순할까? 무거운 바퀴는 가벼운 바퀴에 밀리고, 무거운 정치는 가벼운 정치에 밀려났는데, 더 단순했을까? '무거움=낡음'과 '가벼움=단순함'의 등식은 세대교체 격변기마다 창궐하는, 양 세대의 천박화를 가속화하는, 인류 구상-추상 능력 발전사상 가장 빈발하되, 가장 발전하지 않는 현상 중 하나고, 이 등식이 오늘날 이토록 끈질기고 장기적이라는 점은 세대교체기는 물론 매우 위험한 시기라는 반증에 다름 아니다. 노동은 중력보다 가볍고, 복잡하다. 자본은 중력의 노동보다 가볍고, 자본주의는 중력의 현실사회주의보다 가볍고, 더 복잡하다. 자본은 노동뿐 아니라 노동의 상상력조차 자본화한다. 가벼운 자본이 중력의 현실사회주의 정치는 물론 더 가벼운 자유민주주의조차 가벼움으로 능가한다. 이 '가벼운 능가'는 수천만의 고혈을 빨지만, 수천만의 고혈을 닮는 무거움의 논리 혹은 미학으로 이 상황을 극복할 수는 없는 일이다. 자본 자체는 문제가 아니다. 자본 '주의'가 문제고, 그 안에서 문제 해결의 씨앗이 발견된다. 자본주의는 자본주의의 의도(라는 것이 원래 없는 것이지만)대로 흘러가지 않는다. 화폐 출현 이래 생산보다 가벼운 유통이 생산보다 복잡해지면서 더 위력적으로 된 지는 오래되었다. 자본 또한 중력의 지배를 받지만 유통은 받지 않는다. 경박단소 경향도 오래되었다. 경박단소 경향도 중력의 지배를 받지만 인터넷 정보유통 혁명은 중력의 지배를 받지 않는다. 유통보다 가벼운, 아예 중력에 반하는 디자인이 유통을 압도하는 순간, 자본주의는 무거운 것으로 낙착된다. 디자인은 설계이자 상부로 된다. 현실사회주의의 몰락이 결국 자본 '주의'의 몰락을 동반하게 되는 내력이다. 예술은 애당초 중력을 극복하려는 노력이고, 중력에 반하는 노동이다. 예술을 매개로 한 자본의 노동화는 불가능할 것인가? 상부는 하부보다 가볍고, 복잡하다. 그러나 더 가볍고 더 복잡한 것은, 그리고 더 아름다운 것은, 설계다. 예술은 정치적인가? 모든 예술은 '주의'를 형상화하지 않고 인간으로서 설계를 형상화한다. 혹은, 설계는 형상화할 수 없음을 형상화함으로써 더 나은 설계에 기여한다. 설계는 내용이자 형식이며, 모든 진정한 예술은 좌파다. 시인 김경주가, 시집 제목(『나는 이 세상에 없는 계절이다』) 그대로, 우주와 개인의 상실감을 감각-총체적으로 아우를 때에도 그것은 그렇고, 김수영이 '죽음의 음악'을 논했을 때 그것은 물론 그렇고, 제임스 조이스가 영혼을 '형식의 형식'이라 명명했을 때조차 그것은 그렇고, 혁명시인 마야코프스키의 자살이 그렇고, 시와 정치가 무관하다고 주장했으나, 완벽한 세상을 품은 시를 통한 이 세상의 교정을 꿈꾼 셰이머스 히니가 그렇고, "시는, 다른 목소리다. 역사 혹은 안티 역사의 목소리가 아니라, 역사 속에서 언제나 무언가 다른 것을 말하는 목소리다"라고 쓴 옥타비오 파즈가, 그러므로 더욱 그렇다.

生에
놀라는 법과
놀라지 않는 법

—작가 초상 김숨

『서울, 어느 날 소설이 되다』(강, 2009)라는, 오늘의 순수 소
설문학을 문학 지망생 바깥 인구에도 회자케 하는 1960~80
년 출생 여성 소설가 아홉 명의 테마 소설집에 소개된 김숨
약력은 이렇다. 1974년 울산 출생, 1997년 『대전일보』 신춘문예에
단편 「느림에 대하여」가, 1998년 문학동네 신인상에 단편 「중세의
시간」이 각각 당선되며 등단, 소설집 『투견』, 『침대』, 장편소설 『백
치들』, 『철』이 있다. 2006년 대산창작기금 수혜…. 매우 짤막하지
만, 이 문장은, 내가 아는 문단 관행으로 볼 때, 예사롭지 않은 내용
을 담고 있다. 아니, 이 분량으로 이만큼 혁혁한 내용을 담을 수 있
는 이력을 본 기억이 나는 없다. 한마디로, 그(녀)는 스물세 살에 지
방 일간지로 데뷔, 일 년 만에 중앙 문단에 명함을 내밀었고, 단편집
후 장편, 다시 단편집 후 장편 출간 순서를 밟았고, 고루 좋은 평가

를 받았다. 처음의 스물세 살 데뷔는 조금 놀라면 될 일이고, 마지막의 대산창작기금 수혜는 의당 축하하면 될 일이지만, 일 년 만에 중앙 문단 진입은, 보기보다 더 장한 일이고, 단편-장편의 출간 순서 혹은 비중 조절은, 요새야 일부러 장편소설 쓰기를 부추기는 풍토지만, 당시로서는 매우, 무모하다 싶을 정도로 용감한 일이었다. 그가 태어난 1970년대 일간신문 연재소설은 (장편)소설의 무덤이라고까지 불렸고, 『한국일보』에 연재되었던 황석영 『장길산』이 그 오명을 씻어준 유일한 예였다. 김주영 『객주』, 박경리 『토지』는 80년대 사건이다. 그리고 이 세 작품 모두, 장편소설이 아니라, 대하소설이었다. 김숨이 첫 단편소설집 이후 첫 장편을 발표한 것은 장편이 좋은 단편 작가의 무덤 노릇을 하던 일이 너무 잦아 우려가 팽배했을 때였다. 작가와 출판사가 쉽게 대중-상업성 유혹에 빠져들기도 했고, 새로운 단편에 너무 발 빠르게 대처하다가 게을러진 평론가들이 장편은 으레 그러려니 하고 눈여겨보지 않기도 했고, 그 두 측면이 서로 lose-lose game을 벌이는 형국이기도 했고, 의사 민주화 현상을 동반한 '진짜' 대중소설의 천민자본주의 시장 석권에 압도된 처지이기도 했다. 이런 약사를 감안하면, 김숨 소설 문학의, 장편과 단편의 '관계'는 깡다구 혹은, 무념무상 너머 무감의 기적이라 부를 만하다. 그런데도, 아니 그러므로, 그는 아직 스타 작가가 아니다.

김숨의 본명은 김수진이다. 열림원 편집부 직원 김수진을 처음 집에서 만났을 때, 내가 그 얼마 전 썩 좋게 읽은 단편집 『투견』의 작가인 줄을 나는 알지 못했다. 두 번째 만나서도, 아마 세 번째 만나서도 몰랐고, 다른 편집부 사람이, 그런 내가 좀 안쓰러운 나머지 쭈뼛쭈뼛 "아실 줄 알았는데, 아무래도 모르시는 것 같아서" 그런 식으로 귀띔을 해주었을 것이다. 나는 이런 비슷한 경우를 딱 세 번 겪었다.

첫 번째는 소설가 전성태의 경우. 그는 데뷔 전에도 데뷔 후에도 나와 '작가회의' 술자리에서 잘 어울렸지만, 데뷔 전에는 그가 좌우가 아닌 전후 율동의 춤을 썩 잘 추는, 아프가니스탄 계통 이주노동자처럼 잘생긴, 당시 적지 않았던 문화패 일꾼인 줄로만 알았지 문학 지망생인 걸 몰랐고, 데뷔 후에도 그가 데뷔한 걸 몰랐고, 심지어 제법 유명세를 탈 때도 소설가인 걸 몰랐다. 이 경우 나는 겁이 덜컥 나고, 그 앞에서 한없이 공손해진다. 문학 예술가 싹수를 거의 첫눈에 알아봐야 하는 직책을 십 년 이상 지낸 내 눈에 그리 오랫동안 들키지 않았다면 고수가 분명하기 때문이다.

두 번째 경우는 소설가 은희경. 그(녀)가 문학동네 큰상을 받았을 때 수상식에 놀러 오라는 주최 측 초대를 받고 갔는데, 딴일로 바쁘다가 모처럼 문학 '동네'로 놀러간 것에 스스로 취했던지 어쩌다 보니 나 혼자 떠들고 그러다 보니 수상식 자리라는 것도 잊고 거의 파장 무렵에서야 아차 번득 생각이 미쳐 내가 "근데 오늘 상 받은 사람이 누구지?" 그랬더니, 바로 내 옆자리에 앉은 웬 야시한 ('야시시한'이 아니다) 여자 한 분이 "저요" 하면서, 수줍음은 아니고 민망한 일이라는 듯 팔을 반쯤만 올렸더랬다. 이 경우 나는 술이 확 깬 다음,

깬 보람도 없이 혼비백산하고 만다. 더도 덜도 말고 초심 그 자체가 대기만성 아닌가. 그 후 한참을 고심한 끝에 나는 은희경에 대한 호칭을 '은여사'로 정했다('님' 자는 분위기에 따라 붙였다 뗐다 한다).

김숨은, 소설가인지 모르던 와중 나를 첫눈에, 여러 번 여러 겹으로 놀래켰다. 모처럼 대낮에, 술 안 마시고 일 얘기하던 때라, 놀람이 상당히 자세했을 것이다. 우선 그가 너무 앳되어 보여서 나는 너무 놀랐다. 나랑 물경 스무 살 차이. 내가 대학 삼 학년, 데모에 한참 재미 들리던 때 그가 출생했으니, 그것만 해도 부담스러운 만남이었을 터. 그런데 그는 자신의 앳된 나이보다 훨씬 더 앳되어 보였다. 자세히 보니 더 놀라운 것은, 그는 나를 놀래키는 쪽으로 앳되어 보이지 않고, 스스로 놀라는 쪽으로 앳되어 보였다. 더 자세히 보니 더더욱 놀라운 것은 그는 매 순간 생에 놀라는 법을 터득한 듯 보였고, 그게 삽시간에 노련해 보였다. 딱히 묻는 것이 아닌데도, 그는 "네?" 하고 의문부호를 몇 음 높였다가, 내가 물음이 아니라는 걸 강조하기 위해 몇 음 낮춰 같은 얘기를 건네면(흔히, 그렇다구, 그렇더라구로 끝나는 식의) 그는 "네…" 하고 나보다 더 몇 음을 낮춰, 그러나 여전히 나보다 더 선율적으로 답하는 것이었는데, 그게 무슨 겸손한 수긍이 아니라, 얼핏 당장의 내용과도 관계가 없는, 매 순간 생에 대한 놀람과 그 흡족함을 경계 짓는 부호 같았다. 어딘가 뒤늦게 입에 주먹을 대고 쿡쿡대면서(킥킥이 아니다) 그는 그렇지 않아도 작은, 여자치고도, 앳된 얼굴치고도 작은 체구를 흡사 숨기고 싶다는 듯 한없이 위축시켰는데, 위축의 형상은 몰두에 가까웠다. 그렇다. 그는 끊임없이 놀라고, 끊임없이 위축하고, 끊임없이 몰두했다. 근데, 더 놀랄 일이 아직 남아 있었다. 그 후 나는 그를 여러 차례 만나고 일 때문에도 만나고 술 때문에도 만나고 했지만 그는 여전히 나를 똑같은 방식으로, 똑같은 강도로 놀래키는 것이다. 요즘 무슨 싸먹는 랩이라나 맥도널드 인스턴트 간식이라나 그 상표 소리만 들리면 졸다가도 조건반사적으로 눈을 뜨는, 남녀가 번갈아 주인공 노릇을 하는 광고가 있던데 내가 바로 그 짝이다. 아무리 대취한 자리라도 김숨의 그, 네? 네… 부호에 조건반사적으로 잠깐잠깐 술이 깬다. 그런 적은 없지만 혹시나, "술 깨세요" 그렇게 한마디만 하면 그 자리에서는 영영 술이 깰 것 같은데, 아직 그런 적은 없다. 화장실을 가려는데 그가 "가지 마세요" 그래서 화들짝 놀라 집에 갈 생각을 아예 포기한 적은 한 번 있다. 요컨대 나는 생에 놀라는 법을 아는 이 이쁜 아이가 슬금슬금 무서운 것이다.

'몰두'는 김숨 소설의 리얼리즘적 규율과 자연스레 연관된다.『투견』에서 벌써, 그는 여성작가도 아니고, 작가도 아니고 그냥 소설가다. 작가와 친할수록 독자인 내가 객관성을 잃는 까닭이든, 아니면 여성 혹은 남성작가가 서두부를 사소설적으로 끌어가는 까닭이든, 소설 화자의 성(性)을 작가의 그것과 어영부영 동일시하다가 소설이 한참 진행된 후에야 어, 주인공이 여자(혹은 남자)였단 말야? 그렇게 반은 자신을, 반은 작가를 책망하는 경우가 김숨 작품에는 처음부터 없다. 정말 너무 몰두하는 게 아닌가 싶을 정도로. (그 방면의 선배로 천운영 소설집『바늘』정도를 들 수 있을 것이다.)

'놀람'은 좀 복잡하다. 김숨의 생활은 생에 놀라는 법을 구사하지만 김숨의 소설은 생에 놀라지 않는 법을 구사한다. 내가 보기에, 김숨은 생에 놀라지 않는 법으로(서 혹은 써) 소설을 쓰기 위해, 생에 놀라는 법으로(서 혹은 써) 생활을 산다. 이 점에서 김숨은 카프카의 대척점에 있다. 카프카의 생활은 생에 대한 놀람이 없는 너무도 평범한 것이었고 카프카의 소설은 생에 경악하는 법이었다. 경악은, 놀람에 대한 놀람 아닌가.

김숨 소설은, 누가 보더라도, 갈수록 당차지고 있다. 그리고, 내가 보기에, 이 당참의 근거는, 명색 시인인 내가 쓰면 오해받기 십상인 단어지만, '시적인 것', 더 정확히는 '명사=형용사'로서 '시적'이다. '시적'이란 무엇인가? 문학을 비롯한 온갖 예술의 이상형이 음악이라는 말이 팽배해 있지만, 여기서 음악이 결국은 음악예술을 뜻하는 것이라면 하나 마나 한 소리인 면도 없지 않다. 그보다는, 상투적인 일기 부스러기를 시로 승화하는 것 못지않게, 허접스런 이야기를 문학예술로, 소음을 음악예술로, 쓸데없는 소동을 연극예술로, 우둘투둘한 색의 혼돈을 미술로 승화시키는 계기가 바로 '시적' 아닐까, 그 말이 못마땅하다면 보다 더 적절한 용어를 찾아보더라도, 예술의 이상보다는 예술을 예술로 만드는 계기에 좀 더 관심을 기울여야 하는 것 아닐까 하는 생각과 연관된, 그런 '시적'이다. 내가 보기에, 김숨이 바로 그 '시적'에 대해 자신을 가졌고, 충분히 자신을 가질 만했던, 그리고 문학사적으로 꽤나 중요했던 첫 성과가 장편 『백치들』이었다. 이 작품은 아버지를 비롯한 무력한 중동 근로자 세대 백치들에 대한 추도사가 결코 아니다.

카프카 소설 『변신』의 그레고르 잠자는 커다란 벌레로 변하여 가족들한테 철저히 소외당하고 껍질이 으깨지지만 자신을 고통스럽게 하는 체제가 무엇인지 분명치 않았던 바로 그만큼 희망이 있었고, 바로 그만큼 물적이고, 대단히 물적이다. 그의 비명은 서정적이고 짧은 비명이다. 사무엘 베케트 연극 「고도를 기다리며」는 고도가 누구인지 끝내 알려주지 않고 고도가 끝내 오지 않지만 바로 그렇기 때문에 희망이 있고, 공허는 희망만큼 구체적이고, 대단히 구체적이다. 주인공들의 비명은 서사적이고 짧은 비명이다.

그러나 김숨은, 우리는 더 멀리 더 길게 왔다. 카프카의 『성』이 자본주의를 가리키는 것이든 아니든, 카프카는, 『성』의 주인공은, 그 성에 들어가지 못하는 만큼 의문과 희망이 있었다. 하지만 우리가 반대하는 것이 자본주의든 아니든, 우리는 카프카의 성 안으로 들어왔고 성 안을 겪었고 여전히 겪고 있고 앞으로도 겪을 것을 분명히 알기 때문에 바로 그만큼 절망적이고, 어떤 희망을 내세운들 지금은 그 자체로 물적이고 구체적일 수가 없다. 그리고, 바로 그 희망의 물적 구체성을 위해 김숨 『백치들』의 '시적'은 생겨난다. 꿈과 현실의 경계가 '시적'으로, 애매화하기는커녕 서정화한다. 1960~70년대의 열광이 '유튜브' 교환 영상으로 결국 남을밖에 없듯, 이 세상은 시적인 비유로만 남을밖에 없을지 모르고, 다가올 세상은 더욱 그럴밖에 없을지 모른다. 전어 굽는 아버지는 전어 굽는 아버지의 비유로 남을밖에 없고(「모일, 저녁」, 『창작과 비평』 2008년 여름호), 갈수록 더 위태롭게, 욕조 속 자라가 정확히 몇 마리인지는 알 수 없고, 중요하지도 않다.(「내 비밀스런 이웃들」, 『서울, 어느 날 소설이 되다』)

『철』은 자본주의에 대한 후일담도, 경험담도, 비판도 아니다. 거대한 공장을 다루지만 이 작품에서 자본주의 분석이나 역사는 김숨의 관심사항이 아니다. 『철』의 세계는 보다 더 분명하게, 혹은 보다 더 의욕적으로 『성』의 내부다. 그것은 바깥보다 더 운명적이고 오래되고 저주받은, 들어왔으므로 출구가 없는 내부다. 『철』의 문학은 거대한 철선이라는 '생계수단이자 저주'를 생의, 혹은 죽음의 '시적'으로 어떻게든 완화하려는 필사적인 노력이고, '시적'인 희망의 실낱으로 직조한 간절하고 장엄한 광경이다. 카프카 이래 문학적(으로 끔찍한) 아름다움의 추구를 반동으로 매도하려는 모든 시도는 천박화 운명을 벗지 못했다. 김숨 장편 『철』은 그 운명과 카프카 미학을 동시에 극복하려는 의욕 혹은 야망으로 가득 차 있다. 그것을 '거대한 시적'이라고 부르면 안 되는 이유를 나는 아직 모른다. 그것을 미학의 '생애적'이라 부르면 안 되는 이유 또한 나는 아직 모른다. 이 소설 첫 대목을 읽으며 이야기가 낯설고 반복이 낯설고, 특히 내가 예민하게 싫어하는 ('~고' 대신) '~며'의 거의 의도적인 반복 사용이 낯설었지만, 낯섦은 곧 그 '거대한 시적'의 뼈대 속으로 자연스럽게 녹아들었다. 그리고 어떤 틀 반복은 지겹기는커녕 이 소설을 실제 분량보다 두세 배 규모의 비중으로 느껴지게 만드는 마술을 발휘한다. 나는 빠져들었다. 이것이야말로 완벽한, '생에 놀라지 않는 법' 아니겠는가.

김숨을 안 지 삼 년째다. 김숨 소설을 나오는 대로 읽으면서 십 년 이상 알아온 듯한 착각도 왔지만 그 틈새틈새 김숨은 만날 때마다 꾸준히 같은 방식으로 새롭게 나를 놀래켰다. 그러다가, 나를 놀래키는 데 혹시 재미가 들었는지, 정말 아연실색게 한 적이 있다. 물경 일박 이일로. 술 한잔하자고 했더니 의외로 흔쾌히, 저녁 아홉 시 넘어 시간이 되겠단다. 일곱 시 넘어 한 전화였으니 뭐 먹다보면 그쯤 못 기다리겠나 싶었는데 웬걸, 그날따라 동석자들이 비실비실 빠져나가고, 나 혼자 남아 새벽 한 시 넘어까지 기다렸는데 안 오는 거다. 그게 문제가 아니라 연락도 없고, 그게 문제가 아니라, 갈수록 걱정이 되어 급기야 십 분마다 핸드폰을 하는데도 연락조차 안 오고, 도무지 도리가 없고, 무지근한 걱정을 술기운으로 대충 얼버무릴 즈음이 되어서야 집으로 왔지만 잠도 불안–불편하고 아침 너무 일찍은 아무래도 좀 그렇고, 아홉 시에 전화했는데 안 받고 열 시 지나서야 받는데, 난 걱정 끝에 반가워 눈물이 날 지경이건만, 이 아이 대답이 너무 말짱하다. 왜, 핸드폰도 안 받았냐? 예, 핸드폰이 꺼졌더라고요… 어쨌거나 연락을 줘야지 걱정했잖느냐? 죄송해요, 일

끝나고 그냥 집으로 왔어요… 그러고 끝이다. 그러고 나니, 정작 내가 할 말이 없다. 그때 난 세대차를 참으로 뼈저리게 느꼈으나, 그녀에 대해 놀라는 게 이미 기분 좋은 습관이 되었던 덕분에, 얼마 안 되어 그 세대차가 오히려 고마워졌다. 그래야지. 너희 세대는 보다 더 중요한 걸 걱정해야지. 안 오면 안 오는가부다, 하는 게 너희 세대한테 맞고, 그게 소위 쿨하고 좋은 거지. 세상이 험한 건 사실이지만, 우리 세대 특히 나처럼 쓸데없이 징역 산 사람은 걱정이 너무 비겁하고 조잡하단 말이지… 그래도, 그러므로, 걱정은 내 팔자고, 쿨한 건 그의 복이다. 그런데, 며칠 전에는, 그날도 꽤 늦었는데, 바래다주려는 택시 길을 기어이 우리 집 방향으로 꺾더니 오히려 날 내려주고 그가 갔다. 애잔해라.

그의 「내 비밀스런 이웃들」에는 "구할 수 있는 직장이란 대형마트 시간제 계산원 일밖에 없는" 기혼에 마흔두 살의 '나', 맥주 마시고 TV를 뚫어져라 바라보며 "오늘밤 그들(부당하게 해고된 노동자들)은 그곳으로 갈 거라더군" 그 말을 매일 중얼거리는 것 말고는 하는 일이 별로 없는 '나'의 남편, "조심해, 조심하라고!" 외치며 이유 없이 윽박지르는 주인집 할머니, "뇌수술을 세 번이나 받더니 이렇게 되었"다는 그 할머니의 바보 아들, 주문한 튀긴 닭을 가로채는 302호 여자가 있고, 나의 부모님 집에는 늘 주무시는 아버지가 있고, "주무시는 게 차라리 더 낫다"며 아버지를 깨워주지 않는 어머니가 있다. '나'가 한 번도 본적이 없는, 이사를 나가는 101호 사람들이 있고, 그들이 버리고 갔을 성싶은 자라들이 있고, '나'가 마련해야할 오른 전세 값 천만 원이 있다. 그리고, 그렇다. '생에 놀라는 법'과 '생에 놀라지 않는 법'이 절묘하게 겹쳐 있다. 자정 넘어도 남편이 돌아오지 않고, "나는 문득, 남편이 어쩌면 오늘밤 그들과 함께 그곳에 갔을지도 모른다는 생각이 들"지만, "그들이 어떤 자들인지, 그리고 그곳이 어디인지 모르"고, 번데기 통조림을 네 개째 따먹고, 새벽 두 시 지나 머리가 "며칠 전보다 더 부풀어오른 듯 보"이는 주인할머니 아들의 방문을 받고, 그에게 "번데기 통조림을 한 통 먹인 뒤, 욕실로 데리고" 가서 "남자와 함께 욕조 속 자라 수를 세기 시작"하는 "한 마리, 두 마리, 세 마리, 네 마리, 다섯 마리…"에서 「내 비밀스런 이웃들」은 끝난다. 놀라워라.

2부

삶의
방법론으로서
절망

—최민 시집 『어느 날 꿈에』 해설

문화예술운동, 특히 미술운동을 한 사람이 최민을 모르기는 힘들 것이다. 그의 미술평론은 1980년대 민중미술운동을 맨 앞에서 이끌었지만 요란하기는커녕 너무도 단아해서 폭발적이고, 민중미술이 좀 더 드높은 예술로 되는 어떤 품격을 제공한다. 번역으로 먹고살면서도 최민이라는 이름을 들어본 적이 없다면 프로이기 힘들다. 그의 곰브리치 『서양미술사』 번역은, 치밀함과 게으름이 어언 합작, 출판사(열화당) 사장(이기웅)을 부처님으로 만들 만큼 오랜 시간을 끌었지만, 그보다 더 오래, 아니 출간된 후 거의 30년이 지나는 동안 내내 번역의 걸작으로, 스테디셀러로 명성을 누렸다. 그리고, 아주 어린 세대라도, 영화를 단순한 오락이 아니라 예술이라고 생각하는 사람이라면, 최민을 모르기가 또한 힘들다. 그는 한국예술종합학교 영상원장과 전주영화제 조직위원장을 지내면서,

영화가 예술로 되는 지점을 벗어난 적이 없다. 그러나 그가 시인이라는 사실을 아는 사람은 많지 않다. 아니, 그 자신도, 한참 동안 스스로 시인이라는 것을, 의식적으로든 무의식적으로든 까먹고 있었을 법하다. 오랜 프랑스 유학 기간 중에도, 자유실천문인협의회(민족문학작가회의 전신) 회비를 인편에 보내주기는 했지만, 그건 시인이란 자각과는 무관한 배려였다.

그리고, 적어도 나한테는, 그를 직접 만나기 전은 물론, 그를 만나 온 4반세기 동안 내내, 그가 시인이라는 점이 가장 중요했다. 대학생 때 읽은 그의 시집 『상실』은 실핏줄보다 섬세한 불안의 모더니티와 민중성 직전의 바닥 정서가 절묘하게 어우러진 세계를 펼쳐 보이고 있거니와, 1980년대 소위 민중시들이 민중성 '때문에' 오히려 '불안의 모더니티'를 잃는 상황 속에서 최민 시집 『상실』은, 비어 있으므로 더욱(『상실』은 곧 불온서적으로 분류되었고 도서목록에서 사라졌다. 『상실』을 상실 당한 상처 때문에 최민이 오랫동안 시를 쓰지 않았을 거라는 추측은 정당하다) '없음'을 선명하게 드러내는 전범 노릇을 해주었던 것이다. 가령, '농촌'을 소재로 한 시이므로 더욱, 「추수」 같은 시. 전문이다.

농사꾼의 밤은 아직 숫처녀다
가을마다 알알이 땀밴 낱알들이 번들거리는
정미기에 정신없이 빨려들어가서 가마니로

신작로 저편으로 트럭에 실려 훌쩍 사라져도
그는 그의 밭을 전혀 헤쳐보지 않는다

꿈속에까지 그의 노동은 천하다
천하다고 생각되기에 폭양 아래서 아직 천하다
며칠 만에 한여름의 기원을 모두 거둬들이고
올 겨울의 시름까지 한꺼번에 수확한다

보리싹의 푸른 칼날들을 그는 잊어버린다
가뭄 아래 돼지대가리도 다 잊어버린다
무덤들 기억해낸다
썩어버린 조상 앞에 넙죽 엎드린다
일년 내내 배곯아온 아이들도 따라 엎드린다

누군가 그의 밭을 파헤쳐 뒤집어라
수백년 썩어온 무덤들을 쳐서 뭉개버리고
뼛속 깊이 잠자는 피의 쟁깃날들을 끄집어내라
농사꾼의 밭은 아직 숫처녀다
누군가 그의 밭을 들쳐엎고 달아나라

그러므로, 그런 그가, 비록 30년 만이지만, "내 방에 들어서면 두

렵다"(「방에 들어서면 두렵다」)고 할 때, 연이어 "사는 동네가 사는 동네 같지 않다 / 사는 나라가 사는 나라 같지 않다 / 사는 시대가 사는 시대 같지 않다"(「현기증」)고 할 때, 우린 아연 두 겹으로 긴장하지 않을 수 없고, 긴장은 다시 "내 몸이 그저 / 아픔으로 이어진 뼈 조각들이라면"(「먼지처럼」)에서 더욱 위태해지고, 그 다음, 벌써, 전혀 낯선, '낯섦의 명품'과 마주치게 되는데, 이때 우리는 정말 천둥벌거숭이와 다를 바가 없다.

> 거대한 우주선 군단이
> 하늘을 낮게 지나가듯
> 구름떼가 일제히 이동하다
> 대책 없는 사물들 죄다
> 비명 지르고 빛을 잃다
>
> 네 말처럼
> 이 세상은 죄가 없다
> 천둥벌거숭이 하나
> 두 팔 벌리고
> 사방 뛰어다닌다
>
> ─「어떤 날」 전문

첫 3행은 「인디펜던스 데이」 같은 외계인 재앙영화류 도입부를 연상시키지만, 이어지는 2행은 그것을 전혀 차원이 다른 '존재의 절망'으로 뒤바꾸고, 이 느닷없음의 드라마가 "네 말처럼 / 이 세상은 죄가 없다"를 다시 느닷없이 입으면서 우리는 현대화한, 보들레르를 거친 리어왕의 절규를 대책 없이 가슴에 떠안게 된다. 여기까지 단 7행. 이렇게 빠른 비극적 승화가 어떻게 가능했을까? '네 말처럼'이 언뜻 암시하는 서정적 대상의 애매모호함, 그리고 '이 세상은 죄가 없다'의 도덕적 애매모호함 때문이다. 이 애매모호함은 나머지 3행에서 우리를 미처 울기도 전에, '울음의 감옥' 속에 가두고 만다. 그리고 울지 못한 채 울음의 감옥에 갇힌 우리는 '울음=감옥'을 슬퍼할 뿐 울 수가 없다. 최민의 절망은 희망의 방법론이 아니라 삶의 방법론이다. 아니, 죽음만 살아 있다.

> 고개 돌릴 수 없다
> 백미러 속에
> 뇌가 없는 얼굴처럼
> 죽음이 뒷좌석에 앉아
> 두 눈을 뜨고
>
> ─「變容」 전문

절망이 깊을수록 희망이 커진다는 위안도, 보이지 않을수록 선명하다는 강변도 없다. 절망은 일방적이며, 스스로 심화할 뿐이다. 그는 혹시 그가 공유했던 모든 희망들이 너무 얄팍했다는 것을, 알아버렸다는 뜻일까? 그러나, 이 질문 또한, 벌써, 너무 얄팍하게 들리고, 그는 대답이 없거나, 대답은 늘 눌변이다. "그러나 내가 좋아하는 건 모두 / 흐리멍덩한 것들뿐 / 탁한 물 속의 빛 / 신기루 또는 한낮의 안개"(「어느 날 꿈에」 3연).

이런 '삶=절망'의 방법론이 '시니컬' 혹은 자학을 동반하지 않기는 힘들다. 그리고 '시니컬' 혹은 자학이 그 자체로 좋은 시에 달하기 또한 힘들다. 시니컬과 자학은 얼핏 상처와 가까워 보이지만 사실은 남을 향해 그리고 자신을 향해 공격적이며, 정말 단단한 절망과는 정반대인 경우가 많다. 이 시집에도 시에 밑도는 시니컬과 자학이 없지 않다. 가령, 「별안간」, 「간판」 같은 시가 온전히 그렇다. 그러나 「이민」의 맨 마지막 연, "시체와 시체의 틈바구니에 끼어 / 여권을 들고 / 바보는 웃고 / 국경과 국경의 틈바구니에 서서"는 시니컬이 얹힌 절망의 무게가 비극과 희극의 경계마저 허문다. 블랙코미디? 아니다. 너무도 딴딴한 코미디의 절망이다. 그리고, 연이은 「우울」의 첫 두 행, "검은 회사와 검은 사회 사이 / 불온한 저녁과 불안한 저녁 사이"는 말장난이 아니라 절망의 작란이며, 마지막 두 행 "시꺼먼 자궁 속 빨간 인형들 / 춤추는 아이들"은 말 그대로 절망의 무용이다.

이쯤에서 그는 매우 안정된, 그리고 모처럼 편안하고 느긋한, 그러나 여전히 실핏줄이 번져가는 모습을 닮은 시 두 편, 「붉은 약속」
과 「빤한 법칙」을 거울처럼 마주 보게 배치하고 있는데, 숨을 고르려
는 것보다는, 이 시집 전체에 어떤 고전적 질서를 부여하려는 것처
럼 보인다. 「붉은 약속」은 "파란색의 넓이가 / 동그라미로 차츰 퍼져
나가는 것처럼 / 붉은색의 정의는 우선 사각형이다 / 깊이 파고들수
록 작아지는 / 사각형들 / 예를 들면"이, 「빤한 법칙」은 "측은함이
점점 / 큰 파문으로 퍼져 가는 것과 반대로 / 사랑의 핵심은 우선 인
색함이다 / 파면 팔수록 좁아지는 / 어두운 우물 / 예를 들어"가 첫
연이며, 이어지는 행들도 서로 호흡이 아주 비슷하며 마지막 3행은
각각 "빈말이라 하더라도 / 붉은색은 원래 / 사각형이기 때문에"와
"허망한 일이지만 / 사랑은 원래 폭동이기 때문에"다. 최민의 이력
답게 미술적 직관에 사랑의 '약속과 법칙'을 새긴 이 시에서 절망은
더없이 정교하다. 그런데 왜 이런 고전적 질서가 필요했을까? 절망
은 형식적 완성미를 통해서만 희망의 빛을 뿜는다. 그것이야말로 민
주주의가 대중화를 대중화가 천박화를 동반하지 않을 수 없는 현실
세상을 바라보는 예술(세상)의 절망이고 예술적 절망이며 예술의 절
망적 방법론이다. 이것은 허망한가? 아니다. 이 고전적 질서를 바탕
으로 「시인」의 1연과 3연은 시니컬이 더욱 자유분방해졌고 그 사이
2연은 더욱 도드라지는 죽음의 명패인 채로 절망이 희망과 제일 가
깝다. 동전의 양면이기 때문이다.

다 끝난 들판에
판결문처럼 내려앉은
까마귀가
천상병이다.

—「시인」 부분

　하여, 「수다」는 「뻔한 약속」과 「뻔한 법칙」이 살을 섞는 사랑의 절
망 연습이지만, 희망 연습보다 깊고 간절하다. 「이야기처럼」은 '혼이
빠져나간 남자'와 '빨간 꽃일 뿐인 여자'의 자살 이야기지만, 삶 이야
기보다 깊고 간절하다. 「플랫폼」과 「역광」은 흑백의 대칭이자 대비지
만, 총천연색보다 깊고 간절하다. 그리고 바야흐로, 「희망」은 '병신
꿈'이지만, '헛된 약속'이자 '거짓말'일수록, 어지러울수록 찬란하다.

잎사귀들이 이웃 잎사귀들과 교섭하고
가지들은 헛된 약속으로 얽혀
나무 한 그루가 벼랑 위에 탄생하다

그렇게 나무 전체가 거짓말이다
그 그늘에서 미친 아이는 편히 잔다
발 아래 파란 구멍이 뚫려 있고

—「희망」 마지막 두 연

무엇이 더 남았는가? 죽음이 없다면 삶이 간절할 리 또한 없다는 것은 상식이지만, 그 죽음과 삶의 광경을 우리가 직접 본 적은 아주 드물다. 그런데, 그러니, 보라. 말짱한 삶보다 훨씬 따스한 '죽음= 삶'의 광경을.

> 병약한 아내와 딸이
> 웃는 얼굴로
> 밤하늘 별자리에 높이
> 떠 있다
>
> 두 팔로
> 껴안아
> 내리고 싶지만 그냥
> 바라본다
>
> —「큰 별자리」 전문

마지막은 그가 최근에 겪은 뇌경색 경험을 다룬 시들인데, 시인 은 마치 뇌경색을 치료하는 죽음의 의사 같다. 하긴, 죽어서는 물론, 살아 있는 동안도 삶을 치료하는 것은 죽음인지 모른다. 그리고 죽 음의 의사가 가르쳐주는 '말들'은, 말의 맨 처음처럼, 성스럽고 성스 럽다. "빛이 생겨라! 하니 빛이 생겼다"는 목적성보다 더욱. "뇌경색으로 / 칠판 위 글씨가 지워지듯 / 오른쪽 뇌가 날아가버리고 / (중략) / 의사는 왼쪽을 조심하란다 / 아무것도 없는 것 같아도 무언가 있을 수 있으니까 / 왼쪽에 벽 / 왼쪽에 기둥 / 왼쪽에 탁자"(「반쪽 세상」). "그냥 돌 / 저건 집이에요 그냥 집 / 저건 구름이에요 그냥 구름 / 구름"(「언어 연습」 마지막 연). 최민은 단순히 30년 만에 재출발하고 있는 것이 아니다. 그의 시는 '침묵 30년'의 깊이로 시작한다. 이 시집에서, 말 그대로, '침묵은 금이고 죽음은 황금빛이다'.

악몽에서
벗어나는 법

—김명수 장시 『수자리의 노래』 해설

내가 꾸는 악몽은 그 옛날의 입시지옥과 징역살이, 그리고 강제징집 군 생활을 반영한다. 이른바 '1류 대학'엘 입학했고, '개천에서 용 났다'는 소리 직전까지는 들었으니 '입시지옥'이 꽤나 뿌듯한 극기훈련으로 느껴질 수 있겠고, 데모하다 산 징역이었으니 민주화운동의 훈장까지야 안 되더라도 또한 모종의 땀내 나는 보람이 묻어날 만도 하겠고, 사내들끼리의 국토방위 합숙 훈련 및 전쟁 5분조 대기였으므로 병역이 용기나 의리, 혹은 전우애 등을 떠올리기도 하겠건만, 맨 정신 때, 내가 나의 무의미를 의미로 가까스로 이론적으로든 미학적으로든 추스릴 때나 혹시 모를까, 꿈은 도무지 악몽뿐이다. 그리고, 이런 악몽들은, 화끈한 경악과 공포의 악몽이 아니라 지지부진한 일상의 악몽이므로 꿈과 깸 사이 구분을 끈적끈적한 '불쾌와 불편'으로, 이빨이 몽땅 빠진 잇몸과 잇몸

의, 물컹할수록 흐리멍덩한 마찰로 무너트린다. 셋 중에, 꿈속에서
도 가장 구체적으로 질척대는 것이 병역 악몽이다. 아니 '내가 왜
또 군복무를 해야 되는 거지?'에서, '내가 옛날에 제대를 한 게 맞긴
맞나?'로, 다시 '그래. 군복무를 마쳤다는 내 기억이 좀 아슴푸레하
기는 하군', 그런, 체념에 이르는 지난한 과정을 고스란히 겪어야
하기 때문이다. 입시지옥은 1년, 징역은 2년, 군대는 '그 후 3년'이
었으므로 그럴 수도 있고, 입시지옥은 어쨌거나 자유로운 사회의
품 안에서, 징역은 분명한 단절의 감옥 속에서 진행된 사건인 반면,
군복무는 사회와 접점(휴가나 외박이나, 편지나 전화나 뭐 그런 거)을
가졌으면서도 공동 규칙생활이 징역보다 더 강압적이었으므로 그
럴 게다.

　김명수의 (사회비판 혹은 풍자가 아니라) 악몽은, 이제까지, 무엇보
다 유년시절 전쟁(6·25) 경험이 그 근간이었다.

　　　　달 그늘에 잠긴

　　　　비인 마을의 잠

　　　　사나이 하나가 지나갔다

　　　　곱게 물들어

　　　　발자국 성큼

　　　　성큼

남겨 놓은 채

개는 다시 짖지 않았다
목이 쉬어 짖어대던
외로운 개

그 뒤로 누님은
말이 없었다

달이
커다랗게
불끈 솟은 달이

슬슬 마을을 가려주던 저녁

　　　　　　　　　　— 김명수 「월식(月蝕)」 전문

　　모종의 '빨치산 경험'을 다룬 이 시는 자연 생으로 4년 밑이지만
시인으로 동년배인, 절제와 단아, 의 품격을 갖춘 시 미학의 소유자
이시영 바로 그 시인한테 '절제−단아미의 극치'라는 찬탄을 불러일
으켰을 정도로, 그 방면에서 이미 고전의 반열에 오른 명품이다. '절
제−단아미'는 심지어 가락조차, 시의 흐름 혹은 시간조차 공간화,

응축하고, 우리는 남자든 여자든, 전쟁(의 기억)이야말로 모종의 처녀성을 빼앗기는 경험과 같음을 아주 미묘하게, 그러나 미묘한 만큼 예리하게, 아프게 감각하게 된다. 60년 전 해방둥이로 태어나 40년 전 군복무를 경험한, '절제-단아미'의 완벽 그 자체를 추구하던 시인 김명수가(그것은 단정하고 깨끗한 실생활뿐 아니라, 만해문학상 수상 연설을 '할 말이 없어서' 한마디로 얼버무렸던 그의 '시=생활'적 말 아낌에서도 그렇다. 그가 눌변이라는 얘기는 물론 아니고) 바로 그 40년 전 군복무 '시작 노트'를 가다듬어 40년 만에 이토록 기나긴 장시 『수자리의 노래』로 펴내는 뜻은, 까닭은, 즉 그를 추동한 악몽은, 지지부진하지 않고, 40년 만에, 아니 40년에도 불구하고 대체로 현장적이며 고발적이고 비극적인데, 아마도, 다시 내가 보기에, 6·25 전쟁의 엄청난 중력(54년생인 내게는 이것이 없다)과 연관이 있다.

> 언제나 엄전하고 언제나 분별 깊은
> 아, 고향마을 사람들
> 다정한 그 모습들…
> 그러나 이 밤도 저 무기고 뒷산 아카시아 숲에
> 깊은 밤 피 토하며 소쩍새 우니
> 이 밤 또한 기억나리, 다섯 살 적 전쟁기억
> 낙동강 가로질러 귀청을 찢으며
> 시뻘건 총알들은 우박처럼 쏟아지고

보리밭 불바다, B 29, 흑인병사

쌕쌕이, 호주기, 기관단총, 함포 소리

귀 떨어진 샘재댁, 다리 잘린 예안양반

용바우, 갑바우, 피 터지고, 팔 떨어지고

그로부터 17년 후 세월이 흘러

나는 이 땅의 병사가 되어

— 「불침번의 밤」 중

　그러나 바로 그렇게, 『수자리의 노래』에는, "기가 막힌 성적(性
的)인 학대(虐待)"를 고발한 「내무반 내무생활」 경험 기록 도처 도
처에, 「월식」 '이전과 이후'가 있다.

냇가에 가서 보았네

흐르는 물줄기에

때 절은 모포와 군복을 빨아 헹궈

강바닥 자갈 위에 널어 말린 뒤

무심코 들춘 축축한 강돌 아래

장구벌레 같은 물벌레 한 마리를

강변엔 햇살도 내려 쪼이고

황학산 산줄기엔 흰 구름도 뭉게뭉게 떠 있는데

강바닥 축축한 강돌 아래

재빨리 꼬물꼬물 몸을 숨기는

장구벌레 같은 물벌레 한 마리를

—「여름일기」 중

이것은, 개인으로서는 감당할 수 없는 경험을 하나의 풍경화로 전화하면서 아픔을 '세월의 은빛' 혹은 달빛으로 새기는 「월식」 이전으로, 『수자리의 노래』가 '과작의 대시인' 김명수의 탄생 과정을 보여주는 좋은 현장일 수 있음을 보여주기에 족하다. 그리고, 그러나, 「하기식」은, 다르다. '전쟁적'이 아니라, 온전히 '군대적'이고, '일상적'이다.

부동자세의 시간이다

펄럭이는 깃발이 지상으로 떠오른 뒤

펄럭이는 깃발이 지상으로 내려온다

거대한 깃발이 하늘을 뒤덮는다

거대한 깃발이 내 얼굴을 뒤덮는다.

나는 오래오래

서녘 하늘을 바라본다

핏빛 어리는 서녘 하늘

새 한 마리 날아간다

코스모스가 울고 있다

그곳은 바람도 불지 않고

그곳은 비도 내리지 않는 곳

—「하기식」 중

그렇게 일상화한 파시즘이, 절망의 극서정과 충돌, 풍경을 이룬
다. 조금 더 읽어보자.

꽃도 피지 않고

풀잎도 돋아나지 않는 곳

달의 그림자도 어리지 않고

새소리도 들리지 않는 곳

이 세상에는 있는 것

그곳에는 하나도 없고

오직 하얗고 적막만 깔린 곳

그리움의 밀물도

슬픔의 썰물도 지지 않는 곳

사람들은 그곳이 어디인지 모르고

우리는 그곳으로 가고 있다

말없이 묵묵히 사슬에 묶여

첫사랑의 그녀는 결혼식을 올린단다

아우가 소리친다

내 피는 흘러간다

네 피도 흘러간다

(중략)

　그렇다. '달의 그림자'('월식' !)도 보이지 않는다. 악몽은 여기서 끝나는가? 아니다. 그의 제대는 무기 연기된다. 1968년 1월 21일 밤 '북한 괴뢰 무장 공비'들이 남침, 청와대를 노리고, 그 이틀 뒤 "북한 원산항 공해 상에서 / 미 해군 정보수집함 푸에블로호가 / 북한에 대해 간첩 행위를 했다하여 / 북한 초계정 4척과 미그기 2대의 위협을 받고 / 북한으로 납치되는 사건" 때문이었다. 아무리 시인 자신이 당시 심정을 시구로 옮겨 놨단들, 그걸 다시 인용해서 그의 악몽을 헤집을 필요는 없겠다. 어쨌거나 그는 제대를 했고, 그 후 꾸었던 40년 동안을 『수자리의 노래』로 풀어냈다. 이 시집이, 무엇보다, 그를 전쟁과 군대의 악몽에서 해방시키기를 바란다. 그가 이 작품으로 자신의 악몽에서 해방될 수 있다면, 그건 전쟁과 반공 군사문화 악몽을 앓고 있는 숱한 이들이 이 작품으로 그 악몽에서 벗어날 수 있다는 뜻이다. 김명수 '절대-단아'의 시학이 보다 심화한 증거로 이 작품을 보기는 힘들다. 해방 60년이라고 하지만, '해방 60년 정치면'을 온통 '6자회담' 기사가 장악한 것에서 보듯, 민족문학과 민족주의는 다르고, 달라야 한다. '민족'을 공통분모로 하지만, '문학'과 '주의'가 엄청 다르기 때문이다. 『수자리의 노래』가 민족문학 걸

작품 목록에 제 이름을 올렸다고 보기는 힘들다. 그러나, 중요한 것은 우리가 악몽을 일상적으로 앓고 있다는 점이고, 악몽 치유의 문학은 민족문학보다 더 본질적이라는 점이다. '민족'이라는 '형식'이 문학을 더욱 문학화한 적이 있었다. '민족'이 '문학'을 해방시킨 적이 분명 있었다. 민족문학이란 말이 타당한 적이 있었다. 그러나 그것은 오늘날 온갖 바람직한 문학은 민족문학이다, 라는 뜻에서지, 여러 문학 중에 민족문학이 있었으며, 민족문학 진영이 그중 잘된 문학 작품을 내놓았다는 뜻은 아니다. 민족문학론은 비주류문학론이었던 적도, 대중문학론이었던 적도 없다. 다시, '6자회담'에서 보듯, 분단 극복과 통일을 주제로 해야 할 경우에도, 민족이 그 자체로 내용이 되는 시대는 지났다. 김명수는 진즉 그 점을 시적으로 깨닫고 시적으로 형상화한 시인이며, 『수자리의 노래』는 악몽을 치유하는, 「월식」'이전과 이후'다. 『수자리의 노래』 출간과 '김명수 장시' 출간을 공히 축하하는 이유다.

내가
읽은 책

— 고형렬 시집 『밤 미시령』

어린이는 어른들이 생각하는 것보다 많은 것을 갖고 있으며, 어른들은 생각보다 많은 것을 잃었다. 어린이는 자신의 무한한 가능성을 즐길 뿐 의식할 줄 모르며, 어른은 의식할 뿐 무엇을 잃었는지 모른다. 아니, 어린이는 단지 어른의 언어를 모르고, 어른의 언어로 표현하는 법을 모를 뿐이다. 어린이의 감각 총체는 어른의 이성 이전이지만, 어른의 이성은 총체 이전이다. 이성 너머 감각 총체를 지향하는 상상력으로, 어린이로 돌아간 어른, 어른이 된 아이가 아닌 '어른=아이'의 상상력으로, 아이와 함께, 그리고 아이의 상상력을, 넓히는 게 아니라 열어 가는 쪽으로, 어른이 잃어버린 미래와 아이가 잃어버릴 미래를 찾아가는 방향 그 자체를 가장 깨끗한 희망으로 물화하는 것이 시의 중요한 사명 중 하나라면, 이 시집에 수록된 「달려라, 호랑아」는 근래 보기 드문 모범 중 하나다.

전문이다.

달려가는 호랑의 껍질은 아무것도 아니다

두 앞발 사이 깊숙한 가슴 근육

덜겅거리는 심장, 출렁이는 간, 긴장하는 목뼈

헉헉대는, 터질 듯한 강한 폐 근육

얼룩거리는 붉은 어깨와 엉치등뼈, 거기 붙은 살점들

얼마나 우스꽝스러운가, 커다란 구슬 같다

마구 흔들리는 골은 산산조각 깨어질 듯

무거운 육신을 잔혹하게 흔들며 전속력으로 달려가는

모자이크된 육체가 뛰어가는 정신

주먹같이 생긴 허연 뼈들, 링 같은 꽃의 구근

기둥 같은, 널빤지 같은 뼈들이 가득한 육체

먹이를 뒤쫓아 맹추격하는 호랑의 구조

그놈들 가끔 보며 세상을 가르친다 지오그래픽의

제작자를 탓하지 않지만 생식기를

혹주머니처럼 흔들며 뛰어가지 않으려는 그의

부끄러운 표정의 질주를 비웃는다 이것이 '세계'를 보는

나의 유일한 창구, 한없이 저놈은 비위사납다

이해하면서 더러운 자식! 더러운 자식! 하며

달려라 조금만 더, 뛰어라 호랑아

너를 끌고 달리게 하는 아 호랑아, 달려라

시심은 어린이의 것이지만, 시는, 엄연히 어른의 것이다. '세계'
를 따옴표로 묶는 것은 분명 어른이다. '자화상'이란 부제가 붙은 위
시를 얼핏 먹고사는 일의 구차함에 대한 ('우스꽝스러운', '부끄러운 표
정', '더러운 자식!') 비애의 풍자 혹은 자학으로 보게 만들지만, 생활
의 질주이자 모든 것을 파편화하는 듯한 질주는 동시에, 놀랍게도,
어른으로서 감각 총체를 회복하는, 놀라운 속도다. 이데올로기의 구
체화로서 추상이 흔적조차 사라지고, 김수영이 그토록 '추상적으로'
열망했던, '온몸'이 드러난다. 내용과 형식이 어울리는, 바로 그래서
전망과 실현(예감)이 어울리는, 바로 그래서 끊어지지 않는, 연속적
인, 바로 그래서 아름다운, 아이러니조차 아름다움의 깊이를 더하
는, 바로 그래서 정치와 경제를 능가하는 문화 자체의 탄생 현장을
우리는 아주 긴박한 시간대 별로 보고 있다. 그리고 시 3편을 지나
면 시인도 '본다'.

고니들의 기다란 가느다란 발이 논둑을 넘어간다
넘어가면서 마른
풀 하나 건들지 않는다

나는 그 발목들만 보다가 그 상부가 문득 궁금했다 과연 나는

그 가느다란 기다란 고니들의 발 위쪽을 상상할 수 있을까
— 「고니 발을 보다」 첫 두 연

시인의 봄은, 자못 느려졌지만, 궁금함이며 순정한 의문부호며, 상상력이며 그 모든 것이다. 그리고 이어지는 "얼마나 기품 있는 모습이 그 위에 있다는 것을"의 얼핏 비문 구조가 보여주듯, 이미 총체 실현 그 후다.

열린 절망의
고전주의와
닫힌 희망의
낭만주의

—최민 시집 『상실』 복간에 부쳐

그대 눈 속 깊이 타는 불

아주 조그만 꽃 이파리 하나

뒤틀리며 불꽃이 되는 아픔 같은

숨어버린 넋의 안쓰러움

스스로를 사랑하기에는 거칠고

그대 껴안아 바라보기는 외로워라

19년 만에 복간되는 시집 『상실』 축하글을 쓰려는 지금, 처음 읽는 것도 아니고, 오래간만에 읽는 것도 아닌데, 그동안 간간히 읽고 그때마다 감동했는데도, 모두 작품 「서시」 앞에서 내가 불안한 이유는 무엇인가. 이 시가 구현하는 완벽한 조화 앞에서, 흔들리는 것은 무엇인가. 내가 이 시를 처음 읽은 것은 『상실』 초판(민음사)이 나온

1975년(이때 나는 '집회 및 시위 금지에 관한 법률' 위반 혐의로 복역 중이 었다) 이전, 『부랑』(월간문학사)이 나온 1972년 이후일 것이 분명하 다. 나는 1972년 대학에 입학했고, 그전에 내가 읽은 시 작품은 교 과서에 나온 것, 그리고 엉뚱한 장사 목적의 월북 시인 것밖에 없었 다. 『부랑』은 목차를 말미에 붙이고 각 작품마다 모두 게재 잡지와 연도를 밝혔는데, 맨 앞 「서시」와 맨 뒤 「소생」은 그것이 없지만 1975년 판을 보면 모두 1972년 작이다. 『상실』은 『부랑』에다 15편 을 추가해서 펴냈으며, 「서시」를 보면 5행 '자기 자신을'을 '스스로 를'로 순화, '거칠고'와의 대비를 더욱 도드라지게 했다.

'불'과 '꽃', '뒤틀리며'와 '숨어버린', '안쓰러움'과 '거칠고'와 '외로워라'의 시간적 대비와, '껴안아 바라보기'의 공간적 '대비=겹 침'이 이루는 완벽한 내용의 형식적 조화 앞에서 흔들리는 것은, 그 렇다면, 세월인가, 「서시」 이후의 세월인가? 내게 「서시」의 완벽한 조화는, 균열과 파경 직전의, 거울의 그것 같다. 불안한, 불안할수록 감동이 치열한, 치열할수록 불안이 운명적인 파경 직전 완벽의 거울 혹은 '완벽=거울'. 그렇다면, 흔들리는 것은, 「서시」 이후 한국현대 시문학사인가?

최민 이전 김수영은 절망을 '노래'했지만, '노래'의 흐름은 시간 의, 미래의 개선을 열망하는 것이었다. 고전주의는 절망과 보수주의 의 소산이되 감정 내용을 능가하는 형식의 '완벽=깊이'로 열리며, 낭만주의는 희망과 진보주의의 소산이되 내용의 '정치 과잉=얕음'

으로 닫혀버린다. 예술의 낭만주의가 정치의 (보수가 아니라) 반동으로 전화하는 대목이다. 고전이 낭만주의 내용과 고전주의 형식의 길항 자체를 '내용=형식'화한 것이라면, 김수영의 몇몇 작품은 현대 이후 고전에 달한다. 서정주 「동천」은, 감각 잔치와 풍류 인생관의 절묘한 결합인 대부분의 대표작과 달리, 감정을 물화한다.

    내 마음속 우리 님의 고운 눈썹을
    즈믄밤의 꿈으로 맑게 씻어서
    하늘에다 옮기어 심어놨더니
    동지섣달 날으는 매서운 새가
    그걸 알고 시늉하며 비끼어 가네

    '~해서, ~했더니, ~하네'의 전통적인 시간 순서는 김수영의 '노래=흐름'과 달리, 미래로 연결되지 않고 오히려 눈썹, 하늘, 동지섣달, 비끼어 가는 새 등을 하나의 공간 속으로 배치시킨다. 즉, 공간화하고 회화화한다. 이 작품은, 현대 이전 고전에 달한다. 최민의 「서시」는 정확히, 서정주와 김수영 중간에 있으며, '노래=흐름'의 개선을 기대하지 않고, 감정과 고전적 품격의 결합을 '현대 이후' 수준으로 끌어올린다. 하지만 이때 그는 젊었고, 시대는 불의했고, 그는 시대의 양심을 지녔고, '진보'와 '혁명'의 낭만주의적 열정이, 정치의 진보주의와 문학의 낭만주의가 범람할 시대가 오고 있었다.

그것이 천박을 부를 불안한, 불길한, 그러나 불가피한 예감이, 왔다. 낭만시대에 양심으로 응답하면서 자기 문학에 고유한, 고전적 품격 욕망을 지키거나, 보다 심화하기 위해 최민이 택한 '소재적 방법'은 우선 자기부정이다. 「서시」에 곧장 이어지는 「나의 조각」은 '흐린 땅 위의 나무 그림자'에 비해서조차 '나는 없다'고 선언하며, 이 부정은 아주 강력해서, 존재라는 꽤나 거추장스러운 풍자조차 형식화한다.

> 갑자기
> 동상에 걸린 발구락들이
> 내 보이지 않는 존재를
> 가렵게
> 끌어당긴다 나는
> 나의 무게를 갖는다
> 발구락 새를 비비면서
> 내 소유를 확인하고
> 비로소 내가 아닌 나를 깎기 시작한다
> (중략)

　곧바로 이어지는 「나는 모른다」는 '나는 없다'의 사회화지만, '모른다'는 사회성뿐 아니라, 형식성도 치열하게 만든다.

길바닥에 주저앉아 우는 아이는
어디서 그 울음을 보상받을까
나는 모른다
내 귀청에는 울리지 않는 시끄런 고함들이
공기를 가득 채우고 있는 것도 나는
모른다

간혹 먼 데서
비린내나는 개울음 소리가 들려온다
그때
무언가 잡아 비틀고 싶어
스스로의 힘에
내 팔뚝이 경련해도 나는 그 이유를
알지 못한다

내 온몸에선 썩은 피냄새가 난다
나는 맡지 못한다
여러 갈래의 내 시선은
움직이는 모든 걸 쫓아 뿔뿔이
달아난다
나는 모른다

낭만적이면서 고전적인, 낭만적일수록 고전적인 경지가 더 나아
갈 수 있을까, 아니 계속 유지될 수 있을까? 과연, 위기가 온다.

> 내 고아의 아들들은 한길 가운데
> 젖은 사금파리처럼 으깨져버리고
> 내 평화의 지붕엔 희끗희끗
> 별이 엿보인다 언제나
> 나는 모른다 비열하게도
> 나는 모른다

하지만, '비열하게도'를 시인의 사회적 자기반성으로, 마침내 사
회성 '속으로' 항복한 것으로 보면, 단순해서 편하겠으나, 초점을 벗
어난다. 시는

> 나는 다 알고 있다
> 다 알고 있다
> 어떻게 흙이 패어 들어가고
> 바람이 왜 더러워지는가도 알고 있다
> 나 자신의 것 이외엔 모두
> 알고 있다

로 가까스로 중심을 잡은 후 마지막 두 연,

> 내 처녀의 딸들은 골목 어귀에서
> 비의 그림자를 만나 깔깔 웃는다
> 습기찬 벽 아래 내 두 눈알은
> 이 빠진 술잔 속에
> 빠져 부서진다

> 잔치의 높은 언덕에선 여전히
> 늙지도 죽지도 않는 개들이 짖는다
> 나는 모른다 정말 모른다
> 내 무지 속에 섞여 있는
> 순진함조차 나는 모른다

로 편파 혹은 당파성을 수습한다. '나는 모른다'의 아이러니가 예술에 달한 매우 희귀한 사례다. 그는 자신의 목표와 위치와 특성과 자리를 아주 잘 알고 있다. 하여, 곧바로 이어지는 「광대」는 거추장스러운 풍자를 넘어 '풍자=거추장' 자체를 형식화한, 아니 광대에 대한 비판조차 형식화한 걸작이다.

> 그 메마른 입술은 누구라도

칭찬하고 싶어 실룩거린다
절뚝거리던 다리는 기쁨에 놀라
기묘한 인형처럼 멈칫한다
그의 마음은 영화처럼 펼쳐진다
주인을 보았기 때문이다

배고픈 개들이 짖는다
단 하나의 뼈다귀를 냄새 맡고
불을 두려워하듯 두려워하며
뜨거운 혓바닥을 슬쩍 내어민다
그림자의 무덤들 사이 사락사락
기름진 꽃들이 자라난다

포식하여 그는 마침내
눈부신 빛 속으로
찬사의 여운을 거슬러올라간다
부두가 나온다 많은
하늘들이 열려져 있다
허나 그의 눈은 멀어 있다

고전적 문학에서 절망의 형식화는, 희망의 전망으로 된다. 「광대」

는 김수영이 죽은 이듬해 1969년 쓰여졌고, 김수영을 훌쩍 뛰어넘었다.

이때 최민은 문학적으로 가장 행복했던 듯하다. 「비의 방」은 형식화가 아니라 미술화에 그쳤고, 「저녁식사중의 확인」은 첫 연 "반대한다 / 내 두개골이 내 얼굴을 밀어내듯 / 거울 속에서 나는 / 반대한다"가 강렬하지만 「나는 모른다」의 치열한 '균형의 깊이'에 달하지 못한다. 「배화」가 낭만주의적 판타지라면 「입신」은 낭만주의적 현실관이다.

> 약관 스물다섯에 나는 쩔쩔맨다
> 활주로같이 내 앞에 트인 이 길은
> 말라 있거나 젖어 있거나
> 죽음 저편에 닿아 있음이 분명하지만
> 내 벌건 두 발목은 지금
> 철책 밖으로 삐져나와 흔들거린다

낭만주의 인생관은, 허무(의 그림자를 말타고 있는 나)와 자조("죽은 놈의 이름이나 팔아먹고"), 혼란스러운 무차별 (자아)비판("쥐새끼들이 대낮에 쥐새끼들을 공격하고 / 문제점이 대로에서 문제점을 가로지른다")으로 내리닫다가 "숨구멍들이 숨쉬는 나를 / 허덕이게 한다"의 숨 가쁜, 안간힘의 형식성 추구를 거쳐, "우러라 우러라 새여 / 내 진창의

하늘이 빛난다"의 애매모호한 서정적 구호로 끝난다. 앞 세대 신동엽과 달리 모더니즘의 세례를 충분히 받고 육화한 그지만, (그의, 혹은 나의) 예상대로 그의 양심적 현실 감각은 낭만주의를 불러일으키고, 이어지는 「구애」, 「환멸」, 「성년의 봄」, 「매립」, 「출발」, 「바람」은 같은 현상의 변주이자, 악화다.

이렇게, 이런 상태로, 이어지는가? 그런 느낌이 들 무렵 그러나, 정확하게, 의도적으로 준비된 깜짝파티 혹은 이정표처럼, 혹은 회심의 일격처럼, 「첫 수업」이 있다. 전문이다.

일곱 살 때 나는
가마니 속의 죽음을 보았다 지푸라기에
스며 있는 피 머리끝에서
잉잉대는 증오의 노래를 들었다

한겨울 피난학교 천막교실
줄지어 김 나는 우유죽을 기다릴 때
하늘 꼭대기에서
흰 새떼들처럼
삐라들이 떨어져내렸다

몹시 배가 고팠지만

굶어 죽은 짐승은 꿈속에서도 만나보지 못했다
사변 전 나는
사과상자 속에 숨은 왕자였고
열다섯 살 먹은 식모애가 내 아내였다
그러다가 죽음이 파편조각이 되어
손바닥 위에 놓여 있는 걸 보았다

섬의 추수가 끝났어도
소풍갈 데가 없었다 누우런 들판 사방에
허리 굽혀 이삭 줍는 그림자들이 깔려 있었다
새벽마다 또 애기를 밴 어머니는 동생을 업은 채
예배당에서 숨이 차서 돌아오고
나는 아버지의 얼굴을 쳐다보지 않았다

개펄을 바라보았다
겨울 거제도의 거무튀튀한 개펄
귀신같이 바람 부는 저녁바다
나는 혼자였다

이것은, 가난과 전쟁의 추억을 형상화한 것으로, 얼핏 그 숱한 추
억시 중 빼어난 작품 정도로 보이지만, 사실은 시간의 거리가 폭넓

은 낭만적 내용의 형식화를 허용한다는 것을 보여주는 매우 드문 사례로 기록될 만하다. 여기서 추억은, 추억조차 형식이다. 「상실」은 '너는 없었다'가 시의 흐름을 주도하는 초혼이자 고리고, 「부랑」은 '나는 없다'로 끝난다. 「상실」과 「부랑」 모두 이제까지 이야기한 최민 시문학의 장점과 단점을 고루 갖고 있는데, 시집 제목이 '부랑'에서 '상실'로 바뀐 것은 '상실' 자체를 형식화하려는 의도 때문이었을 것이다.

작년, 그러니까 『상실』 이후 장장 30년의 침묵을 깨고 그가 펴낸 시집 『어느 날 꿈에』에 발문 겸 해설을 붙이며 나는, 특히 「추수」를 인용하면서 이렇게 썼었다.

대학생 때 읽은 그의 시집 『상실』은 실핏줄보다 섬세한 불안의 모더니티와 민중성 직전의 바닥 정서가 절묘하게 어우러진 세계를 펼쳐 보이고 있거니와, 1980년대 소위 민중시들이 민중성 '때문에' 오히려 '불안의 모더니티'를 잃는 상황 속에서 최민 시집 『상실』은, 비어 있으므로 더욱(『상실』은 곧 불온서적으로 분류되었고 도서목록에서 사라졌다. 『상실』을 상실 당한 상처 때문에 최민이 오랫동안 시를 쓰지 않았을 거라는 추측은 정당하다) '없음'을 선명하게 드러내는 전범 노릇을 해주었던 것이다.

그러나 나는 지금 대학생이 아니고, 그의 시집을 느끼며 내가 느끼는 불길한 불안은 그때의 불안이 아니다. 우선, 현대문학사는 『상실』을 상실 당했지만, 스스로 상실을 강제하기도 했다. 최민 또한, 『상실』을 상실 당했지만 스스로 상실을 택하기도 했다. 1980년대, 그리고 그 후의 시문학은 생태시든, 모던한 시든 포스트모던한 시든, 엽기시든, 낭만주의와 고전주의를 구분-결합하기는커녕 분리했고, 심지어 흔히 혼동했고, 아주 드물게만 고전에 달했다. 최민 시집 『상실』의 복간으로 현대문학사의 빠진 이빨 하나를 다시 심을 수는 있어도, 완전히 뜯어고치기는 쉽지 않을 것이다. 그것은 이미 저질러졌고, 대단하게 저질러졌다. 하지만, 시집 『상실』은 부단히 그 저질러진 문학의 방향을 교정해야 한다고, 했어야 한다고, 조용히, 그러나 치열한 문학성으로, 절규로 속삭이고, 속삭임으로 절규할 것이다. 「서시」가 불안하고, 불길해보였던 이유다.

'무서움=일상'의
고전성 '회복=전복'

—김연신 시집 『시인, 시인들』에 부쳐

내게 김연신은 두 가지 종류의 신화다. 한 가지는, 내가 정신
연령이 문청적 평균은커녕 대학생 평균에도 못 미쳤을 때 그
는 이미 전설적인 시인으로, 안암동 고대생임에도 불구하고
동숭동 서울 문리대까지 문명을, 날려 보냈을 뿐 아니라 '글 쓰는'
문학에 문외한이었던 내 귀청을 때렸다는 것이고, 다른 한 가지는
내가 문학 동네에서 겨우 눈칫밥이나 면했을 즈음 한숨 돌리듯 그의
소식을 수소문하니 그는 명망의 내용과 방법을 180도 바꾸어, 대우
조선에서 근무하면서 전 세계에서 선박을 가장 많이 팔아먹은 조선
업계의 거물로 각인되어 있더라는 거다. 교보문고에 근무하는 등 문
학과 좀 더 어울리는 직장을 다녀서 낯익어질 만했는데, 최근 소식
을 들으니까 다시 선박업계로 귀환, '한국선박운용'이라는 어마어마
한 영업단체의 CEO를 맡았다니 신화가 복원될 뿐 아니라 배가된

셈이다. 그리고, 시는? 더 놀랍다.

> 나는 이 책이 (중략) 무섭다. 내 몸속에서 나온 것들끼리
> 여기저기 모여서 웅성거리고 있는 것이 무섭고, 그들의 치켜
> 뜬 눈이 당신을 쳐다보기 시작하는 것이 무섭다.
>
> ―「시인의 말」 부분

이 무서움은, 쑥스러움이 아니고, 겸손도 아니다. 그는 첫 시 「어
두운 공책」부터 고전을 곧장 겨냥하고, 고전의 고전적 특성인 '일상
=무서움'을 곧장 겨냥하고, 겨냥에 고전적 품격을 부여한다.

첫째 아이가 부르는 노래는 어려웠다.

> "담장 뒤에 숨어 있는 너는 누구냐
> 걸어서 집에 가니 나는 여기에
>
> 담장 세워 못 보게 한 너는 누구냐
> 보이는 모든 것이 눈에 가득히
>
> 뒤돌아보지 마 뒤돌아보지 마라
> 작은 목수 뛰어 나와 풍경 바꾼다"

—「어두운 공책」 부분

이 시 앞에서 이상의 「오감도」는 (공포가 아니라) 엄살이 심한 시편으로 맥없이 전락한다. 왜냐면 「어두운 공책」은 벌써 더 동요화하면서 일상화하고 공포가 심화한다. 동요의 잔학성을 20세기의 야만과 동일시했던 바르토크의 음악처럼. 그리고 "둘째 아이가 부르는 노래는 우"습고, "셋째 아이가 부르는 노래는 작게 들"리고, "힘이 없"지만, 키가 크고 울면서 노래하는 넷째 아이를 지나 "흉폭"한 다섯째 아이는 음악이 엄하고, 종교적인 동시에 리드미컬한, T. S. 엘리엇 「황무지」 이후에 달한다. 동시에, 희망 자체가 전복된다.

"검은 돛을 단 배는 왜 아직 오지 않는가
언덕에 서서 오늘도 항구를 본다.
누가 있어 바다에 배가 없다고 말해줄 것인가

가자, 가서 우리가 그곳에서
빼앗긴 모든 것을 되돌려받자

불을 뚫고, 물을 건너서"

—「어두운 공책」 부분

도대체 이자가 배 장사를 어찌 하려고 이러나? 그러나, 그건 걱정할 일이 없다. 음풍농월에 가까운 가난타령 자연타령 세태타령과 시를 혼동한다면 모를까 난해한 현대성의 '응축=구조'화로 본다면 그는 도무지 불리할 것이 없다. 발달한, 아니 '만개 이후', '미망의' 자본주의만큼 절망적으로 오묘한 것이 또 어디 있겠는가. 먹고살려면 자본주의 규율을 무시할 수 없고, 그 점이 우리를 절망케 하고, 무시하느니 차라리 말아먹을 생각을 해보다가, 그 점이 예술가를 더 절망케 하고, 그러나 현대문학은 그 절망을 '검은 희망'으로 심화한다. 아니 문학은 절망으로써 희망한다. T. S. 엘리엇은 은행원이었고, 카프카는 평범한 스포츠를 즐겼다. 그리고 월리스 스티븐스는 재벌 회장이었다.

어쨌거나 이 정도의 고전적인, '무게=형식'의 아름다움으로, 시집의 서시는 끝났다. 1부 〈좋은 날은 아직 많이〉는 전략이 차분하면서도 집요하다. 부러 건성건성한 듯한, 그러나 분명, 비틀거리는, 비틀거림의 '계단'이 분명한 시 세 편을 지나고 네 번째 시 「더러운 물 위로 솟아오른 형체」라는, 밋밋함과 심상찮음이 묘한 균형을 이루는 제목의 시의, 1연의, 밋밋함 쪽으로 완연 기운 비 개인 후 개천 풍경(화)을 또 지나고 2연을 시작하는, 아니 반복하는, '아직도'와 '또'라는 부사가 완연 두드러지는 두 행을 마지막으로 지나면 우리는 이런 대목에 이르게 된다.

구두 신은 발이 흔들리며 올라오더니 바지 끝동이 보이고 무릎까지 보였다. 빠르게 흘러가는 검누런 물속으로 옷 입고 잠수해 들어가는 사나이가 물 위에 남긴 다리를 보는 것 같았다.

— 「더러운 물 위로 솟아오른 형체」 부분

흐름상으로는 그냥 내리닫이였으므로, 풍경화 속에 풍경화였으므로, 우리는 아주 애매한 고통을 느끼게 된다. 그리고 이 고통은, 신비천지간일상색(神秘天地間日常色, 신비란 하늘과 땅 사이 일상의 색이다)이라고 외치지 않는 한, 애매할수록 고통스럽다. 아니, 외침 자체도 고요화해야 한다. 시인은, 역시 내리닫이로, 환상을 현실화한다. 그러나, 그 충격적인 현실이, 충격 그 자체로, 죽음 혹은 시체의 음탕함 그 자체로, 내리닫이로 담아내는 것은, 역시, '신비천지간일상색'이다.

종아리 아래였던 것들은 흔들리다가 빙빙 돌았다. 물속에서 물구나무선 사나이가 몸을 돌리고 있는 것처럼.

흔들거리던 구두가 위로 울컥 올라왔다. 검은 바지와 벨트가 보이더니, 낡은 가죽 잠바의 등이 보였다. 잠시 배구공만한 둥근 물건이 보이고 철퍼덕 온몸의 형체가 물과 부딪쳤다. 뒤집어진 채 떠내려가기 시작했다. 물은 드디어 검은 색으로 변했다.

　　　　　　　　　─「더러운 물 위로 솟아오른 형체」 부분

　　그 뒤로, 당연히, '일상=풍경화'가 이어진다. 그러나 검다. 당연
하다는 듯이, 원래 그랬다는 듯이. 이어지는 시는 같은 주제의 반복
이면서 검음이 화려해진다. 그리고, 「아파트 뒤켠에서 흘러가던 내
친구」는 자살했지만, 시는 산 자에 대한 눈물의 진혼곡이고, 1부 마
지막 「가을꽃」은 "멀리서 부질없는 글로 같이 우는 사람 그림자"로
끝난다. 진혼곡의 마무리인 동시에, 2부 〈화조도(花鳥圖)〉의 주된 전
략인 의고풍(擬古風)의 시작이다.

　　고전의 장난화, 다시 장난의 고전화 혹은 현대화, 현대적 리듬을
통한 의고성의 전복…. 2부 〈화조도〉는 그런 과정으로 읽힐 수 있을
것이다. 「입국이유서」는 '유붕자원방래(有朋自遠方來)'의 의고풍이
며 「아현동 686번지 부근」은 의고의 의고로서 예의 그 애매한, 애매
성의 고통을 자아낸다. 마지막 연 혹은 행이 그렇다. "창밖으로 그
집 옥상을 내려다보며 그 오누이 개가 절대로 헤어지지 말고 오래오
래 같이 살다가 같은 날 별이 되기를 빌었다." 그러나 이만한 시인이
'예의'에 머물 리 없다. 「화조도─그려넣기」는 (아마도 김수영 만년
「꽃」 연작의) 장난을 장난하다가("붉은 빛이 조금 덜 나게. 웃음소리를 많
이 넣고, 울음은 두 방울만. 햇빛은 머리 뒤로. 나비보다 벌. 암술이 안 보이
게 수술은 머리만 조금." 그런데, 벌써 이상하군, 김수영의 꽃은 '음악'인데,

이 작자는, '그림' 아닌가!), 이런 '정지＝고전'의 미학에 달한다.

절망의 속에는 어떤 형체도 없으므로 말에서 빛이 생긴다.
—「화조도—그려넣기」 부분

그리고, 이어지는 「화조도—우물가」는 정말 무서움의 '고전＝장
·난'적 변주다.

여기 이 꽃.
내 이마 앞에 피어
있다가 뒷걸음으로 멀어져가는,
기다림,
눈부시고

저기 저 꽃,
발아래 피어서
꽃잎 떨어져,
깊은 우물,
무섭다.

하얀 새 한 마리

엎어놓은 바가지 옆에서

포르르

날아간다.

　　　　　　　　　　　　　　—「화조도—우물가」 전문

　이 고전주의에, 눈물은 어떻게 되는가? 이어지는 시에 이런 구절
이 있다. "붉은 꽃잎이 펼쳐지고 겹쳐진 위에 옆에 또 꽃잎이 피어서
무슨 덩어리로 굳어진 눈물을 보는 것 같다. (어떤 눈물은 분홍빛이 나
더라만.)"(「화조도—작약꽃 핀 모양」 부분) 그러나, 그 눈물은 "종이가
다 젖"게 만든 눈물이다(「화조도—젖은 종이」). 그러나, 그리고 '고전'
은 끝내 '공(空)'으로 된다.

　　벽지 위로 시간이 회색 모래를 뿌리며 지나간 듯 컴컴한

　가운데 홀로

　　또렷하게 밝은 네모난 공간

　　있어 물어보니 꽃그림 걸려 있던 자리라고 하네.

　　　　　　　　　　—「꽃 핀 그림 걸려 있던 회색 벽」 부분

　이 공(空)은, 과연 시간의 사막처럼, 장엄과 파란만장 그 자체로
단아하다. 그는 '잔인한, 참혹한'이라는 형용사를 끝내 추가하고 있
지만. 그리고, 그 경지 속에서 어떤 일이 벌어지는가? '허공'이 "금

속성 소리를 만"드는(「화조도—그림의 끝」) 반면, "그가 화를 내는 것
을 보니 나도 함부로 화가"(「畵工과 더불어」) 나는 매우 심란한 정황
도 지극히 고요한 풍경화로 되고 그 과정의 블랙홀이 마구 내뿜은
거대한 흡수의 에너지조차 풍경화의 고요의 깊이를 심화할 뿐이고,
다음의 시에서처럼 '일상=소란'이 고스란히 고전적 단아함의 내용
이자 형식으로 되는, '찰나=영원'의 기적이 가능해진다. 고전주의
시작법 자체의 시화(詩化)라 할 만하다. 「차가 막힌다고 함은」 전문
이다.

　　　　차가 막힌다고 함은, 도로에 차가 많아서, 아니다, 도로의
　　　수용 능력보다 차의 대수가 많아서, 아니다, 도로의 표면적
　　　보다 차의 표면적이 많아서, 이제는 분명하다, 일정한 구간
　　　에서 차들의 표면적의 합이 도로의 표면적의 합에 가까이 도
　　　달하여, 더욱 분명해진다. 차들의 표면적의 합과 차가 원활
　　　하게 움직일 수 있는 필수 여유공간의 합이 도로의 표면적의
　　　합을 초과할 때를 말하는 것이다. 그러나,

　　　　사랑하는 이여, 내가 너를 사랑한다고 말할 때에 그것은
　　　내가 너를 사랑한다는 말이다.

마지막 행은, 공의 에너지를 무한 발산하는, 그러나 종이의 2차원

평면에 가깝지 않은가. 그리고, 낭만주의를 무기 삼아 낭만주의를 극복하는, 절묘한 전략의 구사이기도 하다. 이 상태를 유지하면서, 아니 이런 상태의 실험실 속에서, 「저녁 개울가에서」, 「씨앗을 구하러다니다」, 「겨울 산」, 「물 흐를 자리에」는 의고풍을 더욱 심화하면서 전복한다. 그리고 급기야, 시인은 과거 역사 혹은 이미 이루어진 문학-문화 현실과 의사소통을 시작한다. 아이러니는 깊고 깊다. "역군들이 배가 고파 人糞을 먹었다"는 『고려 삼별초의 대몽항쟁』 내용을 길게 인용하면서 그는 이렇게 쓰고 있다. "먼 옛날 제주 이야기를 오늘에 되살려도 꼭 / 꽃 이야기 사랑 이야기 섞어서 버무려놓는 시인이 / 팔백 년 뒤에 태어났다는 이 흉측한 소문이 사실인가?"(「함박꽃 피어서 화창한」 마지막 연). 『삼국유사』, 유치환 시 「전선에서」, 심지어 '인천에 있는 슬픈 성냥 공장'이라는, 음탕이 악명 높은 노래 가사와 그의 시가 몸을 섞지만, 시의 심연은 역시 고요하다. 형용사는 물론 동사와 부사까지 명사로 느껴질 정도로. 다시 전문이다.

바위산, 보랏빛.
해 질 녘 붉은 빛.
그림자 없다.
산새 한 마리 이제야 높이 날아 집 찾아간다.
일찍 뜬 별빛 받아 키 큰 꽃 환하다.
혼자 부르는 노래 목에서 나직하게 흘러나온다.

풍경 속에서 웅크리고 잔다.

높은 나무 한 그루 꿈같이 흔들린다.

─「바위산, 보랏빛」

  그러고 보면, 방점은 물론, 쉼표조차, 원래 의미 그대로, 휴식의 명사 같지 않은가. 고전주의는 자본주의가, 진보적이었을 당시, 이룩한 최고의 업적 아닐까, 그런 생각이 들게 하는 장면이다. 사회주의가 혁명의 열기를 낭만주의와 혼동함으로써, 승계하지 못했던 진보성.

  3부 〈시인, 시인들〉은 "나무들이 일렬로 서서 걸어왔다 / 가지를 ㄱ 字로 만들더니 손을 잡았다 / 손바닥에 ㄱ이라고 새겨지더니 / 사라졌다"(「가지마다 글자들이 빨간 열매같이」 2연 첫 부분)는, 문학의, 아니 문자의 제의화로 바탕을 깔더니 매월당 김시습 「시인과 이야기하며」, 서정주 「동천」, 이상 「거울」, 가곡 「봄이 오면」 가사, 이성복 「높은 나무 흰 꽃들은 燈을 세우고 12」, 서정주 「春香 遺文─春香의 말 參」, 조지훈 「女人」, 박두진 「장미 Ⅳ」, 박시춘 작곡 손로원 작사 백설희 노래 「봄날은 간다」 가사, 이경미 작사 한경애 노래 「옛 시인의 노래」 가사 등과 몸을 섞는다. 마구, 열렬하게, 그리고 이번에는 낭만주의적으로. 나는 이 '낭만주의'가 다소 거추장스럽고, 어지럽고, 유감스럽다. 그러나, 다음과 같은 대목.

  검은 천장 속에서 회색빛 말 그림자 같은 것이 튀어나와

방 안을 돌아다닌다.

　"시간이신지?"

하고 물어보았다. 대답 없이 자기들끼리 낄낄거리며 돌아다
닌다.

—「꿈속의 푸른 말」 부분

　바로 이 대목을 더 고요롭게 하기 위해 시들은 그리 달떠 있는 것
아닐까? 4부 〈강화도를 보며〉는 섞임과 어지러움이 더 파격적이다.
그러나, 다시, 다음과 같은 대목.

　추워하는 것들 위로 햇빛이 또 비친다. 덜덜 떨면서 제 몸
위에 꽂힌 무자비한 것을 뽑아내어 공손하게 돌려준다.

—「부서진 칼날 같은 햇빛이」 부분

　바로 이 대목을 위해 시들은 그랬던 것 아닐까? '무서움=일상'
의 고전성 '회복=전복'. 바로 이 대목을 위해 나 또한 그의 시들을
따라오며 몸을 섞고, 그의 전략을 따라 각주를 달았던 셈이다.

끔찍함을 견디는 장엄한 똥과, 더 장엄한 생로병사의 반복

—위화 장편소설 『형제』 해설

가족이 있다. 그중 맨 처음 등장하는 인물은 초특급 갑부로, 미화 2천만 달러를 들여 우주여행을 하려는 이광두지만, 그는 벌써, 혈육이 한 사람도 없는, 가족의 마지막 생존자다. 그렇게 가족사가 있다. 이광두의 어머니 이란이 있고 형 송강이 있다. 송강은 제 애비를 닮아 '성실하고 선량하면서도 강직'하지만 이광두는 열네 살이던 해 '공중변소에서 다섯 개의 여자 엉덩이를 몰래 훔쳐보다가 현장에서 잡힌 이후' '그 애비에 그 자식'이라는 소리를 듣는 처지다.

그전에, 소설 맨 처음 문장은 '우리 류진'으로, 즉 '우리 동네'로 시작된다. 위화가 '뽑치' 출신이라는 점을 감안하면 얼마 후 여 뽑치의 등장 또한 '우리 동네'의 느낌을 강화한다. 응집은 흔히 폭발하거나 폭발시킨다. 400년사를 응집하는 중국 현대 40년은 잔혹과 야만의 문화대혁명 및 자본주의 개방으로 폭발했다. 위화 소설 『형제』는 그 40년을 다시 응집할 것이고, 그 응집은 숱한 이야기를 폭발시킬 것이다. 그런데 똥 얘기가 너무 잦은 듯도 하고, 이 모든, 얼핏 어수선해 보이는 내용과 순서는, 무슨 뜻일까? 이런 의문이 들 즈음 다음 대목은 나온다.

송범평은 똥통 중간까지 가서 이광두의 부친을 팔뚝으로 받쳐올린 후 다시 천천히 걸어나왔다. 똥통 바깥쪽에 다다르자 이광두의 부친을 들어올려 밖으로 내려놓은 후 두 손으로 가장자리를 딛고 기어나왔다.

똥통 주변에 빼곡히 들어선 사람들은 숨을 내뱉으며 뒤로 물러섰고, 온몸에 소름이 가득 돋은 채로 똥과 구더기를 온몸에 잔뜩 붙인 이광두의 부친과 송범평을 바라보며 코와 입을 틀어막은 채 "아이야, 아이야…"라며 부단히 탄식했다. 송범평은 밖으로 나와 이광두의 부친 앞에 쭈그린 채로 그의 콧구멍을 열어주고 가슴을 열어보더니 잠시 후 일어나서 사람들에게 말했다.

"죽었습니다."

— 『형제』 1권, 51~52쪽

참으로 놀라운 솜씨의 연결이자 반전이고, 내용 정리이자 문장

발현이다. 그 모든 '얼핏'들이 순식간에 정리되고, 그렇게 똥은 죽음을 거느리고, 죽음보다 더 장엄하다. 그 순간 이광두가 태어났으니 똥은 삶을 거느리고 삶보다 더 장엄하다. 그 순간 이란과 송범평(송강의 아버지)의 인연이 맺어졌으니 똥은 가족을 거느리고 가족보다 장엄하다. 이 문장은 문화혁명기 이전을 정리하는 동시에 『형제』를, 단순회상형 '우리 동네' 이야기가 아닌 거대한, 끔찍한, 그리고 끝내 위대한 인간의 생체실험장으로 심화한다.

문화혁명기 '우리 동네' 인간 군상 대부분은 희화화하고, 살아남는다. 성서골목 장 재봉은 지주 고객을 향해 '시체보'나 만들어주겠다, 관 가새는 '좆을 잘라버리겠다', 여 뽑치는 '멀쩡한 이를 뽑아버리겠다'고 외친다. 어린 나이건만 성욕을 참지 못하는 이광두에 대한 여 뽑치의 공갈성 훈계는 정말 가관이다.

> "네가 만약에 전봇대를 계급의 적들인 여자로 봤다면 너는 전봇대를 비판투쟁의 대상으로 삼았다는 것이고, 만약에 전봇대를 자매 계급으로 봤다면 넌 반드시 결혼등기를 해야 한다 이 말씀이야. 결혼등기를 안 하면 어떻게 되느냐? 그건 바로 강간이지. 성안 전봇대를 다 해버렸으니 동료 계급의 자매들을 전부 강간해버린 셈이니 어떻게 평생 감옥에 총살을 피하겠냐?"
>
> ─『형제』 1권, 159쪽

이들은 문화혁명기에 살아남을 뿐 아니라 그 후 들이닥친 개방체제에도 잘 적응한다. 아니, 주로 이광두 덕분이지만, 상당한 재산을 모으고 회사에서 거들먹거리는 위치에 오른다. 이들은 애당초 생체실험의 대상이 아니다. 문화혁명이라는 생체실험의 대상은 송경평과 이란의, 순수한 영혼과 사랑, 그리고 육체다. 이들은 고난의 극한을 통과하지만 끝까지 자신의 순결성을 잃지 않는다.

위화 소설의 등장인물은 어떤 난관에 봉착하더라도 낙관성을 잃지 않는다…. 위화 독자들은 그런 결론에 익숙해져 있다. 그런데, 과연 그럴까? 적어도 『형제』에서만큼은, 그렇지 않은 것 같다. 왜냐면 송범평은 필사적으로 너그러운 위트와 유머로 두 아들을 보호하고 세상을 감싸 안으려 하지만 그의 순결한 영혼을 증거하는 것은 끔찍하게 망가진 육체의 위엄뿐이다. 사정을 모르고 병원까지 와달라고 부탁한 이란을 마중 나가려다가 감금처 이탈죄로 역에서 '홍위병'들에게 맞아 죽는 그의 사망 과정은 문화혁명을 응집한 듯 끔찍함의 극치를 보여주지만, 그의 시신이 뿜어내는 위엄은 문화혁명의 참혹을 육체인 채로 극복해버린다.

송범평은 한쪽 팔이 밑에 깔려 있고, 다른 한쪽 팔은 구부러진 채였으며, 한 다리는 곧게, 다른 한쪽 다리는 쪼그린 채였다. 파리 떼가 그의 주위를 날아다니고 있었고, 그의 얼굴과 손과 발, 그리고 그의 몸 어디든 핏자국이 있는 곳은 죄다

파리들로 우글댔다.

—『형제』1권, 203쪽

아이들은? 이광두는 문화혁명기 내내 성욕에 몰두했고, 송강은
이광두를 돌보는 착한 형 역할에 진력을 다했다. 하지만 송범평의
시신이 뜻하는 문화혁명은 난해 그 자체다. 아이들은 그 옆을 지나
치면서도 그를 알아보지 '못'한다. 아버지의 시신을 놓고 장장 7쪽에
걸쳐 중간중간, 언뜻언뜻, 그러나 내내 이어지는 두 아들의 질문 혹
은 자문은 이렇다.

> "저 사람 누구예요? 죽었나요?"
>
> (중략)
>
> "저 사람 누구예요?"
>
> (중략)
>
> "죽었어요?"
>
> (중략)
>
> "아빠 신발을 신고 있다."
>
> (중략)
>
> "아빠 맞지?"
>
> (중략)
>
> "난 모르겠어."

(중략)

"저 사람 혹시 우리 아빠예요?"

(중략)

"아빠 줄 알았어. 그래서 보자마자 운 거라고⋯."

(중략)

"아빠야⋯."

— 『형제』 1권, 203~209쪽

질문들 사이사이로 질문을 잇는 질문의 육으로서, 난폭한(것은 분명하다) 홍위병 풍경을 서서히 지우며 무료한(것은 불분명하다) 역사 주변, 신경이 곤두선 장사치 풍경, 먹고살기 바쁜 삶의 터전 풍경이 펼쳐지며, 어처구니없음의 비극을 어처구니없을수록 더 비극적으로, 질문의 난해성을 질문일수록 더욱 난해하게 만든다. 중간중간 끼어드는, "아이스케키! 계급의 형제자매들에게만 파는 아이스케키!" "돈 없으면 저리 꺼져! 여기서 침만 삼키지 말고!", '너희는 뭐냐?', '너희 아빠가 누군지 어떻게 아냐?' 등 타자의 질문 또한 효과가 절묘하고, "저 사람 이름이 송범평이다"의 효과는 거의 대미를 방불케 할 정도다. 위화 소설이 중국 이야기 전통으로 돌아가는 중이라는 말이 많으나 나는 수긍하기 힘들다. 위 대목은 내가 읽은 어느 현대소설 못지않게 현대적이다. 아니, 블랙코미디를 피하지 않고 관통, 정말 '현대적인 리얼리즘'에 달하는 희귀한 사례를 보여준다.

그리고, 반복. 거기서 끝나지 않는다. 장엄한 똥(의 반복)이 문화혁명기를 버텨내고 담아내는 틀이었다면 이제 더 장엄한 반복이 들어선다. 희화화도, 장애인과 바보들의 행진도, 야만의 체제도 반복되지만, 이것들은 애당초 반복의 사례일 뿐, 본질은 아니다. 이런 반복들은 지루할밖에 없다. 『형제』에서 반복되는 반복의 본질은 무엇보다 죽음이고, 장엄의 운명이다.

> 이란과 두 아이는 그들이 송범평의 무릎을 어떻게 부러뜨릴지 알 수 없었다. 바깥 사람들은 벽돌로 부러뜨리겠다고 했다가 벽돌이 박살났다고 했고, 또 식칼의 뒷면으로 친다고 했다가 나중에는 다른 걸로 부러뜨리자고 하는 등 바깥 소리는 참으로 시끄러워서 도대체 뭐라고 하는지 알 수가 없어 그저 왕왕대는 소리로 들리다가 "우두둑" 하는 소리가 났고, 곧이어 간간이 아주 무거운, 가라앉는 듯한 소리가 이어지더니 가끔 분명한 소리가 들렸는데, 그것은 바로 뼈가 부러질 때 나는 소리였다.
>
> ─『형제』 1권, 241쪽

이 참혹한 입관은 오히려 고통을 정화하는 거룩한 제의와 같다. 그러나 문학은 정화하지만 삶은 그럴 수 없다. 더군다나 남은 가족은 그럴 수 없다. 위 문장이 곧바로 살아 있는 가족의, 정신이 아닌

몸의 묘사로 이어지는 대목 또한 과감하고 절묘한 대목이다.

> 이광두와 송강은 모진 광풍에 흔들리는 나뭇잎처럼 덜덜
> 소리를 내며 떨었고, 두려움에 떠는 자신들의 몸뚱이를 쳐다
> 보면서도 왜 이렇게 떨고 있는지 알 수 없었다. 나중에서야
> 자신들의 손을 꼭 잡고 있는 이란의 손이 덜덜 떨고 있는 것
> 을 발견했다. 이란의 몸은 마치 경운기 엔진처럼 심하게 덜
> 덜거리고 있었다.
>
> — 『형제』 1권, 241~242쪽

문화혁명기를 마감하는 것은 이란의 장례식이다. 송범평이 죽은
후 머리 감기를 거부했던 이란은 죽음을 예감하고 입원 직전 머리를
감으니 흑발이 백발로 변한다. 두 아들은 생전 처음 보는 빨간색 하
이힐에 정신이 팔려 늦게 잠들고, 제 시간에 못 깨어 어머니 임종을
놓치고, 이란은 영안실 시멘트대 위에서 아이들을 맞는다. 빨간색
하이힐은 벌써 불길하다. 그러나 (장례식의) 반복은 반복을 노골적으
로 주제화하는 동시에 반복의 장엄을 더욱 부각시킨다.

> 칠 년 전, 관을 실은 다른 수레 한 대가 똑같이 거리를 지
> 났을 때, 그 관 안에는 송범평이 누워 있었고, 늙은 지주가
> 앞에서 끌고 이란과 두 아이가 뒤에서 밀고 있었다. 그 당시

에는 울음이 네 사람 가슴 속에서 복받쳤음에도 감히 울음을 터뜨릴 수가 없었다.

(중략)

남문을 지나 시골 흙길에 접어들었다. 칠 년 전 이란은 여기서 "이제 울어라"라고 딱 한마디 했고, 그들 네 사람은 원 없이 울음을 터뜨렸다. 그들의 울음소리에 나무 위의 참새들이 놀라 날아갔다. 지금 그때와 똑같이 수레 한 대와 똑같이 얇은 관, 눈앞에 펼쳐진 논은 똑같이 광활하고 하늘 역시 똑같이 드넓은데, 변한 것이라곤 네 사람이 두 사람으로 변했고, 울지 않는다는 것뿐이다. 그들은 허리를 굽힌 채 하나는 앞에서 끌고 하나는 뒤에서 밀고, 그들의 몸은 수레 위의 관보다도 낮게 낮춘 상태였고, 멀리서 보면 두 사람 같지 않고 수레 앞뒤로 머리와 꼬리가 붙어 있는 것처럼 보였다.

―『형제』 1권, 336쪽

빨간색 하이힐이 상징하는 자본주의 시대를 맞았을 때 송강과 이 광두 형제가 공유한 것은 위 문장에서 드러나는 자연 서정과 다음과 같은 가난한 음식의 미학이었다.

반찬이 없더라도 간장만으로 충분했다. 두 아이가 간장을 김이 모락모락 나는 밥에 붓고 골고루 잘 비비자 밥은 마치

참기름을 넣고 비빈 듯 검붉은 빛이 돌면서 반짝반짝 빛났고
간장의 향이 밥의 뜨거운 열기로 인해 집 안 가득 퍼져갔다.

—『형제』 1권, 165쪽

　　자본주의 시대 형제 이야기는 문혁기 부모 이야기의 반복이지만
정신과 육체의 파탄에 이르는 반복이고, 이것은 얼핏 전편보다 지리
멸렬해보인다. 자본주의 현상의 희화화가 두드러지고, 사업 성공 이
야기는 판타지가 두드러진다. 성욕과 사랑을 구분하지 못하는 이광
두는 자본주의의 알레고리까지는 아니더라도 그 인격을 많이 닮았
고, 송강은 송범평의 순결한 영혼을 그대로 물려받았으나 훨씬 더
오래 살면서 그만큼 덜 영웅적이며, '빨간색 하이힐'을 닮은 임홍은
송강의 아내로서는 이란보다 불안하고, 훗날 이광두와 광란의 섹스
를 치르며 엄청난 육체적 쾌락에 비로소 놀라는 것에서 보듯 성적으
로도 덜 건강하다. 그런데, 그렇다. 자본주의는 무엇보다 장엄을 사
소화한다. 그리고, 그러나, 위화는 바로 이 사소화에 맞서는 뼈대를
세운다. 그것은 더 폭넓어진 일상의, 생로병사의 반복이자 뼈대다.
오늘날 현실사회주의에서 희망을 찾기는 힘들다. 『형제』의 '형제
편'은 그것을 아주 세밀하게 보여주고 있다. 우리에게 낯익은 광경
도 있다. 우리는 사회주의의 잔재만 배운 것인지도 모른다는 생각이
드는 씁쓸한 장면들이다.
　　어쨌거나, 오늘날 자본주의는 어쩔 수 없고, 자본주의가 싫은 자

는 어쩔 수 없이 불행할밖에 없다. 요는, 문학에서 중요한 것은, 그 것을 버텨내고 담아내는 문학적인 뼈대가 있느냐 없느냐. 자본주 의적 반복은 어쩔 수 없이 지루하다. 그러나 송강의 자살, 즉 죽음의 반복 장면은 그 모든 것을 버텨내고, 품으며 더욱 장엄하다. 그는 임 홍을 편히 살게 해주기 위해 돈을 벌려고 떠나지만 사기꾼과 동행, 오랜 세월 온갖 고생을 한다. 가짜 성기 확대 크림을 팔기 위해 유방 확대 수술까지 받는다. '더 이상 떠나 있으면 돌아갈 수 없다'는 충 고에 크게 깨닫고 귀향을 결심하지만 유방 복구 수술이 잘못된데다 엉망진창인 몸으로 고향에 돌아와 보니 아내 임홍은 동생 이광두와 살을 섞어버린 후였다. 그런 그의 자살 장면이다.

그는 앞으로 네 걸음을 걸어 두 팔을 벌린 채 철로 위에 누웠다. 철로 양측에 걸린 겨드랑이가 너무 아파 앞으로 조 금 기어가 철로 위에 배를 올려놓았다. 훨씬 편안했다. 다가 오는 기차에 철로가 요동을 치기 시작했고, 그의 몸도 따라 요동쳤다. 그는 또다시 하늘빛이 그리웠다. 그래서 고개를 들어 멀리 하늘을 바라보았고, 다시 고개를 돌려 눈앞에 펼 쳐진 붉은 장미꽃밭 같은 논을 보았다. 정말 아름다웠다. 바 로 그때 갑자기 놀랍게도 갈매기 한 마리가 눈에 들어왔다. 갈매기는 울고 있었는데, 날갯짓을 하며 멀리에서 날아오고 있었다. 열차의 덜컹대는 소리가 그의 허리를 지나쳤을 때

임종의 눈길에 남은 마지막 정경은 고독한 한 마리 갈매기가
광활한 꽃밭을 날고 있는 모습이었다.

—『형제』3권, 259쪽

군데군데, 내내 이어지던, 아름다운 자연의 서정이 극치에 달한
다. 마침내 반복은 생로병사의 더욱 장엄한 뼈대가 된다.『형제』는
절망을 절망의 뼈대로 세운다. 그 뼈대는 얼핏, 희망조차 너무 비천
하여 범접할 수 없는 경지에 달한다. 정작 문제는, 더욱더 가속화하
는 자본주의화 과정(내가 보기에『형제』속 자본주의는 초기자본주의를
약간 넘어선 채로 '한국 드라마'를 마구 즐기는 상태다)을 담아낼 뼈대는
무엇일 것인가, 무엇일 수 있을 것인가이다. 소설 대미를 장식하는
것은 소설 첫 부분의 2천만 불짜리 우주여행이 송강을 위한 진혼곡
임을 뚜렷이 밝히는 이광두의 대사 "그렇게 되면, 내 형제 송강은 외
계인이다!"이지만, 내가 보기에 위화는 당분간 그런 물리적 공간보
다는 삶의 난해 속을, 난해의 운명 속을, 운명의 뼈대 속을 더욱더
파고들 것 같다.

번역은 모처럼 일품이다. 정확한 것은 물론 단편의 응집-투명화
과정과 장편의 확산-심화 과정이 파란만장하게 뒤섞여드는『형제』
의 흐름을 제대로 살리는 문체를 발견했다.

자, 이제, 지면 제한도 넘었고, 끝내야 마땅하겠으나, 명색 '친구'
인 위화 소설 말미에 발문도 아니고 어쭙잖은 '해설'을 붙여놓으니

영 개운치 않아서 위화 문학, 특히 장편소설 『형제』를 위한 시 한 편
을 덧붙인다.

죽었다는 사실을 깨닫는

순간만 이어지고

그것을 우리가

삶이라 부르는 것인지 모른다.

그렇다 위화

때로는

뚱뚱이

여자 엉덩이

그

거웃의

탄생과

죽음보다 장엄하다.

웃음은 죽음보다 장엄하다.

어쨌든

에필로그는 광대.

죽음을 반복하는

그 앞에서는 음식도 굶주림도

굶주린 음식처럼

어처구니가 없다.

육체의 위엄도

처녀막의 추문도 어처구니가 없다.

욕정이 승화하는

사랑도 이야기도 이야기의

파탄도 어처구니가 없다.

서정은 난해하게나마

빛나지만

유머는 보기에만 편안할 뿐

포괄하기 위하여 제

몸무게를 버린다.

어쨌든

죽음이

반복하는

운명의

엄정의

에필로그는 광대.

똥통의

죽음은 장엄하다.

똥통에 빠져죽은

죽음도 장엄하다.

미래에 대하여 모자란

미래를 향하여 모자란

미래를 위하여 모자란

2%도 장엄하다.

미래로서(써) 모자란

2%

유머도 장엄하다. 그렇다 위화,

나의 『형제』.

결정적인 반복 아니

완벽한 반복 아니

완벽의 반복 아니

반복의 완벽.

거룩한 가면은 필경 연극

가면으로 바뀌지만

영원을 느끼는 것은 배꼽이다.

통섭의 목차

— 로렌 아이슬리 『그 모든 낯선 시간들』 역자의 말

 로렌 코리 아이슬리. 1907년 9월 3일 생. 1977년 7월 9일
몰. 매우 존경받던 인류학자, 과학 작가, 생태학자, 그리고
시인. 산문집과 전기, 그리고 일반 과학서 등을 1950년대,
1960년대, 그리고 1970년대 출간. '숨겨진 산문'이라 불리는
시적인 산문체로 인간 진화 같은 복잡한 과학사상을 일반 대
중에게 설명. 인류와 자연 세계의 바람직한 관계를 역설한
글도 유명하며 이것이 환경운동 발생에 일조. 저서 『광대한
여행』(1957), 『다윈의 세기』(1958), 『뜻밖의 우주』(1969),
『밤의 나라』(1971), 그리고 자서전 『온갖 낯선 시간들』
(1975) 외….

위키피디아 백과사전의 해당 항목은 그렇게 시작된다. 이것만으

로도, 『시간의 창공』(1960), 『보이지 않은 피라미드』(1970), 『어떤 연금술사의 수기』(1972), 『시간을 꿰뚫어본 사내』(1973), 『죄 없는 암살자들』(1973)을 보태 그의 저서 목록을 굳이 완성시키지 않더라도, 그의 생애는 학제 통합적이다. 그렇다. 요즘, 세계화가 아니라 학제 통합이고, 자연과학과 인문학의, 자연과 인간의, 과학과 상상력의 학제 통합이다. 이 책에서 '인류학자' 아이슬리는 자신의 새로운 집필 경험을 이렇게 설명한다.

보다 문학적인 시도를 안 해볼 이유가 없지 않은가? 왜 안 되겠는가, 그것을—여기서 나는 전에 무의식적으로 그랬던 그 무엇에 대해 마침내 의식적으로 생각하는 거였다—내가 이제 명명하는바 '숨겨진 산문'으로 전화, 개인적인 일화들이 보다 순수한 과학적 성격의 사고들을 부드럽게 드러내도록 해준다면?

자아와 그 상세한 모험이 흥미로울 수 있다는 것은 몽테뉴에서 에머슨에 이르는 모든 산문작가들의 암시 사항이다. 하지만 완전히, 적나라하게 정직하고, 점잔 빼지 않을 때만 그것은 그렇다. 아무것도 나를 침해할 수 없는 그 침묵 속에서, 나는 원래 의도했던 논문에서 멀리 방향을 바꾸었다. 개인적인 일화로 도입부를 잡고, 개인적인 자료들을 여기저기 흩뿌리고, 개인적인 철학으로 결론을 맺었다. 하지만 과학적

자료에는 아무 해도 가하지 않았다. 그 글을 고급 잡지사 한 곳에 보냈다. 그리고 잡지사가 그것을 받아들였다. 침묵의 역을 지나온 내 여행들의 유령 세계로부터 점차 산문 세계가 생겨났고 그것은, 사실, 내가 오래전 처음에 갖고 놀았으나, 학과 구분에 의해 대체로 수면 아래 잠겨 있던 세계였다.

철학의 입장에서, 철학을 위해, 철학적으로 학제 통합을 실천한 결과로서 문학평론이 들뢰즈 글이라면, 이 소박한 내용은 그 앞에서 마르크스의 배경을 삭제 당하고 터무니없이 낙천적인 엥겔스쯤 될까? 하지만, 감각을 끝까지 이성적으로 규명하려 했던 들뢰즈는 '모종의 과잉' 혹은 학제 통합의 육(肉)으로써 자살을 택했고, 70세에 쓴, '고의적인' 이 자서전에서 아이슬리는 모종의 생략 혹은 학제 통합의 뼈대를 문법과 내용 모두 '빈자리가 명징한' 만년의 언어로 드러내고 있다. 학제 통합은 언어의 내파를 낳고, 언어의 내파는 예술의 본질이다. 시는 언어를, 소설은 이야기 언어를, 음악은 소리 언어를, 미술은 색과 모양 언어를, 내파한다. 그것은 예술적이라 더 사회적인 내파다. 말은 자연을, 언어와 문자는 말을, 문명은 언어와 문자를, 내파한다. 비트겐슈타인 언어 철학은 철학이 언어를 언어가 철학을 내파하는 과정을 과정화한다. 조이스 문학 또한 (아일랜드인의) 언어를 내파하는 과정의 '언어＝철학'화다. '민족적인 것이 세계적이다'라는 명제는, 식민지 언어의 (내파) 희망을 은유하는 것인가, 아닌가? 아이슬리의 인류학적인 인류학 내파는 매우 흥미롭다. 의식의 키가 어느만큼 자라야 스스로를 의식하게 되는지를 가장 가시적으로 보여주려 하는 것이 인류학의 핵심 과제이기 때문이다. 기린의 목은 아무리 길어도 의식의 키를 넘지 못한다. 동시에, '의식 밑'에 대해 우리가 모르는 것이 우주에 대해 모르는 것만큼이나 많다는 것을 인류학자들은 가장 가시적으로 의식한다. 숨 쉬는 자신을 온전히 느끼는 순간 우리는 동물도 되고 식물도 된다. 더러운 냄새도 나지 않는다. 아이슬리는 생명의 비밀을 우리가 알 수 없다는 결론에 이르지만 그 과정은 '앎 너머'로 아름답고, 뼈저리며, 풍부하다. 이 책을 읽으면 들뢰즈/가타리 『천 개의 고원』의 너무 젊어서 어수선한 목차가 명징하게 정리되는 쾌감을 느낄 수 있다. 아이슬리는 벤저민 프랭클린 이후 가장 유명한 펜실베이니아 대학교수로 평가받으며 (훗날) 아내와 함께 묻힌 그의 묘비명은 그의 시집 『작은 보물들』에서 따온 구절, "우리는 대지를 사랑했으나 머물 수 없었다"가 새겨져 있다.

변형하는 정신과
상상하는 육체의
변증법

—이성미 첫 시집 『너무 오래 머물렀을 때』 해설

이성미를 처음 만난 게 15년 전쯤이지만, 그게 엊그제 같다. 그때 나는 꽤 험악한(?) 단체 대장이었고 그녀는 그 단체 가입을 요청한 신입이었다. 이력을 보니 문학회 활동이 꽤 눈에 띄는지라, 내가 가만가만 물었다. 그냥 시나 쓰지 뭐하러…. 글쎄요. 시가 참 하찮아 보여서요…. 나는 시인도 겸업 중이었으므로, '뭐시라?' 투로 다시 물었지만, 그는 '시가 하찮다'는 생각을 거의 '신조'처럼 붙들고 늘어질 태세였다. '하찮음'과 '신조'의 관계가 좀 어설퍼 보이기는 했지만, 시라는 게 하찮지 않다는 생각을 신조처럼 몰아치기도 뭐해서, '하찮지 않음'과 '신조' 사이는 얼핏 가까워 보이지만, 너무 가까우면 촌스러운데다 큰일 낼 위험도 있는 거라서, 나는 그쯤 질문을 마쳤었다. 그 후 5년 이상 이성미는 정말 시를 쓰지 않았던 듯하다. 그중 반을 혁명에 좌절하느라 보냈고, 나머지 반을 다시 시 쓰는 준비를 하느라, 시쳇말로 '손목을 푸느라' 보낸 듯하다. 그래서? 1996년부터 2004년까지 8년 동안 쓴 시 작품들을 모은 이 시집은 첫 시집치고도 매우 참신한, 그러면서도 탄탄한 시세계를 구축적으로 보여준다. 나는 그것을, 미리, 사적인 얘기를 미리 꺼낸 어설픔도 지울 겸, '변형(혹은 변태)하는 정신과 상상하는 육체의 변증법'의 미학 세계라고 부르겠다.

상상력의 주체는 흔히 정신이고, 육체는 변형의 주체거나 대상이다. 이성미 시의 방법론은 그 2분법을 무너트린다. 그리고 한걸음 더 나아간다. (인간적인) 변신보다, (동물적인) 변형을 택하는 것. 데뷔 이전 시들을 모은 3부 〈나의 세탁소〉의 첫 시 「굴러나갔다」 전문은 이렇다.

　　　머리 속에서 말똥구리가 기어나왔다. 소똥구리였던가?
　　어쨌든 나는 외출 중이었으니까. 그 틈에 머리 속을 치운 모
　　양이야. 똥으로 보였는지 전부 굴리고 나왔다.

　　　돌아오는 길에 녀석을 얼핏 보았지만 난 잠자코 머리 속
　　으로 들어왔다. 말끔했다. 무엇이 있었더라? 컴컴해질 때까
　　지 우두커니 앉아 있었다.

머리가 깨끗하게 비워지는 것은 기억을 비우는 것이지만, 이 시

가 처절한 갱신을 아주 경쾌한 비유로 표현할 수 있는 것은 정신의
변형을 육체로 상상하기 때문이다. 그리고 근본적으로, 진정한 시인
은 모두 육체의 상상력을 믿는다. 인간보다 동물이, 심지어 동물보
다 식물이 더 찬란한 상상과 더 복잡한 사고를 발한다고 믿는 자들
이야말로 진정한, 그리고 하찮은 시인이다. 똥이 똥냄새를 풍기지
않는 위 시의 발랄함은, 그러나, 악몽을 심화한 결과다. "쇠고랑을
끌며 푸른 발이 / 밤새 저벅저벅 걸어다"니고 "눈을 감고 발자국을
지우고 있으면 / 저녁 어스름에 쩔그렁 소리가 다시 찾아"오는 (「해
가 저물 때 잠이 들려고 할 때 잠에서 깰 때」) 악몽, 그리고 "혁명이 내 정
수리에 / 깃발을 / 꽂더니 / 빨간 불 / 인데도 길을 건너가버"(「휙휙」)
리는 현실이야말로 악몽이고, 악몽은, 현실이 그렇듯, 심화를 통해
서만 치유될 수 있다. 「휙휙」은 벌써 다음과 같은, 생애를 닮은 심화
를 말미로 품고 있다.

아이가 하나

둘

셋

떠내려갑니다 할머니가 건져 올려

키웠습니다 나를 찾아와 니가 엄마냐 너도 엄마냐

할 것입니다 그때 할머니가 나타나

얘야, 가자 내가 에미다

할 것입니다
아이의 아장걸음이 나를 앞서갑니다 나는 마구 달렸습니다
넘어진 나를
시간이 밟고 갑니다 그리고 무언가 또 획획
지나가고 기억만 남았습니다
나만 남았습니다

"땀구멍마다 바늘이 자라"난 「선인장」, "물고기의 이빨이 들어가
지 않는"「단단한 뼈가 되어 잠들다」 두 편과, "아이 우는 그 집엔 /
왜 들어"간 「자전거랑 왜 그랬을까」, "평생을 기다려도 그가 나타나
지 않는"「방문」 두 편은 자기부정의 서정과 자기호출의 비(非)서정
이 절묘한 변증법적 대칭을 이루고, 이어지는 「붉은」에서 둘이 통합
된다. 전문이다.

붉은 글자 위로
눈 내립니다

소리 내어 읽어보던
목소리도
눈 맞습니다

서성대던 마음이

입 안에 갇혔습니다

여기서 "눈 맞습니다"는 '눈을 맞는다'는 뜻일까, 아니면, '눈이 맞다'는 뜻일까? 정과리는 이성미를 시인으로 추천하는 글에서 '이성미는 理性美의 소유자'라 했지만, 나는 이성미를 이성미(자기 자신)와 理性美의 소유자라 부르겠다. 혁명의 절망을 이리 아름답고 깔끔한 악몽의 이성적 서정으로 갈무리한 시를 나는 아직 보지 못하였다. 같이 읽으면 "눈은 살아 있다 / 떨어진 눈은 살아 있다 // 기침을 하자 / 젊은 시인이여 기침을 하자 / 눈 위에 대고 기침을 하자 / 눈더러 보라고 마음 놓고 마음 놓고 / 기침을 하자" 이후로도 한참을 이어지는 김수영의 그 유명한 「눈」도, '젊은'에도 불구하고 너무 늙었고, 말이 한참 길다. 어쨌거나, 이성미의 데뷔 이전 시세계는 그쯤에서 끝난다. 아니, '그쯤'이 아니다. 이 작품들이 '하찮은 미발표작'으로 끝내 묻혔다면, 1980년대는 훗날 훨씬 더 초라하고, 1990년대는 훗날 훨씬 더 경박하게 보일 뻔했다. 3부 〈나의 세탁소〉에는 동명의 작품이 없다. 3부 전체를 '나의 세탁소'로 명명했을 뿐인데, 엄청나게, 혹은 거대하게, 혹은 가혹하게 예쁘다고 할 만하지 않은가. 이제, 「이상한 로맨스 2」가 남았다. 전문이다.

짙은 안개가 끼면

여자는 뾰족구두를 신고 뱃사공에게 간다

물과 땅이 나누어지지 않은
태초의 혼돈을 만날 수 있다

배는 걸어오다가
사공과 함께 사라진다

안개가 걷히기 전에
여자는 돌아온다
강기슭에 구두를 벗어놓고

    우주적인 동시에 감각적인 이, 기괴하게 아름다운 연애시 혹은
불륜시는, 2부 〈베일 뒤의 거인〉을 위한, 마지막으로 인간적인, 변형
하는 정신과 상상하는 육체의 변증법 아닐까? 왜냐면, 그리고, 2부
첫 시 「나는 쓴다」(데뷔작이다)에서 시인은 "병원 수세식 변기 속 /
물에서 꼬물거리는 벌레"처럼 오그라든다. 그리고, 벌레의 육체적
상상력은 전복성("물고기의 싱싱한 시체"), 자연성("잎사귀에서 물방울이
증발한 흔적"), 도시성("화물기차의 검은 몸체"), 누추("수챗구멍에 엉켜
있는 / 늙은 남녀의 잿빛 머리카락"), 낡은 희망("쓰레기차에 / 내려앉은 환
한 눈더미") 등등을 뒤섞어 인생의, 삶의, 생애의 "내년 가을에도 / 황

금빛 이파리"를 빚어내지만, 끝내 '끔찍한' 전래동화의 '끔찍한 아름다움'의 마각을 보고야 만다. 전래동화는 문명사의 블랙홀이다. 전래동화의 끔찍함, 전래동화에 스며들어 있는 문명의 야만성은 변혁을 지지하든 하지 않든, 혹은 방관하든, 20세기의 정치적 야만을 겪은 사람이면 누구나 어느 날 문득 깨닫게 되는, 특히 민요적 단순성으로 수천만 명을 죽인 파시즘과 스탈린주의의 동전 양면을 겪은 자라면 더욱 뼈저리게 느낄 끔찍함이다. 하지만 이 끔찍함을 끔찍한 현대적 '아름다움/두려움'으로 형상화한 것은 바르토크와 브리튼의 음악, 릴케 시, 그리고 카프카 소설 이래 매우 드물다. 게다가, 이성미 시들은 끔찍함조차 발랄하다. 그리고, 거인 혹은 괴물은 사악을 떨다 인간에게 당하는 거인괴물이 아니라 스스로 놀라거나, 인간을 봐주거나, 설령 가해하더라도, 사악한 구석이 전혀 느껴지지 않는 거인이다.

밤하늘을 그어버리는
노란 손톱 자국

놀란 거인이 쿵쿵거리며 달려나온다
―「벼락」전문

구석에서 거인은 몸을 숨기고

무서운 눈을 감아준다

잠시뿐이다

축체는 곧 끝날 테니

　　　　　　　　　　　　—「봄」마지막 연

내 아랫배에 숨어 있던

꼬마 피에로

닭발 같은 손을 내밀어

아이스크림을 잽싸게 낚아챘다

　　　　　　　　　　　　—「관계」가운데 연

그는 네가 살던 숲을 베어버렸다

너는 도망쳐 숲을 다시 세웠다

너는 북극으로 가 얼음집을 짓고 숨었다

그는 봄바람을 불어 녹여버렸다

그가 너를 독수리처럼 낚아채

하얀 빛 속으로

집어던졌다

—「일식」 마지막 두 연

　　2부 〈베일 뒤의 거인〉에서 「나는 쓴다」와 '끔찍한 동화들'을 뺀 나머지 시들은 심심하고 지리하다. 데뷔가 그의 손목을 무겁게 한 것일까, 아니면 이것 또한 변형의 몸부림? 최근에 쓴 시들을 모은 1부 제목은 〈침묵과 말하기 사이〉다.

　　소리와 침묵 '사이' 음악이 있듯, 시는 침묵과 말하기 사이 있고, 그러므로 시인이 '침묵과 말하기 사이'를 노리는 것은 당연한 일이다. 하지만, 이 '사이'는 '사이'라고 말하는 순간, '말하는 것'이 되는 사이고, 그냥 입을 닫는 순간 침묵으로 굳어버리는 '사이'다. 숱한 시인들이 '사이'를 노렸으되 '사이' 속으로 파고들지 못하고, '말하는 것' 아니면 '침묵'으로 전락했다. 이성미의 '사이' 방법론은, 대단히 흥미롭게도 중력을 벗은, 그러나 소란스런 무용을 닮는다. 변형의 마지막 형태는, 나비였던가? 「입을 다물다」의 1연 "어디서 올까 그녀의 향기 / 몸 안에 양귀비꽃이 들어 있는 모양이다"는 그저 그렇지만, 이어지는

　　　　어쩌다 입을 여는데
　　　　꽃잎들이 풀풀 나와
　　　　그녀와 나 사이를 떠다닌다

이것도 아름답지만

오래도록 그녀는 입을 다물고

그래서 나는 그 옆에 머물고

의, (입을) 엶과 다묾과 머묾의 관계가 너무도 앙증맞은 것이, 다시 김수영 만년작 「꽃잎 2」 2연("노란 꽃을 주세요 금이 간 꽃을 / 노란 꽃을 주세요 하얘져 가는 꽃을 / 노란 꽃을 주세요 넓어져 가는 소란을")에 대한 답시로 아주 걸맞다. '사이'는 이성미 시의 비유를 보다 광활하게 발전시키기도 한다. "감기약을 먹으라니까 / 조카가 서럽게 운다 // 야간 행군에 지친 / 어린 보병의 의문처럼 // 다른 숲으로 날아가다 / 총에 맞아 떨어지는 / 새의 의문처럼 // 등잔불을 꺼뜨리지 않고 / 들고 가야 하는 / 시린 손의 의문처럼"(「밤길」 전문)이 바로 그렇다. 그리고 「비밀」은, 변형과 사이와 비유가 빚어낸, 이 시집 최고의 걸작이다. 전문이다.

몰래 벌어지는 일들에서

설탕 묻은 장난감 냄새가 난다

태엽 인형의 벨소리

끊어질 듯 이어지고

등 뒤에선

낮은 북소리

모두가 잠든 밤에
자라는 숲
저물녘 피는 진홍색 분꽃
어딘가 묻혀 있을
버섯의 냄새

말이 내뱉어지는 순간
불투명 유리창에 금이 간다
마술이 끝나고
다락 문이 열릴 때
펼쳐지는
먼지 앉은 내부

　1연은 벌레처럼 예민해진 감각의 상상력만이 빚어낼 수 있는 비유고, 동시에 가장 인간적인 사회의 폐부를 찌르는 비유다. 그리고, 그러므로, 이 비유는 2연에서 곧장 자연과 우주의 비밀에 가닿고, 동시에 인간의 비밀이 우주적으로 자라난다. 그리고 3연은, '사이'로 완성되는 변형의 자아, 아니 '변형=자아'다. 그리고, 이제 이 시집 후기 같은, 혹은 다음 시집 서문 같은 시 한 편이 남았다.

아무 일도 일어나지 않는 삶

바람은 달려가고

연인들은 헤어지고

빌딩은 자라난다

송아지는 태어나고

늙은 개는 숨을 거두고

아무 일도 일어나지 않았다

찻잔에 물이 잔잔하고

네 앞에 시 한 편이 완성되어 있을 때

　　　　　　　　　　　—「네가 꿈꾸는 것은」 전문

　최승자는 술이 과했던 한 술자리에서, 진은영을 두고 "드디어 나를 정말로 잇는 시인이 나왔다"며 그답지 않게 기꺼이 웃고 떠든 적이 있는데, 여성이면서도 김수영을 잇는 시인이 최승자와, 진은영이다, 라는 소리로 나는 새겨들었다. 이 말이 최승자에게, 또 진은영에게 실례가 되지 않는다면, 나는 이성미도 그 대열에 더하고 싶다. 이성미가 무거우나 끝내 발랄하고, 튼튼하지만 끝내 그 안에 허묾을 포괄하는 첫 시집의 세계를 더욱 발전시키기를 빈다.

노동자와 시인,
그리고 김해자

——김해자 첫 시집 『무화과는 없다』 해설

김해자는, 아는 사람에게는 너무도 당연한 호칭으로, 인천 노동자운동권의 대모다. 시인 박영근의 소개로 그녀를 처음 만났을 때, 특히나 박영근과 대비되어 그녀는 예쁘고 새침한, 거의 빼어난 용모였지만, 나는 별로 놀라지 않았다. 노동자는 못생기고 누추해야 한다는 관념론에 대한 반감으로서가 아니라, 그녀의 표정은 이미 산전수전을 다 겪은 후의 진정한 아름다움을, 맵차게 머금고 있었던 까닭이다. 그날 시인-평론가-작가로 구성된 우리는 그녀와 어울려 술집을 2, 3차 들르고, 노래방에도 갔고, 그러는 중에 그 '아름다움'은 간혹, 일순 균형을 잃고 '표독 혹은 눈물' 쪽으로 좌충우돌하기도 했다. 표독 쪽으로 기울었을 때 그녀는 내게 "니는 뭐가 그리 잘났냐? 니가 한 게 도대체 뭐냐?"고 공박을 퍼부었고, 눈물 쪽으로 기울었을 때는 감정의 폭발 속에서도 자신을 기묘한 촉촉함으로 추스리는 '대가의 풍모'를 보이기도 했는데, 어쨌거나 그런 그녀로 하여 나는 나를 십여 년 동안 사로잡았고 그 후 십여 년 동안은 물고 늘어졌던 '노동자시'라는 것에, 비록 잠시나마, 그것을 뿌리치려는 방향이 아니라 다시 한 번 그것에 육박해 들어가는 방향으로 잠시 생각해보는 계기를 갖게 되었던 것이 사실이다.

나는 노동당보다 노동자당을, 노동문화보다는 노동자문화를 더 정확한 호칭이라고 보는 것과 마찬가지로 '노동시'란 말보다는 '노동자시'라는 말을 더 선호해왔다. '노동자시'라는 말이 '노동시'라는 말보다 더 계급환원주의적일 수 있다는 염려는 정말 기우에 지나지 않는다. 계급을 삭제한 '노동'이라는 말이 오히려 계급환원주의를 양산하는 현상은 소비에트가 망하기 전인 20년 전이나 망한 지금까지도 창궐하고 있다. 계급의 계급성을 정확히 인식해야 '가치지향의 보통사람'으로서 노동자의 전 계급 대표성과 역사적 진보성이 해명된다는 명제는 아직 충분히 변증법적으로 인식되지 않았고 또 여전히 그 점이 작금 모든 사회운동의 저열한 수준의 가장 중요한 원인 중 하나라고 나는 생각한다. 나로 말하자면 '노동자시'에 대한 내 생각이 지난 20년 동안 크게 변한 것은 아니다. 다만 사고의 방향이 바뀌었달까. '그때' 나의 생각이 '노동자시'란 딱히 신원이 노동자가 쓰는 시가 아니고 전 계급의 이해를 진보적으로 대표하는 시다, 라는 것이었다면, '지금' 나의 생각은, 그러므로 '좋은 시는 모두 노동자시다', 쪽으로 바뀌었다. 이것은 '능동적'에서 '수동적'으로 바뀐 것일까, 아니면 거꾸로? 나는 복합적인 것 같다. '시'나 '문학' 앞에 붙은 모든 수식명사를 빼야 한다는 주장이라면(예나 지금이나 그 폐해가 극심했으므로) 다소 방어적인 것이겠고, '모든 위대한 예술은 모두 좌파'라는 생각에서 보자면 매우 전면적인 것이라 하겠다.

어쨌거나 시인 김해자의 첫 시집의 첫 시 「한밤중」의 전반부는 이런 정황에 보기 드물게 어울리는 작품이다.

> 삼백 날이 다가오도록 일기 한 장 쓰지 못한 나는
> 삼백 날이 넘도록 울면서 시 한 줄 쓰지 못한 나는
> 그래서 하루의 무용담을 노래하지 못하는 나는
> 일 년 삼백예순 날 누군가를 위해 울지 못한 나는
> 이 밤중에 나의 누추를 운다
>
> ─「한밤중」 부분

다소 소재적으로 읽자면, 첫 행은 너무도 바빴던 활동가 시절이겠고 둘째 행은 투쟁적 일상이 과도하여 시적 서정이 성취될 수 없었다는 시인의 양심고백이겠고 셋째 행의 '무용담'과 '노래'는 둘째 행의 2분법에 대한 보다 치열한 미학적 고민에 대한 토로겠고, 그리고 넷째 행은 아연, 노동자 사랑의 보편화 경지에 대한 예감이다. 그리고, 그러므로, 시인은 그러지 못한 '누추'를 운다. 이 소재적인 진전은 전통적 운율을 강력하게 환기시키면서 동시에 극복하려 하는

('나는'의 반복) 과도기 리듬에 의해 또한 강력하게 응집되는 동시에 현대-노동자적으로 해체됨으로써 자책의 감동과 전망의 차원을 '조심스럽게/적극적'으로 열고 있다. 그리고, 무엇이 오는가?

고개 돌려 나의 상처에 귀기울인 동안
겨울이 가고 어느새 나뭇잎은 무성해지고
누군가는 또 병들었다
내 앞의, 내 안의, 또 내 뒤의 고단함에 지쳐
병석에서 뱃살만 늘려온 나는 죄만 늘려온 나는
아니다 아니다 고개만 흔들어온 나는
지금 한밤중이다

— 「한밤중」 부분

자책 뒤에 오기 마련인 의식화 혹은 결의의 상투성을 위 대목은 벗고, 오히려 '지금 한밤중'이라는 깊고 어두운, 그리고 미망의 자의식 속으로 심화되지 않는가. 그래서 이 시는 '노동시'의 전력을 지닌 노동자시인이 노동자시로 갈 수 있는, 아니 좋은 보편적인 시로 갈 수 있는, '드물게 어울리는' 시인 것이다. 단, "병석에서 뱃살만 늘려온"은 문제. 딱히 비서정적이기 때문이 아니라, 자기응시의 치열성이 다소간 풍자적으로 외향하는 까닭이다.

이 문제는 곧바로 이어지는 시 「사람 숲에서 길을 잃다」에서 심화한다.

너무 깊이 들어와버린 걸까
갈수록 숲은 어둡고
나무와 나무 사이 너무 멀다
동그랗고 야트막한 언덕배기
천지사방 후려치는 바람에
뼛속까지 말리운 은빛 억새로
함께 흔들려본 지 오래
막막한 허공 아래
오는 비 다 맞으며 젖어본 지 참 오래

깊이 들어와서가 아니다
내 아직 어두운 숲길에서 헤매는 것은
헤매이다 길을 잃기도 하는 것은
아직 더 깊이 들어가지 못한 탓이다
깊은 골짝 지나 산등성이 높은 그곳에
키 낮은 꽃들 기대고 포개지며 엎드려 있으리
더 깊이 들어가야 하리
깊은 골짝 지나 솟구치는 산등성이

그 부드러운 잔등을 만날 때까지

높은 데 있어 낮은, 능선의

그 환하디환한 잔꽃들 만날 때까지

— 「사람 숲에서 길을 잃다」 전문

전반부는 무척 서정적이다. 그리고 '걸까' '어둡고' '멀다' '언덕
배기' '바람에' '억새로' 등으로 이어지다가 '오래' '아래' '오래'로
흐름이 변화되는 것이 조용하지만 거침없다. 하지만 후반부의 반성
혹은 의식화는 느닷없고, 그러므로 '한밤중'이 아니며, 그 의식화의
전망은 "깊은 골짝 지나 산등성이 높은" 곳 "키 낮은 꽃들", "부드러운
잔등" "높은 데 있어 낮은, 능선"에 불과하게 된다. '잔등'이 가까스로
인간의 체온을 유지할 뿐, '자연의 비유'로 전락하는 것이다. 어째서
이런 일이 벌어졌을까? '인간'(노동자시를 최고의 시로 재명명케 하는 관
건!)은 어디로 갔을까? 2부에 「남아 있는 자」라는 시가 있다.

열다섯 살부터 미싱을 밟아

미싱에 앉았다 하면 손에 날개가 달리던 여자는

샘플만 보면 한나절도 안 되어 완성품을 내놓던 여자는

(중략)

미싱판에 배가 닿도록 미싱을 밟다

그 길로 아이를 낳은 여자는

(중략)

엄마가 된 여자는 솜뭉치 속에서 자고 있는

또 한 아이의 엄마가 된 여자는

평생 딸딸이만 밟으라는 욕만 들으면

머리끄덩이를 놓지 않던 그 여자는

아직도 그 자리에

— 「남아 있는 자」 부분

리듬은 「한밤중」을 연상시킨다(사실 「한밤중」의 리듬은, 양적으로 말하자면, 시집 전체를 관류하는 리듬이다). 그러나 리듬의 역동성과 반전의 묘미의 긴장이 풀어진 상태다. '그 여자'가 평생 미싱만 밟는다고 해서 시의 리듬이 '아직도 그 자리에' 있어야 하는 것은 아니다. 리듬이 스토리를 평면적으로 재현할 경우 전형의 전형성은 상투성으로 전락한다. 스토리가 생애를 집약한다면 리듬은 역사의 진보를 음악화하는 까닭이다. 혹은, 그렇게 되지 못함의 역동성이 현재의 상태를 전형화하면서 그것을 통해 전망(부재)의 예감을 시-미학적으로 역동화할 수 있다. 위 시의 평면성의 시-사상적 원인은 어디에 있는가. 왜 시인은 사람 숲에서 길을 잃었을까? 4부에는 「월미도에서」라는 시가 있다.

새벽녘 월미도

바다는 어머니 황색 저고리

눈발 사이 언뜻언뜻 남빛 치마폭 휘날리고

어느새 불빛 가득한 목포항구

박하사탕 문 아이 오도마니 서 있네

 (중략)

서해 끝에서 서해 끝으로

떠도는 몸 철야 끝 달려온 월미도

오래전 어머니 긴긴 철야에 밥줄 매단

육 남매 시퍼런 목숨처럼 파도 밀려오네

끼룩대는 배고픈 갈매기 소리 사이

밤새 윙윙대던 기계 소리 사라지지 않네

—「월미도에서」 부분

즉, 리듬의 바탕이 되는 것은 추억이며, 그 모든 것의 고향으로서 어머니다. 추억이 동력으로 될 때 노동자는 제각각 혼자, 그것도 가장 연약한 혼자다. 물리적으로 뿐 아니라, 문학적으로도. 인간관계의 미래 이상향으로서 더불어 사는 인간들의 노동현장이, 그에 대비되어 더욱 비참한 현재의 노동지옥도와 겹칠 때 그 겹침이 간극으로써 더욱 긴장 팽팽하고 아픈 상처의 미학을 잉태해갈 때 그때 비로소 노동자는 혼자가 아니며 각각이 남들보다 우월한 개인이다. 김해자에게 미래지향이 없었던 것은 아니다. 가령 같은 4부에 실린,「어머니의 밥상」 중 중간 산문시 대목이 괴이한 것은, 추억 지향과 전망 지향이 매우 왜곡된 형태로 중첩된 결과일 것이다.

> 다음 생엔 꼭 내 속으로 들어와 열 달 뱃속 품어 고이고이 길러 내 배 앓아 엄마를 낳아줄게 배탈나면 차조 메조 눈 많은 곡기 끓여 기저귀에 꾹 짜서 한 입 한 입 먹여줄게 한참 자랄 땐 새벽시장 콩물 받아다 노란 주전자 가득 머리맡에 놓아줄게 입맛 없을 적엔 산낙지 사다 식초 설탕 간장 넣어 염포탕도 해주고 석화 넣어 홀홀 넘어가는 매생이국도 끓여줄게 한평생 서서 밥상 고이 차려줄게 늘 앉아서 밥상만 받은 몸이
>
> —「어머니의 밥상」 부분

'좋은 시'와 별도로 '노동자시'가 아직도 존재해야 한다면 4부에 실린 「은행꽃을 본 적은 없어도」는 한 전범이 될 듯하다. 증오의 (농촌적) 사회-서정화라는 맥락에서.

> 고것이 푸르딩딩허니
> 버들강아지맨치롬 생겼다고 허는디
> 잎사구 뒤에 숨어서 당최 뵈지도 않구
> 고걸 보믄 저승길이 가깝다 해서

쳐다보지도 않았다던 엄니 말마따나

은행꽃은 소 잡고 마무리할 때 쓰는 아주 작은 칼이라는디

백정이 품속에 꼭꼭 숨겼다 숨 넘어갈 때야

도끼 앞에 정수리를 댄 소마냥 말도 못하고 꺼이꺼이,

고개만 주억거리다 건네준다는디 아비의 아비가

그 아비의 아비가 차마 물려주기 싫어

떨구어낸 퍼런 눈물 벼려져 녹도 슬지 않는다는디

백정의 가슴속에서 저 혼자 서슬 푸르다는디

어쩌다 꽁꽁 싸놓은 매듭이 풀려

서늘하게 만져지는 내 가슴에 은행꽃 하나

　　　　　　—「은행꽃을 본 적은 없어도」전문

　그러나, 별도의 '노동자시'는 원래 필요하지 않았고, 필요하지 않다. '노동자시인'에게 아직도 역사에 복무해야 할 대목이 있다면 그것은 진정한 노동자시야말로 인류 보편을 응축, 미래전망화한 최상급의 시라는 것을 미학적으로 증명하는 일일 터. 김해자의 시로 말하자면 4부에 실린 「아스팔트의 이리」의 그 이리를 노동자의 아름다움의 전망으로 전화해내는 일일 것이다.

　울부짖던 그림자 흐느낌으로 바뀌도록

　여자 속의 이리는 철창에서 나올 줄 모르고

이리 밖의 여자는 달빛에 흥건히 젖어도
철창에 부딪히는 소리는 멈출 줄 모르고
여자 속의 이리와 교신해 버린 내 안의 짐승은
철창 속을 어슬렁거리고…

                    —「아스팔트의 이리」부분

　김해자의 첫 시집을 읽으면 우리는 '노동자시' 혹은 '노동시'라고 이름 붙혀졌던 맥락의 장점과 한계를 조감도로 동시에, 중첩적으로 조명하다가, 다시 「한밤중」으로 돌아오게 된다. 그녀가 한밤중 자체를 시-미학의 뼈대로 삼아, 노동자시는 최고의 시를 뜻하며, 최고의 시는 노동자시라는 명제를 완성해주기를 바라는 마음 그래서 더욱 간절하다. 그녀는 정말, '노동자시'의 대모이기도 한 것이다.

뒤늦은,
아니 뒤늦음의,
미학

—곽효환의 데뷔 시들

아직 가을은 오지 않았는데

여름이 남기고 간 상처가 곳곳에 패어 있다

천수만 너머 저편에 군락을 이룬 억새들이

씨앗 뭉치를 입에 물고

바람을 따라 출렁이며 위태롭게 몸을 흔드는데

아직 새 떼는 오지 않았다

둥지 잃은 텃새들이 드문드문 모여

이제 곧 가을이라고 이제 가을이라고

다 잊어버리라고 모두 떨쳐버리라고

비에 젖은 날개를 털고 있다

아, 비린 바다 내음

—「천수만에서」 전문

곽효환의 『詩評』 2002 겨울호(6호) 등단시 여섯 편 중 「천수만에서」는 절묘한 위치를 점한다. 양적인 중간에서 '중용을 역동화'하면서도 그것을 다시 고요화하는데, 고요가 삶으로 비리디 비리다. 소리이므로 '시간=음악'인 고요가 공간화하는 것은 동양적이지만, 그 '공간화'는 "비린"을 '공간화하는 생애화' 한다. 이만한 (미술이 아니라) '시의' 풍경화를 보는 것은 드물게 놀랍고도 즐거운 경험이라 하겠다. 다만, 9행은 실착. 이 행의 '반복과 강조'가 '언어=삶=풍경'의 중첩을 크게, 위태로울 정도로, 뒤흔든다. '물(物) 자체로서의 시'(릴케)가 언뜻 감정에 상(傷)한달까.

위 시의 성취는 어떻게 가능했을까, 위험은 어디서 기인했을까? 나머지 다섯 편은 흥미로운 배경 혹은 과정을 제공한다. "재개발추진위를 결성한 지 삼 년하고 이틀이 지난 / 연립주택에서는 조모의 부고가 애타게 나를 기다리고 있다"(「수락산(水落山)」 마지막 2행)가 마무리짓듯 「수락산」은 산정-묘지에 달하려는 등산을 삶의 죽음이 허물고 들어가는 내용-형식이지만 그 미학의 시간(행갈이 혹은 시 흐름)이 완만하고 애매한데, 긴장을 흐트러트리는 쪽으로 그러하다. ('완만'이 긴장의 생애적 깊이를 심화하고, '애매'가 긴장의 포괄력을 확대할 수 있다.) 그러므로, "우습지 않은가 / 뒷산에서 길을 잃다니"…(「뒷산에서 길을 잃다」 마지막 2행). 그리고, 다시 그러므로, "물 길러 가는 길의 명상 / 지금 나는 / 전환, / 전환이 필요하다"…(「물 길러 가는 길」 마지막 연 첫 4행). 왜냐면, 거기까지의 '미학의 시간'이 행갈이가 급박하고 그에 따라 내용의 흐름이 갈수록 기억 속으로 곤두박질치지만, 둘이 평행선을 이루므로 긴장을 흐트러뜨린다. ('급박'이 긴장을, 물론 가속화할 수 있고, '곤두박질'이 열림의 구멍 혹은 '구멍=죽음'을 긴장에 부여할 수 있다. 이 구멍은 '기억=죽음을 포괄하는 웃음'의 통로다.) 그것은, 인용부분 바로 앞 대목이, 시간을 매개로 하면서도 전화가 아니라 전도이므로 더욱 그렇다. "그때는 산 위에서 산 밑으로 / 오늘은 산 밑에서 산 정상으로 / 나는 물 길러 간다"…. 시인도 그 사실을 알고 있다. 「남성극장에 관한 추억」은 완만하면서도 기억이 나열형인 채로 생생하고 육(肉)을 입었다. 육을 입은 기억의 끝은 앞 작품과 달리 역사를 입고 세상 속으로 뻗는 생애의 길이다. "70년대는 불행하게 / 가고 이마 시원한 새 얼굴의 군인과 함께 80년대가 / 오고 또 가고 / 나도 친구도 각자의 길을 / 가고 남성극장도 신학교(神學校) 시절을 거쳐 태평데파트의 시절로 / 사당동 산번지(山番地)들은 대림, 극동, 현대아파트로"…. 그 '길'은, 당연히, 중첩적이면서 더 자연스럽다, 즉 삶과 기억의 행로에 가깝다. 그리고, 그러므로, 1행 띄고 곧바로 이어지는 마무리 4행은 앞 작품보다 더 급박하면서도 낭떠러지의 깊이가 삶에 가깝다. "이제 내가 꾸는 꿈은 / 복고풍(復古風) / 희미한 사랑도 추억도 그리움도 / 재개발할 수 있다면"… 물론, 아직 미진하다. 그래서, 그런 채로, "할아버지 할머니 아니 아버지 어머니 내 나이 적에 / 무병장수를 기원하며 물줄기에 몸을 맡겼다는 / 쌍폭포는 끝내 못 찾고 / 참 맑고 고운 개울을 만나

손 닦고 땀 훔치고 / 상한 마음도 미련도 씻어 흘려 보냈지요"(「무더위─선암사(仙巖寺)에서」 마지막 5행)의, '씻음'의 체념 혹은 체념의 씻음'을 통과해야 한다. 왜냐면 '체념'은 삶에 가까울수록 종교에 가깝지만 '씻음'의 감각 때문에 종교 자체를 삶에 가깝게 한다, 즉 문학화한다. '씻음'은 종교에 가까울수록 제의에 가깝지만 '체념'의, 생애의 무게 때문에 그 자체 (문학적인) 생애를 갖는다. 허나, 아직은 2분법을, 즉 (전화가 아닌) 전도의 차원을 완전히 벗지 못했다. 명품의 경지란, '씻음=체념'의 경지 아닐까? 「천수만에서」 '이전'(발표 혹은 작품완료 시기가 아니라 내용상의 이전) 작품들에서 그 등식을 가로막았던 것은, 한마디로, 뒤늦었다는 생각과 연관된 뒤늦은 미학이었다. 그렇다면, 「천수만에서」는? 뒤늦은 미학이 뒤늦음의 미학으로, 또 '뒤늦음=미학'으로 전화했다.

1행과 2행 사이, "아직 오지 않은 가을"과 "여름이 남기고 간 상처" 사이가 바로 그 절묘한 '뒤늦음=미학'의 공간이다. 이 공간이 상처를 받아들일 뿐 아니라 형상화하고("패어 있다"), 3행과 4행, 그리고 5행을 자연-공간의 역동으로써, 인간-생애화한다. 그것에 그치지 않는다. 다시, 더 깊은 '뒤늦음=미학'의 공간("아직 새 떼는 오지 않았다")이 시간으로 제시되고 이어지는 행의 "드문드문"이 그 모든 것을 '공간=풍경=생애'화한다! 그러므로 그 다음 행의 반복은, 위험하지만, 중첩 자체의 언어-형상화로 무난하다. 문제는, 앞서 말했듯 그 다음 행. "다 잊어버리라고 모두 떨쳐버리라고"는 분위기와 언어

구조 모두 앞 행의 반복이고 자체 반복이면서, '뒤늦음=미학'을 '뒤늦은'의 개입으로 와해시킨다. 5행에서 역동의 깊이와 규모를 파란만장하게 했던 "위태롭게"가 9행에서 정말 시를 위태롭게 하는 형국이다. 9행이 없다면 10행은 또한 차례의 '공간=풍경=생애'화며 마지막 행은 '시의 풍경' 혹은 '시=풍경'이라고 할 수 있었을 것이다.

허나, 여기까지 온 것이 정말 대단하다. 어느 시인이, 혹은 몇 사람의 기성시인이 정말 여기까지 왔던가? "사람 손이 덜 탔다는 그래서 옛것이 옛것답다는 / —답다는 게 참 중요하게 된 세상이지요"(「무더위—선암사(仙巖寺)에서」 4~5행)…. 이런 조의 시작품은 많겠지마는.

'文'과 '靑', 그리고 몸

—이응준 시집 『낙타와의 장거리 경주』에 부쳐

 완전히 잃어버린 것을 되찾은 손에는

피가 묻어 있게 마련이다.

거기에는,

죽음이

죽음인 것처럼,

아무런 이유가 없다.

—「자서」 전문

    '문청'이라는 용어는 '문학청년'의 준말이다. 문학 지망생이 전처럼 '우수'하지도 않은데다(우수한 인재들이 TV와 영화 그리고 멀티미디어 쪽으로 몰린다. 그리고 어떤 때는, 유수한 신문 문화면의 문학기사보다 문화면 혹은 연예-오락면의 '대중문화' 기사면이 더 문학적이라서 내 마음 갈팡질팡할 때가 있다), 치기를 덜 벗은 기성 문인한테 쓰이는 일이 더 흔하므로 '문청'이란 말은 아무래도 좋은 어감을 풍기기 힘들다. 하지만 '문청'이란 말을 '글월 文' 자와 '푸를 靑' 자로 일단 갈랐다가 다시 합치는, 변증법적인 '구분/결합' 방식을 적용하면 어떤가. 우리는 '문청'이란 말이 타락하는 와중에 실로 많은 것을 상실했다는 것을 깨닫게 된다. 단지 글을 쓰던 초심으로 돌아간다거나 초심을 회복한다는 의미 정도가 아니다. 문학은, 육체와 다르게, 그리고 생애와 비슷하게, 나이들수록 아름다워진다. 그 아름다움을 몸이 아닌 글의 '푸르름'이라고 한다면 '문청'은 문학의 희망 혹은 전망 그 자체로 된다. 이것은 '원로'라는 말의 타락을 통해 우리가 상실한 것보다 더 근본적인 것을 되찾으려는 욕망과 연관된다.

「자서」에서 이응준은 그러한 '文'과 '靑'의 합을 노골적으로 지향한다. 동시에, 그것을 위해 그는, 놀랍게도, '몸의 비유'를 강행한다. 그것은 언뜻 젊은 '문청'을 상기시키고, 시집 전편에 걸쳐 '젊은 날'에 대한 회상이 시를 발생시키(는 듯하)지만, 서시에서 벌써, 몸의 결핍(=죽음)과 몸을 동일시하고, 시집 군데군데에서 그 죽음 혹은 동일시를 '문'과 '청' 변증법의 질을 좀 더 높이기 위한 매개로 구사한다. 과격하지만 매우 적절하게. 「자서」는, 이를테면 후기 낭만주의의 퇴폐성이 나치에 맞서면서 (진보성은 아닐망정) 현대성을 심화시켜간 첫 성과였던 표현주의가 회화 쪽으로 광포-평면화할 즈음 음악을 매개로 '일상 속으로 공포화한' 결과인 힌데미트 오페라 「카르딜라크(Cardillac)」쯤에 도달해 있다. 보석 세공장 카르딜라크(바리톤)는 자신이 만든 보석 작품을 너무도 소중히 여겨서, 그것에 관심을 표하기만 하면 어느 손님이라도 죽여버린다. 「자서」는 그 카르딜라크의 대사와 음악 같지 않은가. 이것이 어떻게 언제 '일상의 공포' 차원에 달하게 될까? 이 시집이 우선 던지고 펼쳐가는 '질문의 방식'은 그것이다.

"카프카는 체코어로 까마귀라는 뜻이다. / 나는 열여덟에 / 그런 이름을 가지고 싶었다"로 시작되는 첫 작품 「칠 일째」는 그것을 지향하지만 도달하지 못한다. "서른이 되던 날 밤" "한번 들어가면 영원히 빠져나올 수 없는 곳이라는 뜻"의 '타클라마칸'을 이름 삼고 요즈음엔 "毒이라는 뜻"의 '바이러스'라는 이름으로 지내는 것은 '문청'이고, "납인형 같은 生이 經을 덮"은 것은 '문과 청'이지만, '칠 일째'라는 종교적 비유가 마지막 행 "이 세계를 소독할 유황불을 기다리"는 한계를 낳는 까닭이다. 종교적 비유는 「시편 23편」의 '번제'의 구약, 「환멸의 한 연구」의 '싯다르타'라는 불교 등으로 이어지고 한계도 이어진다. 울음과 증오와 죽음이, 종교적으로, 한 '몸'이 되려면, 자연주의의 구약과 해탈 혹은 가상현실의 불교를 지나, 신약에 달해야 한다. 신약은, 문학적으로, '몸=죽음'의 일상적인 신비에 대한 명상이기 때문이다. 내가 보기에 그가 신약의 '미학적 차원'에 처음 달하는 것은 3연으로 구성된 산문시 「인사동에서」다. 한 연씩 읽어보자.

늑골에 까마귀 날아와 앉은 저녁. 얼굴에 화상을 입은 수
녀가 내게 길을 물었다. 나는 골동품 가게에서 풍금 치던 아
까 그 사내가 기괴하였다고 대답했다. 내가 너의 손바닥에
남은 못자국을 몰라 가을이 가을처럼 사경을 헤맬 때, 온 세
상의 우울하고 허기진 개들아—사랑이 불길했노라 합창한
뒤 밤하늘로 올라가 가장 아름다운 별자리가 되어라. 천사가
낳은 피 묻은 달걀을 가슴에 품은 막달라 마리아,이 고통이
비명보다 긴데도 속삭인다.

—「인사동에서」 첫 연

고통이 내화하고 공포가 일상화한다. 힌데미트가 쇤베르크로 전
화하는 순간이다. 왜 자꾸 오페라 얘기를 하는가? 몸과 '몸의 결핍'
사이를 흐르는 것이 바로 음악인 까닭이다. 그 음악의 힘으로, 넘치
면서, 마지막 행 "고통이 비명보다 긴데도 속삭인다"는 종교를 너머,
비로소, '문과 청의' 문학에 가닿을 길이 열린다. 그러나, 동력이 아
직 모자랐을까, 2연은 공포가 초현실화하면서 감상화한다.

—젖은 연기 피어오르는 굴뚝 아래서는 쉬면 안돼요. 窓
없이 검은 문 하나만 달랑 놓인 집에도 머물지 마세요. 누가

당신의 잘려진 목을 손에 들고 다정히 불러줘도 눈감고 지나
치세요. 황혼은 물론이고 비 오는 휴일도, 잊지 못하겠다고
매달리던 옛사람에게 그랬듯 그냥 버리고 가세요.

그러므로, 3연은 1연의 반복인 동시에 반복의 (안간힘 섞인) 거부
일밖에 없다.

늦골에 까마귀 날아와 앉은 저녁. 얼굴에 화상을 입은 수
녀가 내 무너진 기억을 탄식했다. 나는 무지개는 반쪽이 아
니라고, 오로라는 반쪽이 아니라고 가르쳐주지 않았다. 피곤
한 짐승의 가죽과 등뼈를 환하게 드러내며, 길을 잃어 누워
있는 낙엽들에게 절하지 않았다.

그리고, 그러므로, 이제 그가 종교 없이, 오기만만하게, '문청 시
절'에 직면한다. 그리고, 어떻게 되는가? 오기가 다시 강퍅을 낳는
가? 아니다. 「내 스무 살에게」는 짧은 시지만, '문청'과 '문과 청'의,
시간 거리의 중첩이 편안한데, (카프카의, 그리고 「인사동에서」의) 까마
귀가 그 중첩(의 편안함)을 주재하는 것이 특이하다. 전문이다.

당신 아니어도 그 마음 잘 압니다. 당신이었을 적에 그 마
음 전혀 모르던 것과 같이.

긴 시간이 흘렀건만 나는 여전히 외롭습니다.

반짝이는 쇠붙이 따위를 물어다가

제 둥지로 옮기는 까마귀들의 어두운 습성처럼

잘 기억나지 않는, 작고 빛나는 그 시절의 물건들을 되찾아

당신의 낮잠 든 머리맡에 가만히 내려놓고 싶습니다.

　　마지막 두 행이 「인사동에서」 첫 연 마지막의 연장으로, 둘째 연 첫 부분보다 '시간' 상으로 과거적이면서도 진술의 공간이 더 여유롭고 그 속에서 까마귀의 '몸'은 현재−실제적인 동시에 문학적이다. 즉 '문'과 '청'의 변증법이 재창조되었다. 그 변증법은 "여기 분위기는 왜 꼭 80년대 같을까…. (중략) 약냄새 지워지지 않는 시절"(「어느 날 장미는 선인장처럼」 첫 연 일부), "얼마나 더 어두워야 하는지 / 얼마나 더 밑으로 가라앉아야 하는지 알 수 없던 / 내 소음으로 가득 찬 이십대"(「白夜」 3연)를 거쳐 일단 「우리」에서 과거와 현재가, '문'과 '청'과 '몸'이, '否定의 한 몸'을 이룬다. 역시 전문이다.

　　마주본다.

　　바람에 금이 간 뺨.

서걱이는 모래눈물.

썩은 감자 같은 발굽에
밟히는 분노여.

우리, 하필
이 별에서,

낙타가 되다니.

　"밟히는 분노여" 그리고 그 앞 행 마지막의 '에'를 뺐다면 이 시는
구약의 비유를 지닌 채 현대성 그 자체를 형상화한 희귀한 작품 중
하나로 손꼽힐 만하다. 여기서 끝나는가? 그의 오기가 사랑으로,
'否定의 한 몸'이 '肯定의 한 몸'으로, 전화해야 하지 않는가? 물론.
그는 우리를 실망시키지 않는다. "스무 살에 부르던 투쟁가처럼 꽃
이 핀다"(「봄날은 간다」 1행)가 진부해서 위태롭고, "밤의 근처에서 바
람이 불어오지 않을 때 당신에 대한 기억을 책갈피로나 쓰는 나 같
은 벌레의 가장 큰 죄는"(「밤의 근처에서 바람이 불어올 때」)이 자학이
라 위태롭고, "낮에는 구름기둥, 밤에는 불기둥을 앞세우며 나를 뒤
쫓아오던 저 파문으로 얼룩진 기록. 당신은 무엇이었나요?"(「내 피」)
가 다시 종교적이라 위태롭고, "소년의 꿈은 / 낙타와의 장거리 경

주"(「카뮈」)는 「우리」만 못해서 위태롭고, "그날 그 저녁. 나는 죽음을 보았다. / 진통제로 절은 어머니의 육신은 / 소시지에 마구 난도질을 해놓은 듯했다"(「해지는 성찬식」)는 위악적이라 위태롭다가, 「애인」에서 그는 그 위태로움 자체를 '肯定의 한 몸'으로 가는 이정표로 세운다.

> 눈 덮인 벌판에 아무것도 없는
>
> 그림을 보면, 거기가
>
> 꼭 내 심장인 것만 같다
>
>
> 하지만 그것마저 남겨둔 채
>
> 영원히 가고 또 가고
>
> —「애인」 1연과 2연

여기서 그의 낭만주의는 '이응준적' 차원에 달한다. 그 다음은? 다음 시집의 진경을 기다려볼 일이다. 아니, 이응준 시와 소설의 접촉 면적을 파고 들어볼 일이다. 이 시집에 실린 시들은 '소설 이전' 혹은 '소설 이외' 혹은 '소설 그 후'의 것들이 아니다. 이응준의 소설들과 동시적 공간으로, 정말 '긍정과 부정의 한 몸'으로 읽혀야 할 것들이다. 그도 나와 같은 생각일까? 그는 「서시」를 맨 마지막에 달았다.

이제 노래는 그만 접고

소금구름 아래

꽃피렴.

응어리야.

응어리야.

— 「서시」 마지막 두 연

그래.
정말 일몰이
꿈틀, 했다.

—강신애 첫 시집 『서랍이 있는 두 겹의 방』에 부쳐

첫 시 「마노」 2연은 잔잔하지만 고요의, 긴장이, 방대하면서 일상적이다.

바라보면 입속에

수세기의 침묵이 고이는

마노에는

그것을 건네받던 순간의 긴장이

고스란히 지문 찍혀 있다

"고스란히 지문"은 여러 겹의 응축-확산-재응축 과정을 통해서 나왔다. 눈(바라봄, 넓음) 입속(좁음) 수세기(확산) 고임(응축) 마노('응축=확산') '순간=긴장'(응축이면서 삶 속으로의 확산-애매화)을 통해서. 그렇게 "고스란히 지문"은 삶의 사회성이 진해지면서 동시에 유현(幽玄)도 깊어지고, 연대가 형상화되면서 동시에 일상성도 깊어진다. 그것을 추동하는 감각의 섬세함은, 현란하면서 동시에 "수세기의 침묵"보다, 중력보다 고요하다. "찍혀 있다"고 표현했지만 '찍혀 있음'보다 (표현되지 않은) '묻어남'이 더 선명한 무게를 갖는다고 주장하는 듯이. 거기서 끝나지 않는다. 그렇게 읽으면, 1연 "나는 그 돌을 / 책상 가운데 두고 소중히 보살핀다"는 왜, 그렇게 두 행으로 (긴장을) 풀었을까 하는 의문이 뒤늦게 들지만 그 '뒤늦음=의문'에 곧장 이어지는, (3행으로) 더 풀어진 3연이 중첩되면서 오히려 일상의 탄력이, '사소할수록 더욱' 강화되는 회로가 일단 완성되는 것이다. "그 돌에서 나는 / 난롯가의 농담, 저녁의 가벼운 흥분, / 사소한 다툼들을 불러낸다"…. 이와 같이, '돌', '난롯가', '농담', '다툼'에다 '가벼운', '사소한'이라는 형용사를 동원한 시 단 한 행이 절묘한 균형의 무게로 일상의 의미를 구원하는 사례는 드물다 할 것이다. 그리고, 이 단계에서 느낌으로 만족하지 않고, 매우 의도적으로 '불러내'는 행위는, 4연에서 정말 무엇을 불러왔는가?

> 아름답게 금이 간 날들을 삼키고
> 돌은 응고된 새의 표정으로
> 내 앞에 있다

이룩된 일상의 의미가 영구화하면서, 그 속으로, 그 경로이자 결과로서 '새'가 등장한다. 그 새는 물론 비상을 의미하고 꾀하는 새지만, '중력의 새'라고 해도 될 것이다. 5연은 다시 일상 속으로. 그러나, 이만한 시인이 반복할 리 없다. 일상의 심화-확산의, 심화-확산은 무엇인가? 당연히 색과 몸, 예술과 사랑이다. "회색에서 주홍, / 안으로 들어갈수록 갈색 이랑 그려진 / 마노의 중심에서 / 사랑의 파편들이 새로 태어나고 태어나고···." 마지막 연에서 그 모든 것은 '여성의 몸'으로 응축되고 생동한다.

        내 몸속으로
        그 품의 물이랑이 돈다

이것은 그녀가, 여자이므로, 여성시인으로 된다는 것과 다른 맥락이다. 위 시는 시인이 여성이라는 것이 드러나는 과정이 아니고 시가, 예술이, 혹시, 여성의, '응축으로서' 육화일지도 모른다는 점에 (남성도) 기분 좋게 동참시킨다. 그렇게 강신애의 첫 시집 모두 작품은, 의도적인 '불러냄' 때문에 더욱 시 창작 방법론이다. 이것을, 남성이지만 '남성시인'이라고 할 수 없는 김수영의 '남성적' 방법론에 대비되는, 여성이지만 '여성시인'이라 할 수 없는 강신애의 '여성적' 방법론이라 할 수 있겠다.
    첫 시가 미술언어를 매개로 한 시 창작 방법론이라면 두 번째 시

「부드러운 흔적」은, 「마노」에서 어렵사리 탄생한 '새'의 지위가 격상되면서, 연극언어를 매개로, 더 역동화한다. 미술평면의 깊이를 심화시키던 세월이 단 하룻밤으로 '응축＝일상'화하고, 느낌표와 의문부호 각 하나씩을 동원하고 또 '삶의 공포'까지 허용하면서, 심화한 고요가 공간 밖으로 튀어나오고 그 튀어나옴이 다시 고요를 심화시키는데, 이것은, '난폭한 일생'이 '고요의 반짝임'과 동일시되는 경지다. 그것도 '몸속'에서.

> 몸의 일부였을 땐 난폭했던 새의 一生이
> 어두운 틈에서 부드럽게 반짝였다

서정주 「동천」의 새가 화폭 밖으로, 삶 속으로 뛰쳐나왔다고 할 만하다. 그러나, 그리고 '삶 속'은, 세상을 시적으로 이해할 능력이 있는 자에게 더욱, 절망적이다. 그 절망은, 광경을 풍경으로 전락시킬 정도로, 잔혹에 짓눌려 있다. 절망을 절망으로 겪는 시인에게 유일한 희망은, 희망이 서정의 '참신성＝형식'과 동일시될 때. "영생도 지옥도 광신자도 배교자도 반죽이 되어 하나의 殘骸다"(「잔해 도시」)는 물론이고 "폭탄 파편이 튄 소녀의 얼굴은 밀랍처럼 굳어 있다"(「절름거리는 봄」)는 김춘수의 「부다페스트에서의 소녀의 죽음」보다 더 돌이킬 수 없는, 서정의 형식이 더 제거된 풍경을 펼친다. "종량제 봉투에서 오래된 봄냄새가 났다"는 정말 돌이킬 수 없지 않은가.

그 뒤로 시인은, 아니 시집은(왜냐면 수록 순서가 집필 순서일 리 없으므로), 그러나 결국 '시집으로서 시인'은(왜냐면 시인은, 대체로, 독자들이 순서대로 읽을 것을 염두에 두므로), 한참 동안 그 상태를, 벗어나려 발버둥치지만, 벗어나지 못한다. 「숲속의 보물찾기」와 연이은 「나의 자작나무」가 '서정의 형식'을 예감하지만, 너무 빠르고, 조급했다. 그 증거로 전자의 '~했네'와 후자의 '~나요', '~입니다'는 '서정=형식'을 강화하기는커녕 구태화할 뿐이다. 그렇게 다시 어디까지 갔을까? 희망은 '~습니다' 투를, 버리는 것이 아니라 현대-서정화의 매개로 질적 발전시킨 「두 겹의 방」에서 도달되고 있다. 첫 부분이다.

> 나는 그 숲의 불가사의한 어둠을 사랑하였습니다
> 밤이면 습관적으로 음란해져
> 숲으로 들어가면, 숲은 내게로 기울어
> 귓속 차고 슬픈 전설이 흘러나와 발가락을 적십니다

"불가사의한 어둠", "습관적으로 음란"이 숲을 매개로 한 '들어감'과 '기욺'의 상호 사랑 행동을 동력 삼아, 발가락을 적시는, 불가사의가 서정으로 투명해지고 음란이 서정으로 촉촉한 적심이 되는 과정은, 희귀하게 감동적이다. "슬픈 전설"은 상투적이지만 그 앞의 "귓속차고"가 그 상투성을 충분히 상쇄하고 있다. 자, 그 다음이 흥미진진

한데, 1부는 "내 몸이 조금씩 흔들릴 때마다 / 나는 신께 / 세상 가장 아름다운 향기를 선물한다"(「내 몸이 조금씩 흔들릴 때마다」 뒷부분)의 절묘한 몸향기 '흔들림'과, 「대칭이 나를 안심시킨다」의 다음과 같은, 모녀간 생애를 공간화한 '대칭'을 거느리면서 끝나고 있다.

>
> 화투로 하루의 운을 떼보는 母와
> 신문 '오늘의 운세'를 읽는 女
>
> 발이 상처나면 쉽게 썩어버리는 당뇨인데
> 예쁜 구두만 고집하는 母와
> 거꾸로 매달려 살아도
> 뾰족구두만 고집하는 女
>
> (중략)
>
> 듬성듬성 상처난 어머니의 자궁과
> 잉태를 꿈꾸는 나의 자궁도 대칭이다

여기서 어느 쪽이 '좌(左)'고 어느 쪽이 '우(右)'인가? 이 질문을 '게임화'한다면, 우리는 근래 대통령후보 선출에 관한 정치판의 '이념 논쟁'이 천박하고 기만적일 뿐 아니라, '예술의 좌우' 논쟁과 근본적으로 다르다는 것을 느낄 수 있다.

2부에는 느긋함의 솜씨를 보여주는 명품 두 편, 「오래된 서랍」("실로 이런 사태를 나는 두려워한다"의, 내숭이 발하는 엄청나고 유쾌한 발상-호흡 전환)과, 「사막을 파내려가 거기」(제목이 벌써 암시하는 정곡을 찌르는 육감의 자궁화. "사막을 파내려가 거기 / 꽃뱀으로 또아리 튼 숲과 나는 / 목련 같은 아이를 가지리라")가 수록되어 있지만, 이 느긋함을 배경으로 더욱, (2부뿐 아니라 시집 전체의) 절정은, 「일몰이 꿈틀, 했다」에 있다. 전문이다.

바람도 인기척도 백골이 되어 뒹군다. 이백팔십만 평 광활한 색채의 묘지. 시커먼 갯벌은 지리산 갈비뼈의 갈대줄기, 섬진강 햇살의 꽃수염 솟아나오는 모공이다. 제 습기를 밀어내느라 웃자란 갈대의 군락. 나를 풋기운, 풋내음에 가두는 미친 갈대의 갈고리들. 갈대의 굴을 파며 얼마나 허우적였을까. 어디가 끝이야! 고함쳐보았지만 하얗게 삭아가는 갈대의 목울음만 커엉커엉 되돌아왔다. 제 골격 그대로 말라 빠진 갈대가 팽팽히 시위를 당겨 철새를 겨냥한다. 일몰이 꿈틀, 했다. 소리없이 떨어져 죽는 하늘의 갈대들—새를 삼킨 갈대밭이 말간 정신의 뼈를 내뱉는 순천만 갈대숲.

뛰쳐나온 새의 몸의 생애의, 풍경화. 이때 풍경은 광경보다 고요하면서도 고요가 광경보다 치열한, 정말 서정주의 「동천」을 복고의 낡은 풍경화쯤으로 평가절하시키는 '풍경=화'다. 호흡이 급속해지면서도 그 속도가 예리하게 부조하는, 완강해서 아름다운 형상들, 그 와중에 4행 마지막의, '풋기운'이, 쉼표와 어우러지면서 동사인 듯 형용사인 듯, 그러나 다음 행 '풋내음'으로 명사-확인되는 찰나의, 전편 응축 및 대전환, 그 숨 가쁜 와중에 "어디가 끝이야!"의 절규와 느긋함(호흡 바꿈)의 겹침, 그리고 '일몰'(지다, 떨어지다, 황홀하다)과 '꿈틀'(삶, 죽음, '겹침=찰나=영원'의 동작-형상화)을 정말 꿈틀거리게 만드는 쉼표, 의 전율은, "소리없이 떨어져"를 통과하면서, 예리한 감각, 정도가 아니라, '예리' 그 자체를 풍경화한다. '화(化)'가 '화(畵)'로 되는 순간, 시가 모든 장르를 응축하는 순간이다. "소리없이 떨어져 죽는 하늘의 갈대들—새를 삼킨 갈대밭이 말간 정신의 뼈를 내뱉는 순천만 갈대숲"…. 순천만이 시의, 아름다운 고통의, 축복을 받는 순간이라 할 만하다. 절망은 이렇게, '희망=서정'의 아름다운 뼈대로 극복된다.

3부는 프롤로그 혹은 에필로그, '그전' 혹은 '그 후' 성격이 짙다. 그리고, 그 점을 또 다른 느긋함의 솜씨로 전화시키는, '나이 먹는 시'도 (당연히) 중요하다는 듯, 강신애는 아버지에 대한 한 편의 명구를 배치했다. 그것을 음미하면서 우리는 그녀 시의 '부모'가 되어보

자. 앞으로도 내내.

> 수천의 집을 허물고 지으며
> 켜낸 육송무늬처럼 투명해지신
> 아버지
> 가뭇없는
> 몸
>
> —「갓 켜낸 육송무늬처럼」 뒷부분

왜냐면, 시는 "남편의 유골로 / 모래시계를 만든 아내"(「지순」)지만, 그렇기에 더욱 독자는 난해를 푸념하는 어린애가 아니라, 시 정신의 영원한 신세대를 이해하려 애쓰는 부모 같아야 한다.

ps. 강신애는 자주 만나지는 못하지만 일단 만나면 진하게 술을 먹는 사이다. 그녀는 사진에서 보시다시피 미인에 여장부에, 주량 튼실하고 노래 명창인 경우인데, 딱 하나, '예' '아니오' 식 대답이 너무 공무원-사무적이고 '모종의 (정다운 육감의) 끼'가 부족하다는 핀잔을 가끔 내가 주는 편이다. 그런 평소 인상 혹은 '편견'이 이 글에 반영되어 있을지도 모른다. 정말 그렇다면, 강신애(씨)는 너그럽게 봐주고, 독자 분들께서는 그 점 충분히 감안하시기를.

철학이
녹아내리는 순간
문학의 육체는

— 박수영 장편소설 『도취』를 읽으며

"이 모든 시대착오적인 가치의 도취로부터…."

— 『도취』 서사

    1971년 40대 기수론을 등에 업고 대통령 후보로 출마한 김대중
은 분명 선거에서 장기집권 군사독재자 박정희보다 많은 표를 얻었
으나 개표 부정으로 낙마했다. 당시 그가 장충단공원 연설 때 모은
군중 수는 전설적이다. 그 후 1997년 마침내 대통령으로 선출되기
까지 장장 26년 동안 그는 백주대낮의 피살 위기를 수차례 넘겼고
군사재판으로 사형선고 및 국외추방 조처를 당했고 대통령 후보로
두 번 더 실패했으나 대통령에 당선되었을 때 그만한 민주화운동 경
력과 정치적 경륜, 그리고 국제적 위상과 카리스마를 갖춘, 그리고
그만한 기대를 받은 한국 정치인은 없었다. 하지만 '모종의 낡음'이

어영부영 배회한다 싶더니 결국 개혁의 전망 자체를 집어삼키는 운명이 되고 말았다. 이것은 '김대중 사람들'이 애당초 생물학적으로 27년 동안 늙어서가 아니다. 정치의 나이는 경륜이고 경륜과 결합할 때 미래전망은 가장 아름답다. 문학적으로 비유하자면 그들은 집권하자마자 자신의 '화려한 시절' 장충단공원 유세로 돌아가고 싶어 했고 그 순간 27년만큼 미숙해진 것이다. 당선 10개월, 그리고 취임 8개월 만에 재신임을 묻겠다는 노무현의 '극적인' 발상은, 설령 커다란 돌파력을 가질 수 있다 하더라도, '극적이었던' 자신의 대통령 당선 '과정=시절'로, 돌아가고 싶은 것 아닐까? 10개월은 수학적으로 물론 27년보다 짧다. 하지만 27년 동안의 야인 경력이 아무리 중요하단들 10개월 동안의 집권 경험보다 소중할 리는 없다. 만일 '돌아가기'를 바라는 것이라면, 노무현의 재신임 발상은, 모험적이기에 앞서, 시대착오적인 가치 도취다.

박수영이 누구길래, 서두가 이리 거창한가. 그(녀)가 다루고 있는 가치 도취는 시대적으로 김대중 정권의 가치 도취와 노무현 정권의 가치 도취 (가능성) 사이 놓여 있고 내용적으로 다른, 더 다중적인 차원을 다루고 있다.

나는 그(녀)를 그의 첫 작품이 출판되기 전 '소설을 쓰려 하는 철학과 출신'이라 소개 받았다. 철학과라….

대학시절 나의 가장 친한 친구는 모두 철학과였다. 그때, 영문학과를 다녔으나 문학에 문외한이었던 내게 그 둘의 철학은 문학–예술을 응축한, 낭만적이고 향기로운 학문이었다. 내가 징역살이 운동권으로 그 둘이 모두 부산의 교수권으로 강제 편입되면서, '만남=일상'이 끊어졌을 때 비로소 철학은 참으로 남성-보수적이고 딱딱한 학문이라는 생각이 들었다. 사실 철학사에 여성 '철학자'는 등장하지 않으며, 철학과 여교수는 최근까지 가물가물하다. 해방과 혁명을 논하는 철학에서도 사정은 다르지 않다. 그리고 여성평등을 실천했다는 중국에서도, 여성이 민족해방전선에서 혁혁한 공을 세운 베트남에서도 철학의 그런 사정은 마찬가지다. 그렇게 이별도 철학의 딱딱함도 자연스레 굳어지던 시절 나는 철학과-여성-소설가(내가 아는 철학과 출신 소설가는, 황석영 정도다!) 후배를 만났던 것이다. 정작 내가 아니라 소설가 최인석을 만나러 온 것이었는데도 그녀는, 미모야 이미 인구에 회자된 지 오래지만, 초면에도 미소가 자연스레 화사하고 싱그러움이 넘쳐났다. 그때 내 뇌리에 쏜살같이, '철학이 녹아내리는 순간 문학은 황금의 육체를 얻는다'라는 구절이 스쳐지나간 것은, 대학시절을 그리워한 시대착오적인 가치 도취였던가.

마틸드는 줄리앙 소렐의 죽은 머리를 들고 눈물을 흘리는데 그것은 자기의 '무서운 사랑'에 감명 받은 '자기도취의 눈물'이라고 했어. 마틸드는 바로 어떠한 문학작품에서도 그려진 적이 없는 '사랑이라는 관념의 극치'를 보여주는 독특한

캐릭터라고 했어.

—『도취』172쪽

박수영의 첫 장편소설 『매혹』은 말 그대로, 또 사람 그대로, 매혹적인 소재를 매혹적인 문체에 담아낸 작품이었다. 하지만, 『도취』는 문장이 전혀 자아도취적이지 않다. 오히려, 놀랍도록, 안정-일상화했다. 그리고 도취의 소재는 역사의식과 사랑이다. 이 둘은 극단적으로 길항하지만, 그 길항은 주인공 남녀 시훈과 신혜를 극단적으로 결합시킨다. 이것이 비극의 씨앗으로 될까, 말까? 아니, 그런 문제가 아니다.

다시 문학적 비유를 쓴다면 이성 너머 새로운 철학의 효시라 불리는 니체 철학은 부재한 여성을 향한 절규이자 비명소리였고, 프로이트 정신분석은 그것을 '여성=성기=구멍'(결핍)의 기념비로 정리한 것이며 가타리-들뢰즈의 좌파 미학으로서 철학은 그것을 해체하는 동시에 해체에 '여성=문학예술'의 열린 세계관을 총체로 부여한 결과다. 그것은 남성의 철학이 여성의 문학예술에게 이렇게 말한 결과를 다시 '철학적으로 문학화'한 결과다.

너와 다른 존재에 대해, 거의 자신처럼 공감할 줄 아는 신
비하고도 진실된 공감 능력. 넌 그걸 갖고 있어. 그리고 난
그걸 너무 사랑해.

—『도취』179쪽

그리고, 그러나, 박수영은 새로운 철학의 탄생사를 소설로 쓰고 있는 게 아니다. 그리고 길항과 결합의 극단성은 철학 소설화의 잔재가 아니라 도취 소재와 일상 문체의 간극을 극단적으로 최소화하려는 장치였다. 사랑하는 이는 결혼을 저주하는 운동권, 그것을 당연시하고, 역사와 이상을 버린 대가로 사랑을 얻었다는 죄책감 때문에 부부관계에 근엄한 남편, 그것으로 인해 성애의, 오르가슴의 자연스러운 일탈 행동을 기피하게 된 아내, 한 번쯤의 외도를 허락하는 남편, 그리고 남편이 죄책감의 복잡한 근원을 찾아 미국으로 간 동안 외도를 실행하다 진정한 '몸=예술'의 사랑에 빠지는 아내, 그런 여자를 버리는 외도 남자, 한때 형을 좋아하고 맹목적으로 추종했으나 '386의 미망'을 벗고 미국 의사들도 부러워하는 위치에 올라선 남편의 동생, 이런 극단성이 뒤섞이며 바야흐로 소설 자체가 역사의식은 물론 육체의 혼미를 느끼는 와중, 특히 아내의 실연 끝 방황 장면 중, 결혼 후 최초로 느닷없는 꿈을 꾸고 느닷없는 '의심'을 느끼며 미국에서 전화를 건 남편과 한국의 아내가 나누는 통화 내용은 혼미를 주제로 하면서도 너무 일상적이라 오히려 찬란하고 기적적이다.

우리가 그곳을 갔던 게 꿈이었나? 시훈이 웃으며 그렇게 말했다. 그럴 리가, 거기에서 찍은 사진도 있는데…. (중략) "그랬지… 꿈속에서는 찾았어?" 시훈이 다정하게 물었다.

"아니."

―『도취』255~256쪽

그리고 의심은, 좀 더 일상적으로, 비극이 아니라 반성을 낳고, 이 반성은 후일 '담' 외형을 띠고 있지만, 양극단을 통합시키는 반성의, 방법론의 '미학'이므로, 가치 도취를 '정치＝철학' 보다 더 질 높은 차원에서 극복한다.

'나는 진심으로 당대의 정신을 사랑했을까. 혹시 내가 사랑했던 것은 그 정신에 도취된 나 자신의 고결함이 아니었을까. 나 자신의 고상함에 빠진 나르시시즘. 그러나 상처에 민감한 겁 많은 나르시시즘.'

―『도취』264쪽

그리고, 이것조차 '정치＝철학'적 가치 도취 위험에서 자유롭지 않다는 듯, 대미는 필사적으로 일상적이다.

이 섬의 고요한 정취와 이곳에서 맡은 자유의 미각에 대해 그 어느 때보다도 솔직하고 세밀하게 이 느낌을 전해주고 싶었다. 늘 그랬듯이, 삶의 모든 친밀함을 공유했던 그녀의 남편, 시훈에게.

—『도취』 대미

　그렇다. 철학이 녹아내리는 순간 문학이 얻는 황금의 육체는 일상의 의미의 '깊이=아름다움'이었다. 역사의 파란만장으로 훼손되었으나 다시 '문학=파란만장'으로 더욱 의미 깊고, 깊이가 아름다워진 일상. 전쟁이 수시로 파괴하고, 평화를 위한 투쟁도 상처를 내지만, 끝내 그 '상처=문학'으로 더욱 아름다운 일상.

　'그녀=작가'의 눈의, 미소를 더욱 투명하게 만드는 일상.

'황인숙 때문에 황인숙보다 더 유명한 황인숙의 고양이'라는 말이 가능한 까닭

— 황인숙 시집 『리스본行 야간열차』 해설

황인숙 시는 대체로 얼핏 명랑해 보이면서도 얼핏 이야기와 감각의 분위기가 아주 교묘하게 엷다. 미동(微動)보다는 오히려 혹시 미동할까봐 건드리기가 꺼려지는, 그래서 교묘한 것이지만, 어쨌거나 첫눈에 그의 시가 모종의 '미학적 결벽'에 시달리거나 '다이어트 중' 아닐까 하는 인상을 갖기 쉬울 것이다. 가령 「여름이 오고 있고나」의, 매우 드문 고의적 의고투가 자아내는 스스로 설레는 혹은 제 몸을 휘젓는 효과는 여느 시 여느 경우보다 배는 더 강하게 울린다. 전문이다.

> 용산 구민체육대회를 보러
> 용산 중고등학교에 가는 길
> 문득 잠에 떨어질 듯한

저 붐빔, 시듦의 붐빔

탁발 나온 꿀벌 한 마리 없고나

향기도 나고 코피도 나던 장미꽃 덤불

문득 심심한 걸음 멈추고

마치 이걸 탁발하러 나선 듯

감읍하여 눈에 담던 장미꽃 덤불

향기고 코피고 흔들어 다 헹궈내고

한 무더기 혼곤으로

담장에 얹혀 있고나

저 건너편에서 떠들썩 운동장을 흔들며

여름이 오고 있고나.

그러나, 황인숙 시의 요체는 이런 식의(흔히, '노처녀' 혹은 독신주의
자 처녀의 쓸쓸한, 독특한, 발랄하고 명랑한 감성으로 요약되는) 접근보다
더 본질적인 방식을 요한다. 황인숙 시의 본질은 이보다 더 본질적
이다. '시란 무엇인가'에 대해 우리가 함부로 '말할' 능력이 없고 함
부로 '말해서도' 안 되지만, 아무리 '보아'도 시가, 아무리 감동적이
란들 어떤 말짱한 이야기를 끼깔하게 요약-정리해낸 것은 아니지
않은가, 군데군데 적당하고 상투적인 '감각의 구멍'을 파놓는 것이
시는 아니지 않은가, 소설도 그럴 것이거늘 더군다나 시란, 시 한 편
이란 어쨌거나 뭔가 생의 이상한 '기미'를 느끼고 좀 이상한 '이야기

=감각'을 펼치며 '필자=독자'를 새롭고 낯선 감동의 장으로 꼬드겨 올리려는 '이상한 찰나'의 게임 아니겠는가, 이런 답변성 질문을 하고 나면 황인숙 시는 아연 (멀쩡해서 더욱, 아니 말짱할수록 더욱) 불길하고 참신한 에너지로 가득 찬다. 그것은 이 시집 첫 작품부터 그렇다. 제목은 「웃음소리에 깨어나리라」. 다시 전문이다.

> 낯선 집 낯선 가족 낯선 식사 자리에
> 돌연 내가 있다
> 어색해하는 건 나뿐
> 이들은 낯선 나를 개의치 않고
> 식사를 계속한다
> 하도 이상해서, 이게 꿈인가? 곰곰
> 생각해보니 꿈이 맞다
> 꿈인 줄 알면서도 어색하다
> 어찌나 어색한지 꿈같지 않다
>
> 그 세계 사람들은
> 얼마나 이상하게 사는 걸까?
> 난데없이 누군가 나타났다가
> 절로 사라지곤 하니

다음엔 한번 웃어보리라
커다랗게 깔깔깔 웃어보리라
그들이 깨어나리라
나를 빤히 바라보리라

봐라, 달이 오줌을 눈다
무덤 저편도 젖을 것이다.

　여기서 '나'는, 물론 시적 화자지만, 또한 혹시 그 유명한 황인숙
의 고양이? 황인숙은 고양이에 대해 쓴다. 이따금씩은 고양이가 황
인숙을 통해 쓴다.
　황인숙이 실제로 기르고 있(다기보다는 보살피는, 그리고 그보다는
모시고 있)는 고양이들을 보고 나는 이런 구절을 얻은 적이 있다.
"인간이 고양이의 매력을 느꼈던 / 원초를 생각한다. 고양이는 / 애
초부터 야만과 침묵을 넘어선다. / 고양이는 침묵의 화사한 증언이
다. / 갸릉은 물론 할퀼 때도 고양이는 / 야수가 아니라 미녀. 우
리는 어느새 / 고양이의 눈을 보지 않고 고양이 / 눈으로 세계를 본
다…"(『드러남과 드러냄』, 「3학년 3반」 중). 황인숙이 이번 시집에서 내
숭 없이, 즉 노골적으로 펼치는 고양이 이야기의 시작은 비유와 질
문(의 방식이자 내용)이며, 제목은 그 둘을 최대한도로 합친, 「그 참
견고한 외계」다.

(중략)

어디서 왔니, 새끼고양아?

새끼고양이, 아무 소리도 못 들은 듯

내가 흘깃도 보이지 않는 듯

그러나 손을 뻗자

송사리처럼 재빨리 달아나네

물속의 송사리처럼 새끼고양이

아무것하고도 섞이지 않네.

　얼핏, 이토록 귀엽고 앙증맞은 '자연의 비유'가, 여전히 살갑고 친근한 채로, '아무것하고도 섞이지 않는', 우주 삼라만상에 대한 외경을, 이토록 급박하게, 아니, 거의 정면충돌하듯, 낳는 경우는 아주 희귀하다 할 것이다. 질문 바로 앞이 "노란 빨래집게를 재빨리 / 물었다 뱉었다 희롱하네"의, '작란'과 연관된 구절이라는 점을 감안하면 더욱 그렇고, 그 깨달음이 뒤늦게 온다는 점을 감안하면 더욱 그렇다. 그리고, 그러므로, 이 외경은 소위 생명의 거룩함 운운과 다른 외경이며, 두려움 너머, 종교 너머 시의 외경이다. 그 '외경=시'는, (벌써 '그 참'의 힘을 입어) 부드러움을 견고한 외계와 동일시하면서 애초부터 발랄은 나이를 먹어감에도 불구한 발랄이 아니라, 나이 먹을수록 자연스러워지는, 생명이 가벼워지는, 다이어트되는 결과로서 발

랄이라는 것을 족히 깨우쳐준다. 그리고 이때 고양이는, 이미 반쯤
은, 황인숙 자신이다. 아니면, 황인숙을 통해 제 말을 하는 고양이?

이것만으로도, 이 점 만으로도 우리는 첫 시로 다시 돌아가고픈
유혹을 느낀다. 그리고 그 유혹에 빠져든다 한들, 돌아가 다시 한 번
읽는 것만으로도 헛되지 않고, 보답은 상당하다. 하지만 우리가 그
럴까봐 걱정되는 듯, 흡사 두 손으로 가로막듯, 연이은 시 「지붕 위
에서」는 뭔가 광활한 펼쳐짐이, 처음부터, 자세히 보지 않아도 이상
한 광활이고 이상한 펼쳐짐이며, 고양이와 황인숙이 등장하는데, 처
음부터, 자세히 보지 않아도 이상한 등장이다. 찬찬히, 몇 행씩 끊어
가면서 읽어보자.

　　기와 지붕, 슬레이트 지붕, 콘크리트 지붕, 천막으로 덮인
지붕,
　　굽이굽이 지붕들의 구릉과 평원을 굽어본다

웬 지붕이 이리 많은가? 등장은 고양이와 황인숙의, 혼동이다. 혼
동의 등장도 아니고 등장의 혼동도 아니고, 혼동스런 등장도, 등장
하는 혼동도 아니고, 등장이 바로 혼동이며, 그래서 절묘한 '등장=
혼동'이다. 그러므로,

　　지붕들이 품고 있을 크레바스와 동굴들, 겹과 틈까지

샅샅이 굽어본다

는 전혀 이상하지 않아서 이상하고, 참신한 동시에 원초가 유구하
다. 그러니,

> 와우, 저 지붕을 좌아악 펼치면
> 지상을 몇 번이나 덮을까? 견적을 뽑는데
> 은빛 천막 위에서 몸을 쭉 뻗고
> 일광욕을 즐기던 고양이가 예감이 이상한 듯
> 고개를 들어 둘러보다 나를 향해 얼굴을 멈춘다
> 심기가 불편한 모양이다

'와우', 는 이제 전보다 훨씬 더 복잡한 '와우'고, 전보다 훨씬 더
상큼한 쉼표다. 그리고 등장하는 고양이는, 황인숙이 보는 고양이기
도 하고, 고양이가 보는 황인숙이기도 하고, 자신이 고양이라는 '개
념'이 없는 낯선 존재, 즉 고양이의 고양이로서 황인숙이기도 하다.
아무리 황인숙의 고양이란들, 고양이가 어떻게 인간의, 시인의, 황
인숙의 언어를 안다고 하겠는가, 황인숙이 아무리 고양이의 시인이
란들, 어떻게 고양이의 언어를 안다고 하겠는가, 아니 설령 안다고
생각한단들, 그게 정말일지 누가 알겠는가? 그러나, 황인숙과 고양
이의 등장에 이은, 아니 등장과 동시 진행되는 언어 혼동은, 그 혼동

이 보여주는 틈새는 그 모든 질문보다 훨씬 더 의미 있고 흥미롭다. 시의 진경이 이뤄지는 가장 의미 있고 흥미로운 영역 중 하나인 까닭이다. 그리고 이 영역에서 황인숙이 이룬 성과는, 지금 본 것만으로도 이미, 독보적이다. 어쨌거나, 시는 이어진다.

걱정 마시라, 네 영역을 공유하기에
내 몸은 너무 무거우니까

이 두 행의 분명하고 명징한 '너나들이'는 얼핏 '등장＝혼동' 효과를 씻어낸다. 하지만, 이미 미학적인 뿌리가 내려진 터.
'공유하기에'가 아니라 '공유하기엔'이라 썼다면 정말 무거웠겠고, 더 가벼워지기 위해 '내 몸은' 대신 '내 몸이'를 취할 경우, "내 영역을 공유하기에 내 몸이 너무 무거우니까"는 뜻이 영판 어긋난다. 그리고 양자 사이 위 두 행은, '무거움의 역설' 혹은 '중력의 곡예'라 할 만한 것을 성취하면서 '너와 나의' 명징성을 또 다른 혼동의 깊이로 전화하는 것이다. 다시, 그러니,

저 空中空間의 활용자인 고양이들
고양이의 몸 안에서 뻗치는 기운이
고양이를 위로위로 올려 보내서
광활한 이 영토를 발견하게 했으리라

같은, 얼핏 서툰 듯 보이는 첫 행의 은유와 얼핏 엉뚱해 보이는 마지막 행의 '~리라' 투가 이루는 얼핏 딱딱한 괄호 속에서 2~3행이 오히려, 고양이의 것인지 사람의 것인지 알 수 없는 채로 '이상한' 생동감을 더욱 발할 수 있는 것이고, 그 생동감에 힘입어 그 다음의 (내용보다 형식이) 더 무거운 돈호,

아드레날린 중독자인 고양이들이여

를 너끈히 감당하고, 다음과 같은 '이상한', 그리고 이상해서 '감동적인', 그 유례를 찾기 힘든, 그리고 유례를 찾기 힘들어서 감동적인, '혼동의 합일'이라는 대단원에 이르는 것이다.

기울어진 지붕, 흔들거리는 처마,
말하자면 기우뚱함에, 그리고 지붕과 지붕 사이의 허공에
너희는 환장을 하지
그래서 마치 지붕들이 고양이를 낳는 듯
불쑥불쑥 고양이가 지붕 위로 솟는 것이다

뒤안길도 사라진 이 도시에서
지붕 위의 뒤안길, 말하자면 위안길에
살풋 호흡을 얹어본다.

「지붕 위에서」는 '황인숙표'로는 꽤 긴 편이고, '긴 편의 걸작'이다. '황인숙 때문에 황인숙보다 더 유명한 황인숙의 고양이'라는 말이 가능할까, 아무리 유명해봤자 '황인숙의'라는 소유격을 뗄 수 없는데 황인숙보다 더 유명한 황인숙의 고양이가 어떻게? 위 작품은 그게 가능하다는 것을, 그 가능성이야말로 시의 진정한 영역이라는 것을 보여준다.

이제 첫 시로 돌아가도 될까? 되겠다. 보상은 훨씬 더 많을 것이다. 하지만, 역시 연이은 작품으로, 하나쯤 더 읽어야, 이 시집이 지니는 묘미의 범위와 깊이를 최소한 감이라도 잡을 수 있다. 제목은 「낮잠」. 첫 연과 둘째 연이다.

지금은 내가
사람이기를 멈추고
쉬는 시간이다
이 시간 참 많은 사람들이 나를 찾아온다
알 듯한 모르는 사람들과
모를 듯한 아는 사람들
그리고 전혀 모를 사람들

어떤 사람이 공연히 나를 사랑한다
그러면 막 향기가 난다, 향기가

사람이기를 멈춘 내가 장미꽃처럼 피어난다

톡, 톡, 톡톡톡, 톡, 톡,

지금은 내가

사람이기를 멈추고 쉬는 시간

아는 이 모두를 저버린 시간

마지막으로, '황인숙=고양이'의 '혼동=일치'라는 틀이 다른 시들한테도 적용하고 싶을 만큼 매력적이라는 점보다 더 중요한 것은, 그런 적용을 받은 시들이 그 틀 속으로 정형-단순화하기는커녕 무한하고 생생한 상상력의 탄력을 받게 된다는 점이다. 이 이야기를 하기 위해 여기까지 오기도 했다. 이제 우리는 첫 시로도, 이 시집의 어느 시로도 갈 수 있다.

아무리 보아도, 내 글의 역할은 여기까지다. 내용과 형식 양쪽에서 내가 본 중 가장 집요하게 깔끔한 이 시집에 '사족'을 붙일까 두렵기도 하거니와, 상상력의 탄력을 받는 광경은 각자 더할 수 없이 경이로울 뿐, 굳이 '해설'을 요하지 않는 까닭이다. 그것은 순전히 독자들 상상력의 몫이고, 다소 몰상식적(!)인 안내 절차만 거치면, 황인숙이 충분히 조성해놓은 장이다. 이 글이 예의 '해설'이 아니라 '도입' 혹은 '안내'라는 뜻의 'introduction'이 될 것을 나는 처음부터, 다소 '미리' 주눅 들며, 알았다.

그리고, 안내장의 결론은 「낮잠」 3~4연이다.

문득, 아무래도 상관없다,
아무래도 상관없다고,
톡, 톡, 톡톡톡, 톡, 톡!
사람이기를 멈춘 내
영혼에 이빨이 돋는다
아는 이 모두가 나를 저버렸다!

톡, 톡, 톡톡톡, 톡, 톡,
모두 다 꿈이라고
절세가인 날씨의 바람이
나를 흔들어 깨운다.

정말, 곧바로 이어지면서도 너무나 근사한 결론 아닌가!

육필편지,
가장 내밀한
담론

—이덕희 『역사를 창조한 이 한 통의 편지』를 읽으며

"마지막 저작이 될지도 모를 이 작은 결실을 부모님 영전에 바침." 저자는 헌사를 그렇게 썼다. 일순, 황막하다. 표지 앞 날개 저자 근영을 보니 이덕희 선생, 젊은 시절 계란 미인형 외모는 아직 엄연하되 참 많이 늙으셨고 칠순을 넘겼다지만 나이보다 더 많이 세상에 지친 표정이 역력하다. 한 시대 온갖 장르 예술 문화 발전의 배경이자 토대, 그리고 전위까지 마다 않고 맡았던 산문작가가 바로 그다. 1972년 문리대 입학 후 공릉동 교양과정부 시절 간간이 들르다가 1973년 문리대 수업 시절부터는 본격적으로 진을 친, 낮에는 수업 빼먹으며 진치고 밤에는 술에 취해 와서 진 치던 학림다방에서 그녀는 이미 1968년 장편소설 『회생』을 발표한 30대 중반 작가였지만, 카운터 맞은편 자리를 내내 독점한 '가구'였고, 눈부시게 청초했고, (그 당시로는) 신기하게 (거의 줄)담배를 당당하게 피워댔다. 1973년이 저물기 전 어느 날 술김에 뭔가 시비를 걸고 싶었던 마음 반, 친해지거나 (혹시) 사귀고 싶은 마음 반쯤으로, 대체로는 흐리멍덩한 정신 상태로 내가 "담배 한 대 빌립시다" 했던가 보았는데, 그 청초한 미녀 가구의 반응이 워낙 까탈의 벼락같았던지라, 그 후 10년 넘게 그러니까 내가 징역 2년 군대 3년 살고 글쟁이 업을 시작하고 그녀가 날 어쭙잖으나마 글쟁이 후배로 '생각' 해줄 때까지 그녀는 공포의 대상이었다. 완벽하고, 아찔하고, 서늘한. 동시에 1975년(징역과 군대살이가 교차되던 때다) 그녀가, 「책머리에」에서 밝힌 대로 "『니진스키의 고백』(발췌일기 번역)으로 본격적인 저작 활동을 시작"한 이래 그녀는 내게, '까탈' 이전 청초를 능가하는, 찬탄과 존경의 대상이었다. 역시 완벽하고, 아찔하고, 서늘한. 특히 무용 산문, 음악 산문, 연극 산문 등 온갖 예술 장르 산문이 그녀의 집필력에 의해 개척되거나 만개하거나, 예술 산문 수준에 달했던 것이다. 그녀 이전 각 분야 선구자들은 물론 있다. 하지만 '예술 산문'을 하나의 장르로 세운 것은 그녀가 쓴 글 각각의 예술성과 장르 종합성이 결합한 결과라고 할밖에 없다. 번역문학 부문에서도, 사정이 크게 다르지는 않다. 그녀보다 조금 어린 4·19 세대와 더불어 그녀는 한국어가 아름다운 번역의 지평을 연 사람이다. 그녀 저서 대부분이 예술성과 종합성을 아우르고 있지만, 역사라는 가장 거대한 담론과 육필편지라는 가장 내밀한 담론 사이 '창조'라는 말을 관계시킨 제목을 감당하면서 이 책은 이덕희 저서를 다시 한 번 종합하는,

이덕희를 능가하는 이덕희 대목을 펼쳐 보인다.

"내 영혼은 슬픔에 빠졌소. 내 가슴은 노예처럼 사로잡혔는데, 나의 상상은 나를 두려움에 떨게 하오. 당신이 나를 덜 사랑한다는 생각…. (중략) 나의 심장이 보답 없는 사랑을 할 만큼 그토록 천한 것이라면, 차라리 그걸 내 이빨 사이에 갈아버리겠소. (중략)" 1796년 3월 30일, 니스에서 원정군 총사령관 나폴레옹이 결혼 후 불과 36시간 만에 이별한 신부 조세핀에게 보낸 두 번째 편지 내용 일부는 그렇다.(이 책, 24쪽) 「몽환적 절규로 폭발된 영웅의 '밀월서간'」이라는 첫 글에서 저자는 역사와 비사, 영웅과 그 연인, 사랑과 전쟁 양쪽을 능수능란하게 하나로 아우르면서 정치의 스캔들을 매우 현대적인 사랑의 풍속도로 전화해낸다. 과연 그렇다. 중요한 것은 추문과 비사에 대한 호기심이 아니라 양자 사이 불화의 보편성을 인식하고 감내하는 당대적으로 절묘한 조화의 태도인 것이다. 나폴레옹과 조세핀 둘 다 그 점을 몰라 불행한 현대인으로 낙착되고, 거듭난다.

두 번째 글은 문학소녀를 매개로 한 독일 악성 베토벤과 문호 괴테 사이 영혼 교류담이지만, 문학소녀의 센티멘털리즘과 대가의 위대한 영혼, 그리고 시대상황의 갈등의 수습이 다음과 같은 결론을 낳는데, 예술과 생활 사이 소녀의 맹신과 간계, 위대한 두 영혼의 관계 파탄은 씁쓸하지만, 그래서 더 감동적이고 더 현대적이다. (만년의 베토벤은) "악화된 건강에 경제적으로도 무척 곤궁한 처지에 있었는데, 괴테 시 「고요한 바다와 행복한 항해」에 부친 음악을 헌정…

(중략) 「장엄미사」의 예약 판매에 대한 도움을 청하는 지극히 겸손한 그의 편지에 괴테는 아무런 답도 보내지 않았다. 다만 그의 일기에서 "우리는 베토벤의 편지를 받았다"는 간단한 기입만 볼 수 있을 뿐이다." (63쪽)

「세계 음악계에 충격의 수수께끼 던진 악성의 '유일한 연애편지'」는 그 유명한 '불멸의 연인'을 둘러싼 학문적 논쟁을 차분히 정리하고 있다. 여기서도 희대의 사기가 등장하지만 여기서 베토벤은 불행해서 행복하다. 나폴레옹의 육필 연애편지가 나폴레옹을 현대의 오텔로로 보편화한다면, 베토벤의 한평생 단 한번, 그러나 맺어질 수 없었던 '불멸의 여인'은 그를 더 현대적이라 더 위대한 예술가로 격상시킨다.

「불가능한 사랑도 정복한 주체적 자유연애 주창자의 위대한 필력」은 프로이트 정신분석학 이래 그보다 더 당대적이면서도 훨씬 더 멀쩡한 남녀 문제 분석에 달하고, 스탕달이 발자크에게, 그리고 보들레르가 바그너에게 보낸 편지는 더도 덜도 할 것 없이 작금 우리 문단(의 한심상과 그 와중 기적)을 보는 듯 눈에 선하고, 베를렌이 랭보에게 보낸 동성애 편지는 당시의 요란굉장했던 추문 그 자체를 벗고 동성결혼이 (일부) 인정되는 작금 우리 시대로 너끈히 연착륙하고 있으니, 이쯤 되면, 놀랍다고 할밖에 없다. 토스카니니와 무솔리니 사이는 말 그대로 정치와 예술의 충돌 및 대결이고, 메테를링크가 블르와에게 보낸 편지는 종교적 개종에 관한 것이라, 앞서와는 맥락이 다소 다르지만 이덕희의 현실적 균형 감각은 변함없이 빛을 발한다.

　이쯤 됐으니, 찬탄만 할 게 아니라, 나도 뭔가 이 책에 좀 기여를 해야 쓰지 않겠나. "'음조의 그림(tone painting)'이라는 평가를 받는 걸작"(65쪽)이란 주석을 달긴 했으나 베토벤 칸타타 작품 112 「고요한 바다와 행복한 항해」 음악과, 그 음악의 뼈대인 대조적 분위기의 괴테 시 두 편의 가사가 없는 게 아무래도 좀 아쉬운데, 음악은 www.UTUBE.com에서 'Beethoven Meeresstille und glückliche Fahrt'를 검색하면 들을 수 있고, 가사 내용은 대충 이렇다.

　　　　깊은 고요가 지배하는 물속
　　　　바다는 동요가 없고
　　　　선원은 께름직하다, 미끈한 주변 평면이
　　　　어느 쪽도 바람 불지 않는다!
　　　　엄청난 너비로 움직이는
　　　　파도 하나 없다.

　　　　　　　　　　　　　　　　　　　—「고요한 바다」

　　　　안개가 부서진다
　　　　하늘은 쾌청하고
　　　　바람의 신 풀어준다
　　　　불안에 떠는 끈을

산들바람 분다

선원이 움직인다

어서! 어서!

파도가 갈라진다

먼 곳이 다가온다

벌써 육지가 보인다!

—「행복한 항해」

이덕희, 그녀는 우리 모두를 모종의 누추로부터 구원했다. 다음의 저서를 기다리는 마음 내가 그녀보다 분명 더할 것이다. 모든 후대의 운명이지만 그녀 세대의 낭만적 열정을 우리는 더 이상 당대로 누릴 수 없다. 그녀 글을 읽으면, 이상하게 소란 중에도, 베토벤 만년 현악 4중주 아다지오가 들린다. 육필편지는 개인의 역사가 아니라 역사의 개인을 보는 창이다. 그녀에게 건강과 행운을.

시의 장면과
시라는 장면,
그리고

—이시영 소론, 그의 데뷔 40주년 기념 시선집에 부쳐

1

사석에서 이시영은 40년에 걸친 자신의 시 창작품 전체를 '긴 노래, 짧은 시'라는 말로 표현한 적이 있다. 이 요약은 이시영 시를 이해하는 데 매우 중요한 단서일 뿐 아니라, 이시영 시를 통해 얼핏 평범한 이 내용이 아연 의미심장해진다. 예술가는 무엇보다, 자신의 생애가 걸쳐진 공간과 시간을 해체, 보다 더 총체적인 자신의, 예술언어 세계로 재구성하는 자들이다. 이야기는 그 첫 시작이고, 첫 시작이므로 하염없이 늘어나는 경향이 있다. 노래는, 1절 2절 3절, 그리고 후렴구에서 보듯, 딱히 가사 때문이 아니라도 반복되며 늘어나는 경향이 있다. 이시영 시는 필경 될 수 있는 대로 긴 노래를 담은 될 수 있는 대로 짧은, '시간의 공간화로서 시'를 겨

냉케 되고 그 공간을 유년 자연의 이상향 및 고향에 대한 추억(은 언제나 가락으로 재구성된다)과, 현재의 생활(은 언제나 산문적이다)과 유구한 혈육(은 언제나 이야기적인 동시에 시적이다), 역사적 시사(時事)(는 늘 반시적이다) 그리고 죽음(은 공간의 공간이다)이 첫 이야기와 첫 노래 형태로 끊임없이 허물고 들어오지만 이 허묾 또한 시행을 더욱 짧게 만들고 시 공간 혹은 '시=공간'을 더 깊게, 허물 수 있을까, 그것이 어디까지 가능할까, 어디까지 가능할 수 있을까? 이 질문에서 그는 아주 놓여난 적이 없고, 그래서 그는 우리 시대 가장 예술적인 시인 중 한 사람이며, '죽은' 김수영의 맥락에서 볼 때 김수영의 「꽃잎」 연작과 「풀」이 행복한 걸작이라면, '산' 이시영의 40년 시력 맥락에서 볼 때 다음의 두 시, 그리고 그 '사이'는 이시영의, 거의 치명적인 걸작이다.

"지금 부셔버릴까"
"안돼, 오늘밤은 자게 하고 내일 아침에……"
"안돼, 오늘밤은 오늘밤은이 벌써 며칠째야? 소장이 알면
……"
"그래도 안돼……"
두런두런 인부들 목소리 꿈결처럼 섞이어 들려오는
루핑집 안 단칸 벽에 기대어 그 여자
작은 발이 삐져나온 어린것들을

불빛인 듯 덮어주고는

가만히 일어나 앉아

칠흑처럼 깜깜한 밖을 내다본다

—「공사장 끝에」 전문

"시응이 갸가 요지음 놀고 있는갑습디다요……"

"어찌 그까 이……"

"……"

"……"

어느 초라한 무덤가에 빈 소주병 하나

그리고 빗물에 방금 씻긴 듯한 깨끗한 종이컵 하나

—「골짜기」 전문

　「골짜기」는 이시영 시의 공간을 허물고 들어오는 그 모든 것으로 하여 더 짧아진 시고, 더 깊어진 공간이다. 그리고, 이시영 시력 40주년 기념 선집(최초의 선집이기도 하다)을 읽는 가장 큰 재미는, 바로 그 맥락을 읽는 재미다. 그는 어떻게 이런 '짧은 경지'에 이를 수 있었을까? 이후 그의 시적 행로는 어떻게?

2

'이야기시'라는 장르를 탄생시켰다는 평가를 받는 그의 초기 대
표작 두 편 「후꾸도」와 「정님이」 '사이'가 벌써 있고, 이 '사이'는, 그
의 짧은 시를 '하이쿠풍' 쯤으로 설명하다가 그렇게 되기 쉽듯, '이야
기시'라는 명명을 큰코 다치게 만들기 십상이다.

장사나 잘되는지 몰라

흑석동 종점 주택은행 담을 낀 좌판에는 시푸른 사과들

어린애를 업고 넋나간 사람처럼 물끄러미

모자를 쓰고 서 있는 사내

어릴 적 우리집서 글 배우며 꼴머슴 살던

후꾸도가 아닐는지 몰라

천자문을 더듬거린다고

아버지에게 야단맞은 날은

내 손목을 가만히 쥐고 쇠죽솥 가로 가

천자보다 좋은 숯불에 참새를 구워주며

멀뚱멀뚱 착한 눈을 들어

소처럼 손등으로 웃던 소년

(중략)

새경을 타면 고무신을 사 신고

읍내 장터로 서커스를 한판 보러 가겠다고 하더니

갑자기 서울서 온 형이

사년 동안 모아둔 새경을 다 팔아갔다고 하며

그믐날 확독에서 떡을 치는 어깨엔

힘이 빠져 있었다

(중략)

장사나 잘되는지 몰라

천자문은 다 외웠는지 몰라

칭얼대는 네댓살짜리 계집애를 업고

하염없이 좌판을 내려다보면서 서 있는 사내

그리움에 언뜻 다가서려고 하면

나를 아는지 모르는지 모자를 눌러쓰고

아내 좌판에 달라붙어

사과를 뒤적거리는 사내

　　　　　　—「후꾸도」 처음과 중간, 그리고 마지막

용산역전 늦은 밤거리

내 팔을 끌다 화들짝 손을 놓고 사라진 여인

운동회 때마다 동네 대항 릴레이에서 늘 일등을 하여 밥

솥을 타던

정님이 누나가 아닐는지 몰라

(중략)

식모 산다는 소문도 들렸고

방직공장에 취직했다는 말도 들렸고

영등포 색싯집에서 누나를 보았다는 사람도 있었지만

어머니는 끝내 대답이 없었다

용산역전 밤 열한시 반

통금에 쫓기던 내 팔 붙잡다

날랜 발, 밤거리로 사라진 여인

— 「정님이」 처음과 끝

왜냐면, 이 두 시에서 이야기의 펼쳐짐보다 더 중요한 것은 겹침
이고, 이야기의 겹침보다 더 중요한 것은 시간의 겹침이다. '아닐는
지 몰라'로 시공을 흐리며 시인이 구사하는 그 겹침은, 「후꾸도」의 7
행("천자문을 더듬거린다고")에서 행갈이가 느슨해지면서 '이야기로
허물어지는'(그래서 김민기 「아침이슬」 첫 부분처럼 노래 선율을 요하는)
사태를 맞지만 중간 부분 행("힘이 빠져 있었다")의 과거형 삽입으로
국면이 전환되는 동시에 공간이 깊어지고, 전체적으로 이야기의 순
서를 능가하는 공간화가 이뤄지는데, 「정님이」는 행갈이에 느슨함
이 전혀 없고 '아닐는지 몰라' 운용이 보다 더 절묘해졌고, 「후꾸도」
가 관찰의 시간과 공간을 갖는 반면 「정님이」는 순간적이고, 순간은
시간과 공간 사이다. 이야기로 넘쳐나는 이 작품을 시화하는 것은,

무엇보다, "어머니는 끝내 대답이 없었다." 이 대목은 「후꾸도」의 "힘이 빠져 있었다"와 비교할 수 없을 정도로, 시공의 기존 질서를 해체하는 동시에 겹침의 깊이로 새로운 시적 총체성을 창출, 돌이킬 수 없이 저질러진, 돌이킬 수 없으므로 더 비극적이고, 돌이킬 수 없으므로 더 아름다운 생의 한 자락이 돌이킬 수 없으므로 영원한 한 장면으로 전화하면서 생은 슬픔으로 빛난다는 점을 음각하며, 겹쳐질수록 더 비극적이고, 겹쳐질수록 더 아름답고, 겹쳐질수록 더 도려낼 수 없는 이시영 시의 이 '장면'이야말로, 한국현대시에 서정(아직도, '농촌적'과 혼동되고 있다고 하지 않을 수 없는)과 '모던'(아직도, '도시적'과 혼동되고 있다고 하지 않을 수 없는)의 완전결합 수준을 선보인, 루비콘 강을 건넌 '사건'에 다름 아니었다. 「후꾸도」와 「정님이」를 건넌 그의 「대숲에서는」 "대가 자라는 소리가 들린다 / 대숲에는 아무도 가지 않았다 / 귀가 자라는 소리가 들린다 / 대숲에는 아무도 가지 않았다"의 '시간＝공간'이 가능하고, 「1974년」에서는 "여우는 사람들 사이로 빠져 달아나면서 / 무슨 말을 중얼거렸다고 한다 / 아무도 그 말을 소리낸 사람은 없다"의 '신화＝시사＝공간' 또한 가능하다. 그리고 「만월」은 "누룩 같은 만월(萬月)이 토담벽을 파고"드는 인상 깊은 풍경(은 시간도 공간도 아니다) 이래 다소 뒤숭숭하게, 불길하고 음산하게, 흉흉하게 과거의 시간이 이어지지만 마지막 행 "늙은 달이 하나 떠올랐"을 때까지 '만월'로 끝내 충만하다. 시간 그 자체를 공간화했다는 뜻이다. 그리고, '장면'은 다시 흔들린다. 「머슴

고타관 씨」는 사건이 더 긴박하므로, 빨치산 주제를 품으며 더욱 깊어진 「정님이」 너머'가 아직 아니지만, 과도하게 연극적이고 이 연극을 하나(또한 시간도 공간도 아니다)로 모으는 맨 마지막 "아직도 복삿빛 환한 아내는 / 그의 녹슨 왼손과 함께 장터마을에 사는데 / 그의 한쪽 다리를 사로잡은 / 그때 그 순사를 따라 사는데" 또한 아직 농촌적 괴기를 수습하지 못하지만, 작품 전체가 자기충격적인 흔들림으로 전율한다. 「침묵귀신」은 '도시적' 괴기가 흔들리고, "아무 일도 일어나지 않는다. 아무 일은 어디로 갔을까"에서 "슬픈 책 한 권이 전차에 오른다"에 이르는 과정이 흔들리고, 「채탄(採炭)」은, 상이한 여러 표현법들이 출몰하며 덜그덕거리는 (암중이 아니라) 대낮의 모색이다. 그리고, 그러고도, 고향(「우리 동네 지명(地名)풀이」)과 어머니(「어머니」)에게 충분하고 농익은 가락(은 '노래=이야기'다)의 몸을 내주고 나서야 예의 「공사장 끝에」 곁에, 이시영 시문학은 「만월」의 속편이자 '만월의 만월'인 「지리산(智異山)」을 거느리게 된다. 전문이다.

나는 아직 그 더벅머리 이름을 모른다
밤이 깊으면 여우처럼 몰래
누나 방으로 숨어들던 산사내
봉창으로 다가와 노루 발과 다래를 건네주며
씽긋 웃던 큰 발 만질라치면

어느새 뒷담을 타고 사라지던 사내

벙뎀이 감시초에서 총알이 날고

뒷산에 수색대의 관솔불이 일렁여도

검은 손은 어김없이 찾아와 칡뿌리를 내밀었다

기슭을 타고 온 놀란 짐승을 안고

끓는 밤 숨죽이던 누나가

보따리를 싸 산으로 도망간 건 그날밤

노린내 나는 피를 흘리며 사내는

대창에 찔려 뒷담에 걸려 있었다

지서에서 돌아온 아버지가 대밭에 숨고

집이 불타도 누나는 오지 않았다

이웃 동네에 내려온 만삭의 처녀가

밤을 도와 싱싱한 사내애를 낳고 갔다는 소문이 퍼졌을 뿐

이야기로서 빨치산 비극은 온전히 풍경화하고, 풍경이 비극적 서
정성을 오히려 더 드높인다. 모든 동사(動詞)가 정지한다. "몰래 숨
어들던 산 사내"는 몰래 숨어들지 않고, 심지어 "피를 흘리며 대창
에 찔려 뒷담에 걸려 있"던 사내조차 피흘리지 않고, 대창에 찔려 있
지 않고, 걸려 있지 않고, 설사 그랬더라도 동사로 그러지 않고 '형
용사로 그릴' 뿐이다. 비극은 여우, 노루발, 다래, 칡뿌리 등 가난과
원초의 자연을 입고 순정한 사랑의 소문으로 비화하면서 오히려 더

비극적으로 된다. 그러므로 마지막 두 행은, 가장 동사적이면서도 만월보다 더 청정한 비극의 풍경, 그 너머 시의 장면, 시라는 장면으로 된다.

3

> 눈이 자로 쌓인 어느날 밤
> 나는 잠결에 이모 목소리를 듣고 깜짝 놀랐다
> "이런 좋은 분홍눈 오시는 날
> 호랑이나 와서 날 덜컥 물어갔으면!"
> 가만히 일어나보니
> 이모는 홍조로 밝게 물든 얼굴을
> 미닫이에 대고 속삭이는 것이었다
> 나는 그런 이모가 좋았다
>   ─「늙은 이모전(傳)」 중간 부분

이 시는 퍽이나 에로틱하다. 그 '에로틱'은 이모가 현재 늙었을수록 그녀의 젊은 시절이, 그리고 과거의 이모가 젊었을수록 그녀의 늙은 세월이 도드라지는 '에로틱'이고, 그 말을 어렴풋이 이해했을 시적 화자의 유년과 "홍조로 밝게 물든 얼굴"이 대비될수록 현기증나는 '에로틱'이다. 과거시제로 이어지지만 이 시에는 과거가 없다.

이때쯤이면 이시영 시에서 추억은 유년과 자연의 '에로틱'으로 강력한 현재성을 발한다. 이어지는 「우리 마을 택호(宅號)풀이」의 마지막 부분 "어디서 진한 풋깻잎 익는 냄새가 났다"가 그렇고, 이어지는 「첫 수업」의 마지막 행 "장다리밭 위의 껑충한 하늘이 남빛으로 푸르던 날"이 그렇고, 이 '에로틱=장면'은 장차 이시영 시세계의 가장 중요한 특장 중 하나로 자리 잡게 되며, 그 대목을 만날 때마다 우리는 언뜻언뜻 '오이디푸스 콤플렉스' 운운이 신화와 현대를 절충한 시대착오적인 현대 진단이든지 말 그대로 정신병자에게나 통용될 수 있는 의학용어든지 둘 중 하나 아닐까 하는 의심에 기분 좋게, 그리고 벌써 말끔하고 개운하게 사로잡히게 된다. 전문 3행("어둠속의 불안한 눈동자, / 못자국처럼 숭숭 뚫린 성긴 턱수염 자국, / 밤새워 먼 길을 달려온 이슬 맺힌 눈썹은 거기 있어라")의 「거울 앞에서」는 "소시민 소시민이라고 써놓은 얼룩진 벽에 (…) 아무렇게나 쌓아놓은 신문지 우에 독한 약봉지와 한 자루 칼이 놓여 있는 거울 속"에 있는 이용악 「오월에의 노래」에 대한 적절한 응답이고 손꼽히는 자화상 시로 남겠으나, 특히 2행의 비유와 이미지가 부르는 것은, 현명하게도, (노동자) 혁명이 아니고, 생활이다. 「대설」은 '당신이 떠난'과 '포장마차'와 '빌딩'과 "바람 부는 날 우리가 찾아들던 일박여관의 아크릴 간판"과, "지미랄! 이 눈다 치울려면 한 달은 더 걸리겠네" 등을 대설이 지워가는 내용이지만, 생활과 대설이 서로를 갈수록 아프게 파고드는 정황 그 자체이기도 하고, 그러므로 마지막 행은 "현관문 안에서 아기들의 울음소리가 크게 울리기 시작했습니다"며, 이어지는 「자랑스런 날」은 "생활의 무게가 주는 겸허와 / 일하면서 사는 자의 자랑이 빛나고 있었"던 "시립부녀복지회관에서 나오는 여자들(이었을까)", "무거운 짐트럭 한 대가 식식거리며 다가와 / 짧은 상고머리를 내밀며 / 쌍년들! 어쩌고 하면서 투덜거리다가 이내 사라"진 후 그 "여자들의 대오가 잠시 벽 쪽으로 밀려났다가 다시 모이며 / 이번에는 신록 우거진 사이로 아랫배까지 시원한 웃음소리가 들려"오는, 사소하고 고단한 생활의 장관을 포착해내지만, 그 감탄도 잠시, 단한 편 건너 우리는 급기야 이 소리, 공간의 응집인 '소리'를 시 작품 자체로 '만나게=듣게' 된다. 「봄눈」 전문이다.

마른논에 우쭐우쭐 아직 찬 봇물 들어가는 소리
앗 뜨거라! 시린 논이 진저리치며 제 은빛 등 타닥타닥 뒤
집는 소리

유년과 장년의, 동시와 어른 시의, 구분이 불가능해졌다. 뿐인가. 삶과 죽음의 구분도 불가능해졌다.

잠자리 한 마리가 감나무 가지 끝에 앉아
종일을 졸고 있다
바람이 불어도 흔들리지 않고

차가운 소나기가 가지를 후려쳐도

옮겨앉지 않는다

가만히 다가가보니

거기 그대로 그만 아슬히 입적하시었다

                        —「가을날」 전문

뿐인가, 발걸음과 '마음=고향'의, 동사와 장면의, 자문과 자답의
구분도 불가능해졌다.

내 생애 그런 기쁜 길이 남아 있을까

중학 1학년,

새벽밥 일찍 먹고 한 손엔 책가방,

한 손엔 영어 단어장 들고

가름젱이 콩밭 사잇길로 사잇길로 시오리를 가로질러

읍내 중학교 운동장에 도착하면

막 떠오르기 시작한 아침해에

함빡 젖은 아랫도리가 모락모락 흰 김을 뿜으며 반짝이던,

간혹 거기까지 잘못 따라온 콩밭 이슬 머금은

작은 청개구리가 영롱한 눈동자를 이리저리 굴리며 팔짝

튀어 달아나던,

내 생애 그런 기쁜 길을 다시 한번 걸을 수 있을까

―「마음의 고향 4―가지 않은 길」 전문

하여, "어느 날 죽음이 나를 따라와 함께 누웠다 / 그러나 나는 지금 어디에 있는가?"(「어느 날 죽음이…」)는 오히려 생활 일상의 이야기고, "내 마음의 고향은 / 싸락눈 홀로 이마에 받으며 / 내가 그 어둑한 신작로 길로 나섰을 때 끝났다 / 눈 위로 막 얼어붙기 시작한 / 작디작은 수레바퀴 자국을 뒤에 남기며"(「마음의 고향 6―초설(初雪)」)는 오히려 강력한 귀거래사고 이 모든 것은 다음의 '화살'과 '화살' 사이 팽팽함과 느긋함의, 떨림과 깊어짐의, 급강하와 적요의 구분을 불가능케 한다.

> 화살 하나가 공중을 가르고 과녁에 박혀
>
> 전신을 떨듯이
>
> 나는 나의 언어가
>
> 바람 속을 뚫고 누군가의 가슴에 닿아
>
> 마구 떨리면서 깊어졌으면 좋겠다
>
> 불씨처럼
>
> 아니 온몸의 사랑의 첫 발성처럼
>
> ―「시(詩)」 전문

새끼 새 한 마리가 우듬지 끝에서 재주를 넘다가

그만 벼랑 아래로 굴러떨어졌다
먼 길을 가던 엄마 새가 온 하늘을 가르며
쏜살같이 급강하한다

세계가 적요하다
                                    ― 「화살」 전문

그리고 덧붙여, 돌아보건대, 화살과 화살 '사이'가 단 3행으로 인생을 응축한다.

가로수들이 촉촉이 비에 젖는다
지우산을 쓰고 옛날처럼 길을 건너는 한 노인이 있었다
적막하다
                                    ― 「사이」 전문

「신생(神生)」의 2행("매서운 눈보라가 휩쓸고 지나가자")의 '지나가자'는 시인이 모든 구분을 불가능케 한 후의 첫 움직임을 그대로 묘사한 듯 한국현대시사 중 가장 절묘한 동사 운용사례 중 하나라 할 만하고, 「애련(哀憐)」은 제목과 시 내용의 상관관계가 최대이자 최적인 사례 중 하나라 할 만하다.

이 밤 깊은 산 어느 골짜구니에선 어둑한 곰이 앞발을 공
손이 모두고 앉아 제 새끼의 어리고 부산스런 등을 이윽한
눈길로 바라보고 있겠다.

—「애련」전문

우리는 스스로 가여운지도 모르는 채 어느새 우주적인 눈물에 눈
빛이 흐려지는 광경을 이 시(행)에 겹치게 된다.「문화이발관」은 '유
년=농촌'의 '청년=도시'(변두리) 판, 그에 덧붙여「야옹(夜翁)」은
「가을날」(잠자리)의 고양이 판. 서정의 사회적 수준이 그만큼 높아졌
다. 예의「골짜기」는 (두) 어머니와 죽음과 무덤과 공간과 대화와 시
간을 하나로 뭉뚱그리며,「물맞이」는 한 단계 높은 "우리 어머니들
의 육덕"의 '에로틱'이고,「섬뜸」의 마지막 부분 "밭일을 마친 해내
일꾼들이 주먹으로 수박을 깨뜨려 먹으며 알통을 드러내고 더운 몸
을 닦던 곳, 그리고 밤이면 상류에서 씻기며 흘러온 세모래들이 세
상에서 가장 아름다운 물결무늬 언덕을 만들며 또 낳던 곳"의 두
'곳'은 정지용의「향수」보다 더 아름다운 곳이라고는 할 수 없으되,
정지용의「향수」를 어쩔 수 없이 근대적인 것으로 국한 짓는 '곳'임
에 틀림없고,「푸른 제복」은 산문의 시적 흐름이 가장 자연스러운 사
례 중 하나로 마지막 부분 "20년 뒤 정년퇴직할 때까지 그는 그렇게
오랫동안 구례읍의 푸른 근대의 상징이자 뒤꼭지가 툭 튀어나온 권
력의 작은 집행자. 그의 호각소리가 등 뒤에서 들리지 않는 날이면

사나운 개들도 무척 심심해하였다"의 이종(異種) 시어들의 뒤섞임 속에서도 그 자연스러움이 그대로 유지되는 것이 정말 놀라우며, 「여름」은 거꾸로 "그런 밤이면 더운 우리 온몸에서도 마구 수박내가 나고 우리도 하늘의 어딘가를 향해 은하수처럼 하얗게 거슬러오르는 꿈을 꾸었다"가 그의 가장 중요한 본령 중 하나를 새삼 확인시켜준다. 그리고 제목과 내용의 관계가 이리 가까우면서도 이리 짧은 분량으로 우리의 음식 일상을 이토록 장엄한 동시에 생애적으로 만드는 광경을 나는 아직 본 적이 없다.

> 겨울 아침, 커다란 제주홍합이 횟집 사내의 거친 얼굴에
> 와락 바다의 붉은 속살을 토해놓곤 천천히 입을 다문다.
> ―「조개의 죽음」 전문

4

이시영은 '창비문단'의 선후배 사이에서 글판과 술판의 벗이자 과묵의 사무총장 노릇을 15년 이상 했다. '창비'라는 데가 문학창작과 사회비평은 물론 사회참여도 하는 곳이니 잡다하고 부산스럽고, 간간한 건수가 기나긴 지지부진을 수놓는 곳이니 그의 역할 또한 그랬겠으나 그는 벗이자 사무총장으로서 지치지 않은 반면, 시인으로서 전통적인 의미의 '순결'을 지켰고, 그것이 그의 일관되고 끈질긴,

그리고 지독한 대(對) 창비, 혹은 내(內) 창비 전략이었던 것 같기도 하다. 그가 정작 자신의 '벗이자 사무총장' 경험을 본격적으로 시화하기 시작한 것은 2003년 발간된 『은빛 호각』에서부터며, 그 후 이제까지 발간된 세 권의 시집에서 그 경향은, 타자에 대한 국제화한 시선 확장과 더불어 강화해왔다. 내게 이것은, '후일담'이 아님은 물론, 현실화한 민주주의 정치체의 현실적 한계를 시-문학적으로 극복하거나 최소한 보충하려는 열망과 관계가 있는 것처럼 보인다. 여기서 문제가 과거지향이라는 것을 감안한다면, 지금 시기 이시영은 생애 최대의 시적 모험을 생체실험적으로 하려는, 하게 된, 것인지도 모른다. 「몽골 시편 1」은 시인 이시영의 최고 역량을 거대한 대륙 몽골에 통째 입혀버린 명편이다.

> 풀을 뜯던 말들이 간혹 그 선량한 얼굴을 들어 바람 불어
> 오는 쪽으로 고개를 주억거리고 있는 것을 보면, 때는 바야
> 흐로 석양 무렵이고, 말들에게도 일말의 애수가 있다는 것을
> 금방 느끼게 된다.
>
> ─「몽골 시편 1」 전문

「'민중의 소리' 방송」은 처절하면서도 우스꽝스러운 밤 여덟 시 서울구치소 해방구 장면을 무리 없이 전하고 마지막, ""동지 여러분! 그러면 안녕히 주무십시오"라는 서글픈 인사가 청계산 자락 깊은 밤

하늘을 시큰하게 울리던 것만은 또렷이 기억할 수 있다"는 정말 시큰하지만 보편-특수한 감동을 준다 할 수 없고, 「1974년 11월」과 「1982년 여름」은 희귀한 문단수난사를 절묘한 위트와 함께 소개하지만 문단수난사를 보편-특수한 수난사로 만들기에 미흡하다. 그러나 "80년대 초중반 내가 아침마다 술취한 머리를 흔들며 출근하던" '창작과비평사' 및 '창작과비판사' 시절과 "내가 좋아하는 T. S. 엘리엇의 시구"가 뒤섞이는 「리치몬드 제과점」은 푸근한, 풀어지는 듯한 사회적 서정이 T. S. 엘리엇 시의 현대성을 너끈히 감당하면서 그보다 한 단계 더 높은 곳으로 슬쩍 흘러드는 인상적인 작품이고, 「홍조(紅潮)」는 「늙은 이모전(傳)」보다 더 사회적으로 걸쭉한 홍조며, 「형제」는 아연, 다시, 사회성과 미학의 구분이 불가능한 경지다.

> 내 얼굴을 쓰다듬으며 누님은 살았을 적 키가 껀정한 아버지의 모습을 빼박았다 말하고 그런 누님을 가리켜 나는 젊었을 적 우물가에서 볼우물이 환한 웃음을 웃던 어머니의 옆얼굴을 그대로 닮았다고 했더니 수줍은 듯 호호 입을 가리고 웃었다. 찌는 듯한 여름 해가 좀처럼 지지 않는 전주시 중노송동 노송탕 옆 반지하 셋방, 오랜만에 우리 둘이는 서로의 시큰한 뼈들을 안고.
>
> ─「형제」 전문

「실업」은 이렇다. "오십칠세의 아침에 그는 갑자기 실직자가 되었다. 그리하여 아주 천천히 일어나 겨울로 향한 보석 창문을 활짝 열어젖혔다." 이것은 생활의 사회성이 종말을 맞으면서 시의 사회성이 본격적으로 시작된다는 뜻? 최근 시집 『우리의 죽은 자들을 위해』는 국내와 전 세계 수난 받는 타자들(카슈미르, 인도네시아 출신, 그리고 레바논, 팔레스타인, 아르헨티나)의 말과 실상과 그들에 대한 보도자료 등을 약간만 '시적'으로 수정한 것들이 수록 작품 대다수를 이룬다.

> 목련이 활짝 핀 봄날이었다. 인도네시아 출신의 불법체류 노동자 누르 푸아드(30세)는 인천의 한 업체 기숙사 3층에서 모처럼 아내 리나와 함께 단란한 시간을 보내고 있었다. 목련이 활짝 핀 아침이었다. 우당탕거리는 구둣발 소리와 함께 갑자기 들이닥친 출입국관리사무소 직원들이 다짜고짜 그와 아내의 손목에 수갑을 채우기 시작했다. 겉옷을 갈아입겠다며 잠시 수갑을 풀어달라고 했다. 그리고 그 짧은 순간 푸아드는 창문을 통해 옆건물 옥상으로 뛰어내리다 그만 발을 헛디뎌 바닥으로 떨어져 숨지고 말았다. 목련이 활짝 핀 눈부신 봄날 아침이었다.
>
> ─「봄날」전문

「봄날」은 시의 속도와 비극의 속도가 아름다운 아이러니를 매개로 보조를 맞추며 속도 자체를 심화하는 명편이지만, '시적 수정'이 점점 줄어들고 (시적으로 요긴한 대목의) 인용만으로 시가 구성되는 현상은, 도덕적 의의가 아무리 크다 한들, 바람직한 것일까, 아니 시적으로 성공할 수 있는 것일까? 그러나 이시영은 흡사 선배-동료들에게 염려마시라는 듯이, 그리고 나처럼 얘기하는 후배들에게 혹시 까불지 말라는 듯이, 아무렇지도 않게, '이시영' 고전적인 명품 한 편을 앞세우고 있다.

> 어렸을 적 방아다리에 꼴 베러 나갔다가 꼴을 못 베고 손
> 가락만 베어 선혈이 뚝뚝 듣는 왼손 검지손가락을 콩잎으로
> 감싸쥐고 뛰어오는데 아버지처럼 젊은 들이 우렁우렁한 목
> 소리로 다가서며 말했다. "괜찮다 아가 우지 마라! 괜찮다
> 아가 우지 마라!" 그 뒤로 나는 들에서 제일 훌륭한 풀꾼이
> 되었다.
>
> ─「풀꾼」 전문

정말 강력한 '유년＝현재' 아닌가. '시력 40년'은 흔치 않고(박정희가 '국보급'이라고 추켜세웠던 민요가수 김세레나가 데뷔 40년이고, 이시영과 동기동창이다) 그가 20세에 등단했으니, 또래에서 '시력 40년'의 현역인 경우는 그가 거의 유일할 것이다. 확실히 그는 백석과 이용악은 물론, 특히 김수영과 특히 고은과 특히 신경림 모두한테서 영

향받았고, 백낙청과 염무웅, 그리고 김현 모두에게서 배움받았고, 특히 김윤수와 이문구와 한남철과 조태일, 그리고 송기원과 이진행과 김준태와 최원식과 김종철(시인) 및 제반 민주화-문화운동권 인사들 모두와의 어울림에서 응원받았으나 그들 사이와 차이를 섬세화, 그들 모두에게서 영향받고 배움받고 응원받은 것이 참으로 다행이라는 것을 자신의 뚜렷한 개성으로, 역설적으로 증명했다. 사회적으로 그랬고 시적으로 그랬다. 그의 데뷔 40주년 시선집에 바치는 호칭으로 '대가'는 너무 흔하고 '에디션'은 '전집'보다 더 드높은 존경을 담지만 아무래도 사후 용어고, '이시영을 극복한 이시영의 경지를 열었다'가 무난하겠으나, 아무래도 좀 아쉬워서 나는 하나의 이야기와 비유를 덧붙이고 싶다. 그리스신화 불과 대장간의 신 헤파이스토스는 추남에다 절름발이인 주제에 무리한 방식으로 아름다움의 여신 아프로디테와 결혼했다가, 아프로디테가 자신은 거들떠보지 않고 전쟁의 신 아레스를 정부 삼아 노골적인 불륜을 저지르자 격분, 너무 정교해서 눈에 보이지 않으나 아주 튼튼해서 절대 끊어지지 않는 황금의 실로 그물을 짜고, 정사 중인 아프로디테와 아레스를 그대로 건져 올려 만신의 비웃음을 사게 만든다. 이야긴즉슨 그렇지만, 이 보이지 않는 황금그물은 사실 아무리 보아도 우스꽝스러운 남자와 여자의, 전쟁과 아름다움의 체위를 어떻게든 최소한 눈물겹게(이시영 표현으로 '시큰하게'), 최대한 감동적으로 보이게 만들려는 서정적 안간힘의 비유 아닐까? 이 세상의 우스꽝스러운 온갖 체위에 대한 이시영 시의 역할이 바로 그렇다. 그리고, 한국현대시에 대한 이시영 시의 역할은 더욱 그렇다. 아주 오래전부터 이시영 시의 '모던'에 미달하는 작품은 아무리 서정적이라도 서정시가 될 수 없고, 이시영 시의 서정에 미달하는 작품은 아무리 현대적이라도 현대시가 될 수 없었다. 그렇다. 이시영이라는 이름은 하나의 척도다. 시에서도 그렇고 사회-인간적 관계에서도 그렇다. 돌이켜보면 그의 사랑을 많이 받았으나 나 같은 것은 공연히 숨결만 거친 한 마리 대책 없는 짐승에 지나지 않았다.